La collection de poche des éditions Zulma

La Somme de nos folies

Née dans la communauté chinoise de Kuala Lumpur, Shih-Li Kow écrit en anglais. Jouant admirablement du proche et du lointain, du particulier et de l'universel, du vraisemblable et du fabuleux, du sérieux et du cocasse, sa voix singulière défend sans conteste la diversité et l'ouverture – politique, artistique, ou écologique – dans la Malaisie multiculturelle d'aujourd'hui, à travers des figures qu'elle rend inoubliables. *La Somme de nos folies* a été couronné du Prix du Premier roman étranger en 2018.

« Dès l'abord du roman, le regard de Shih-Li Kow ravit. L'écrivaine malaise voit la magie dans le désastre. Le cocasse dans l'agitation frénétique des gens de la ville. Toujours, elle décrit avec une immense tendresse les manies, les lubies, la patience et les trouvailles des locaux. »

Le Monde des livres

« Un cocktail sucré, vitaminé, par deux narrateurs aussi allumés que des becs de gaz. »

L'Express

SHIH-LI KOW

LA SOMME DE NOS FOLIES

Roman traduit de l'anglais (Malaisie) par Frédéric Grellier

ÉDITIONS ZULMA
Paris • Veules-les-Roses

Titre original :
The Sum of Our Follies

Couverture : David Pearson.

Si vous désirez en savoir davantage
sur Zulma ou sur *La Somme de nos folies*
n'hésitez pas à consulter notre site.
www.zulma.fr

z

Pour mes parents,
dont les vérités discrètes perdurent.

Auyong

D'ŒUFS ET DE PLUIE

À Lubok Sayong, l'eau est un vrai problème. Simplement parce qu'il y en a trop. Notre ville est située dans une cuvette, au fond d'une vallée bordée d'un côté par la Perak et de l'autre par un affluent de la Sayong. Les deux rivières embrassent la ville, au pied des contreforts d'une chaîne montagneuse qui court comme une épine dorsale le long de la péninsule. Cette topographie malheureuse et la conspiration des méandres y veillent : Lubok Sayong est vouée à être inondée. Dès qu'il pleut, la vallée se remplit comme une bassine sous un robinet ouvert.

Dans les annales de notre bourg, les déluges n'ont rien d'exceptionnel. À Lubok Sayong, nous n'incriminons ni l'état des routes, ni la déforestation, ni l'envasement des rivières, ni l'engorgement du réseau pluvial, ni même ces coupables tout désignés que sont les fonctionnaires corrompus employés dans les administrations responsables des routes, forêts, rivières et réseaux en question. Quand on vit à la confluence de la volonté divine et des lois de la météorologie, on se résigne à l'idée d'être submergé plusieurs jours par an.

Les précipitations se limitent parfois à quelques ondées ensoleillées ; les rivières grossissent dans leur lit et des flaques apparaissent sur les routes basses. Mais bien souvent, les pluies torrentielles et les inondations ravagent les maisons et emportent des vies.

Certains soutiennent que nos trois lacs sont la cause de ces inondations : deux entailles en croissant dans le relief qui en encadrent une troisième, de forme circulaire. Les fines bandes de terre qui les séparent ont l'air d'être là par erreur, comme les vestiges de tâtonnements géographiques. À la saison des pluies, les trois lacs enflent dans un même but : se gorger d'autant de pluie que possible pour ne plus former qu'une seule masse d'eau. Et quand ils y parviennent, qu'ils fusionnent et que leurs flots font déborder les deux rivières qui cernent la ville, alors Lubok Sayong est inondée de tous les côtés.

Avec un tel décor de lacs et de montagnes, on n'échappe pas à une légende locale. Si seulement les pères fondateurs de Lubok Sayong avaient eu l'intelligence de nous laisser une relique, quitte à l'enjoliver par ce qu'il faut de superstitions et d'à-peu-près, les guides de voyage nous incluraient aujourd'hui dans leurs itinéraires. Malheureusement, Lubok Sayong n'abrite aucun célèbre champ de riz calciné ni aucun tombeau controversé d'un guerrier vaincu, comme sur l'île beaucoup plus touristique de Langkawi. Chez nous, la légende est servie comme les *nasi lemak bungkus* : réchauffée, à peine garnie, et en portion bien trop chiche pour satisfaire l'appétit et l'imagination.

D'après la légende, une princesse importée, de Chine ou d'Aceh selon les versions, se jeta d'une falaise de calcaire parce qu'on voulait la marier à un prince guerrier des environs. Le promis, goujat et laid, qui n'était pas de première fraîcheur, avait déjà trois épouses et tout un harem. Pas vraiment de quoi faire rêver une jeune vierge de sang royal associant l'amour à des lettres en vers et des rendez-vous au clair de lune au bord d'un bassin de lotus. Quand elle s'écrasa au cœur de la forêt, son sang forma le lac connu sous le nom de *Tasik Bini Empat*, « lac de la Quatrième Épouse ».

Ses deux demoiselles de compagnie se jetèrent dans le vide après elle, par solidarité, ou pour se soustraire au regard concupiscent du vieux fiancé privé de sa promise. Elles ont donné naissance aux deux lacs anonymes qui encadrent le lac de la Quatrième Épouse et depuis lors, condamnées pour l'éternité à l'exil et à la solitude, elles n'aspirent qu'à se réunir à la saison des pluies. Ensemble, elles se déversent dans les rivières qui vont jusqu'à la mer, dans l'espoir que les courants les ramèneront jusqu'en Chine ou en Aceh.

Comme je l'ai dit, cette histoire n'est pas très grand public. Il y a tout le tragique voulu, mais il y manque un héros, un rival qui ferait battre le cœur de la princesse au funeste sort. Trois jeunes vierges qui se suicident et aucun beau rôle masculin, cela donne une légende avec un léger parfum de saphisme difficile à exploiter. La plupart des habitants de notre bourg ne savent même pas qu'on lui doit une expression locale, *Banjir sampai balik Cina*, « une crue à vous ramener en Chine », autrement dit une très grosse inondation. Bien trop souvent d'ailleurs, ces dernières années, nous avons eu à subir les caprices de ceux qui veulent nous renvoyer en Chine, les politiciens comme la météo.

La grosse crue de cette année-là débuta par des pluies inhabituelles qui s'abattirent sur Lubok Sayong au cœur de la saison chaude. « Après le tremblement de terre en Indonésie, avant les inondations à Taïwan, et une heure après l'éclipse solaire. » C'est ainsi que Mami Beevi situait ce déluge comme Lubok Sayong n'en avait pas connu depuis vingt ans. Il était midi, au moment de l'éclipse, tous les enfants étaient dehors, brandissant devant leurs yeux des bouts de pellicule photo pour observer sans risque l'ombre circulaire de la lune qui gobait le soleil.

C'est Beevi qui avait eu l'idée de donner les négatifs aux enfants. Nés à l'époque des smartphones avec caméra intégrée, ils ignoraient ce qu'était une pellicule et n'avaient jamais vu de négatifs. Beevi en avait tout un stock chez elle, conservés dans leurs pochettes et soigneusement rangés dans les enveloppes d'origine. Une semaine avant l'éclipse, elle en avait adressé aux écoles de Lubok Sayong, avec des instructions écrites sur les précautions à prendre pour regarder le soleil sans s'abîmer les yeux. C'est ainsi qu'une bonne partie de la population observa le phénomène ce jour-là, à travers les images en miniature de Beevi et sa famille, figées en instantanés Kodak et gravées par la chimie sur des bandes en plastique Fuji ou Ilford.

Elle me demanda : « Auyong, comme ils regardent le soleil à travers mes négatifs, penses-tu que les images resteront gravées dans leurs yeux ? Quand quelqu'un est assassiné, on dit que l'image du meurtrier s'imprime sur la prunelle de sa victime.

— Allons, Beevi, c'est une éclipse, pas la fin du monde.

— Ah bon ? À chaque instant, c'est la fin du monde pour quelqu'un. »

Ce penchant macabre était récemment apparu chez elle. Après tout, allez savoir si le soleil n'avait pas imprimé sur la rétine des enfants les minuscules images inversées de Beevi et de sa famille.

Bien que nous n'ayons observé par ici aucun signe funeste ni aucun miracle, il paraîtrait qu'ailleurs des paralysés avaient marché, des malades avaient guéri, des muets s'étaient mis à chanter et qu'une musique céleste avait empli les cieux. Les témoignages abondaient sur Internet.

Par cette chaude journée, un seul phénomène exceptionnel fut constaté à Lubok Sayong : des œufs tenaient en équilibre.

Tandis que les enfants les positionnaient sur le béton brûlant, nul n'invoqua les lois de la gravité, pas même les professeurs de sciences physiques. Un peu de magie dans l'air, c'est toujours bon à prendre.

Quelques semaines auparavant, un trafic d'œufs de contrefaçon avait défrayé la chronique. Cela me dépassait qu'on pût envisager de fabriquer quelque chose d'aussi complexe et courant qu'un œuf. Concocter un savant mélange d'ingrédients chimiques et de colorants alimentaires, transporter des produits aussi fragiles depuis la Chine, pour finalement les vendre vingt sens pièce ? Pas rentable. Il n'y a selon moi qu'un Chinois du continent pour concevoir pareille arnaque, j'en suis convaincu, toutes les choses nuisibles ou toxiques viennent de Chine : le lait en poudre frelaté, les conserves empoisonnées au mercure, les souvenirs en toc, les femmes-dragons voleuses de maris et les œufs de contrefaçon.

Les enfants de Rahman, le voisin de Beevi, essayaient eux aussi de faire tenir en équilibre des œufs de caille, de poule et de canard. En prévision de cette petite expérience, Rahman avait réuni tout un assortiment d'œufs, y compris des faux. Ils tenaient tous debout, sauf les œufs durs, les œufs de canard salés, et les faux. On s'amusait follement, aussi bien d'arriver à en faire tenir que de les voir basculer.

Tandis que toute notre attention était accaparée par les œufs et l'éclipse, la saison des pluies nous tomba dessus. En une seconde, on abandonna les œufs et les négatifs pour courir se mettre à l'abri. C'est vous dire si cela fut soudain. Pas le temps de rentrer les affaires laissées dehors ni le linge qui séchait sur les fils. Les œufs encore debout vacillèrent, basculèrent, et les gouttes, d'un calibre impressionnant, les fracassèrent sur place.

Les saisons ont beau être capricieuses depuis quelques années, cet épisode fut particulièrement fulgurant. Six jours durant, les trombes d'eau portées par le vent firent claquer les plaques de zinc mal fixées des toitures. Le martèlement incessant de la pluie sur la terre, sur la route et sur les arbres étouffait tous les autres bruits, y compris le tonnerre. La pluie s'infiltrait quasiment à l'horizontale dans les maisons, par les persiennes et par les fissures dans les portes ou les murs. Elle tombait si fort qu'elle criblait de trous les toits rouillés des maisons les plus anciennes et transformait de simples nids-de-poule en véritables fosses. La pluie battante cabossait même les voitures, en particulier la carrosserie médiocre des premières Proton dont les capots et les toits s'incurvaient sous les coups répétés. On voyait encore bon nombre de ces vieux tacots circuler à Lubok Sayong, réparés à ce qu'on raconte avec le métal des boîtes de chocolat en poudre.

La pluie nous privait du soleil, et de la télévision par satellite. Elle causa aussi son lot de coupures de courant, si bien que la journée se passa dans la pénombre. Comme il pleuvait de plus en plus fort, il fallut mettre en hauteur tout ce qui pouvait l'être en attendant l'inévitable crue.

Privée de télé, et de ses soaps sud-américains et coréens doublés en malais, plus d'une femme adressa un « Tu fais quoi, chéri ? » à son mari. Neuf mois plus tard, la cigogne livra quelques heureuses surprises à la maternité locale. Les registres s'enrichirent de bébés prénommés Siti Bianca, Nor Gabriela ou Gustavo Lim, en hommage aux personnages des feuilletons préférés de leurs mères.

Alimentés par les pluies incessantes, les trois lacs grossissaient allègrement. Le lac de la Quatrième Épouse enlaça les deux plus petits en forme de croissant et la Sayong quitta son lit. Le deuxième jour, les zones basses de la vallée furent inondées et dès le troisième, l'eau atteignit le haut des pilotis de la maison de Beevi. Enfin réunies, la princesse du lac de la Quatrième Épouse et ses demoiselles de compagnie purent commencer leur voyage de retour vers la Chine ou vers Aceh, bien loin de notre petite ville du Perak.

Pendant le déluge, le poisson de Beevi s'en donna à cœur joie dans son aquarium. Elle passait son temps à l'observer. Le poisson nageait de long en large, propulsé par des petits battements de queue, flanquant des coups de nageoire enthousiastes contre les parois. Dans un sens puis dans l'autre, sans arrêt, cambrant son long corps juste avant que le museau ne cogne le verre.

Construit sur mesure par la société Soon Seng à Ipoh, l'aquarium de deux mètres reposait sur un support métallique. Le poisson, pas plus gros qu'un alevin quand je l'avais offert à Beevi deux ans auparavant, faisait la taille de mon avant-bras. Le spectacle avait quelque chose d'hypnotique, comme de regarder en boucle la vidéo d'un fou en train de tourner en rond entre quatre murs. J'étais assis devant l'aquarium avec Beevi. Au bout d'un quart d'heure, j'ai cru que j'allais devenir dingue. Je ne comprenais pas comment Beevi et le poisson faisaient pour tenir. Une telle monotonie créait une tension insoutenable.

Beevi approcha le visage de l'aquarium, tapota le verre avec l'ongle de son index et dit : « Ohé ! mon poisson, qu'est-ce que tu fabriques ? »

Le poisson fixa sur elle un œil rond.

« As-tu jamais songé, Beevi, qu'il est impossible de regarder un poisson dans les yeux ?

— Et alors ? La moitié des forces de police de Lubok Sayong, en particulier ton cher ami, serait bien en peine de regarder quiconque dans les yeux ! Tous plus véreux qu'une mangue pourrie. N'est-ce pas, mon poisson ? »

Le cher ami en question était Sevaraja, le surintendant adjoint de la police locale. Je l'appréciais beaucoup, nonobstant les comparaisons fruitières de Beevi.

Elle savait parfaitement ce que voulait son poisson. Il voulait prendre le large, et se livrait depuis trois mois à toutes les ruses et manœuvres imaginables. J'avoue qu'au début j'étais dubitatif. Pour moi, les poissons étaient des créatures dépourvues d'intelligence, tout juste bonnes pour l'hameçon et le wok. J'ai appris depuis à me montrer moins sceptique, et pas seulement à propos des poissons.

Il a commencé par une grève de la faim. Il ne touchait plus aux vers de terre et criquets vivants qu'elle lui donnait. Il se laissait mollement couler au fond de l'aquarium, ses écailles noircissaient. Beevi le cajolait et le sermonnait tour à tour pour l'inciter à se nourrir, attentive comme je ne l'ai jamais vue pour rien ni personne. Elle adorait son affreux poisson.

« Tu veux mourir ? Tu n'as que deux ans. Un poisson de ton espèce peut vivre un demi-siècle ! Vas-y, crève, grand bien te fasse ! Fais la diète, puisque t'es si malin ! Tu verras où ça te mène. Je prendrai des poissons rouges. Au moins, c'est mimi et ça ne fait pas d'histoires ! Ou peut-être des combattants. Eux se contenteront d'un bocal à confiture, contrairement à toi. Non mais, quel poisson exige un aquarium de la taille d'un bungalow ? »

Cette fois-là, Beevi remporta le bras de fer. Malgré

l'appel de l'eau vive et du large, son poisson comprit qu'il ne parviendrait pas à se libérer. Il se remit à manger et reprit des forces, sa peau retrouva son éclat argenté.

Une autre fois, Beevi oublia de replacer le couvercle sur l'aquarium, distraite par la sonnerie de son portable qu'elle égarait sans cesse. Elle se retourna et s'éloigna, la tête ailleurs, laissant l'aquarium découvert. Le poisson se banda comme un arc, jaillit hors de l'eau et atterrit par terre, à l'asphyxie, les ouïes comme des soufflets.

Beevi m'a raconté qu'elle était entrée dans une colère noire et lui avait hurlé : « Tu veux vraiment mourir, couillon de poisson ? Tu veux te suicider comme un pauvre malheureux ? » Elle l'avait attrapé et remis dans l'aquarium, tout en sachant parfaitement ce qu'il voulait. Le poisson lui-même savait qu'elle le savait.

« C'est pas pour aujourd'hui, mon gros. Peut-être le jour où ta vieille Beevi sera prête à rencontrer son créateur, là, tu pourras partir. En attendant, on va se tenir compagnie. »

Le poisson bouda pendant des jours.

Au cinquième jour du déluge, la pluie n'était plus qu'une bruine délicate. Un voile fin et silencieux ridait à peine la surface des eaux boueuses qui avaient envahi le paysage. Chez Beevi, des vaguelettes venaient lécher le seuil de l'entrée. La véranda était inondée.

Les jours précédents, la crue avait emporté la plupart de ses meubles et pourtant elle pouvait s'estimer heureuse. Sa maison ne s'était pas détachée pour dériver comme celle de son voisin. Il ne restait plus à Rahman que les marches joliment carrelées et les fondations de béton sur lesquelles avait reposé sa maison. Après le déluge, on la retrouva un kilomètre plus loin, au pied du cimetière chinois. Elle y est encore aujourd'hui, livrée à la mousse et aux histoires de revenants.

Beevi était tendue et de mauvaise humeur parce qu'il y avait trop de monde chez elle. Dès le deuxième jour de la crue, des secouristes bénévoles arrivés de la capitale avaient choisi sa maison pour y établir leur quartier général. Ils ne cessaient d'aller et venir, ils parlaient trop, n'étaient jamais d'accord entre eux et se disputaient comme des chiffonniers.

Le poisson lui aussi mettait une fois de plus la patience de Beevi à rude épreuve. L'eau de son aquarium était trouble à cause des criquets noyés et des vers de terre qu'il ne mangeait pas. Il gisait inerte, le ventre blanc plaqué contre le fond, mimant parfaitement le mort. Si je n'avais vu ses nageoires onduler faiblement dans le courant créé par la pompe à air, j'aurais cru qu'il était mort.

L'eau était vraiment trouble, personne n'avait pris le temps de la changer. Pendant que Beevi parlait à son poisson, l'une des bénévoles, une jeune femme prénommée Shan, me demanda quelle espèce c'était.

« Dites, ce n'est pas un arowana ? Les arowanas ont des moustaches et une bouche bizarre… » Elle se déforma les lèvres avec les deux index. « On dirait un bouledogue. »

Je secouai la tête.

« Un tête-de-serpent, peut-être ? insista-t-elle.

— Non, bon ni en friture ni à la vapeur. »

Elle laissa tomber.

« Allez, mange quelque chose, disait Beevi. Sois gentil, mon poisson. Je prends soin de toi, non ? Je sais bien que tu te sens à l'étroit dans ton aquarium, mais tu as encore la place d'y nager pour au moins deux ans. »

Le poisson demeurait immobile.

« Tu es vraiment sans cœur ! Depuis le temps qu'on est ensemble, c'est comme ça que tu me remercies ? »

Shan était assise sur un tabouret rond. Cela faisait trois jours qu'elle était là. Elle avait vu le pire de l'inondation et était exténuée à force de décharger des camions de bouteilles d'eau minérale, de sachets de nouilles chinoises, de conserves et autres produits de première nécessité. Elle se plaignait d'avoir les épaules en compote. « Je suis claquée ! J'aurais besoin d'un bon massage en rentrant. » Elle se frotta la nuque, agitant sa queue-de-cheval.

Beevi eut un ricanement dédaigneux.

Shan lui jeta un regard en coin : « Cette bestiole va mourir. »

Beevi remonta les manches de son *baju kurung* et plongea les bras dans l'aquarium.

« Qu'est-ce que tu fais, Beevi ? m'étonnai-je.

— Le moment est venu de le libérer. Croyez-moi, tous autant que vous êtes, vous ne savez pas ce que c'est d'être vraiment claqué ! Viens, mon poisson. Tu as assez attendu comme ça. »

Elle le sortit de l'eau et le garda un instant dans ses bras. Il resta lové contre elle comme un bébé, le museau appuyé sur son épaule. Beevi lui susurra des mots de réconfort tandis qu'elle se dirigeait vers la porte et se penchait pour le mettre à l'eau.

Le long corps glissa entre ses mains et la queue fut la dernière à plonger et disparaître. Il y eut une ondulation à la surface, quelques mètres plus loin, et le poisson sortit sa queue de l'eau avant de l'abattre, comme une baleine miniature. Beevi éclata de rire et lui présenta son majeur.

« Voilà ce que je te dis, vieille canaille ! » lança-t-elle en direction de l'eau redevenue lisse. « Où iras-tu ? Rivière, lac ou égouts ? »

Shan haussa les épaules, comme s'il fallait se montrer indulgent avec les provinciaux et leurs petites excentricités. Beevi resta un long moment devant la porte, à contempler le paysage que l'eau avait métamorphosé. Vue de dos, elle me sembla vieillie et plus frêle que jamais.

COMMENT VOULEZ-VOUS QUE ÇA AILLE BIEN LE MATIN ?

Nous fûmes nombreux à Lubok Sayong à être soulagés quand les hordes de bénévoles levèrent le camp pour regagner la capitale où les attendait leur vraie vie. La nourriture et les produits de première nécessité étaient les bienvenus, nettement moins l'intense énergie qu'ils avaient déployée pendant ces quelques jours. Nous étions épuisés, sur les genoux.

Passé le chambardement des premiers jours, l'exaspération couva. L'entrain des bénévoles et leurs platitudes bien intentionnées ne pouvaient qu'irriter la population, déjà sur les nerfs.

En vérité, nous étions nombreux à préférer l'aide paresseuse de la police et des pompiers. Avec eux, nous partagions un flegme convivial et une patience indulgente pour l'inefficacité. Notre malheur commun était à l'origine de vraies amitiés. Ces heureux citadins, eux, n'avaient à nous offrir qu'une compassion de passage. Bien que cela ne fût jamais exprimé, le fait qu'ils ne subissent que temporairement les épreuves de Lubok Sayong nuançait sacrément la valeur de leur dévouement.

Ceux qui avaient élu domicile chez Beevi n'étaient pas les moins pénibles. Leur bonne humeur forcée était agaçante, en particulier celle de Mr Leong. Les blagues vaseuses qu'il enchaînait nous arrachaient des sourires crispés. Même Shan, la fille à la queue-de-cheval, levait les yeux au ciel derrière son dos.

Shan s'apprêtait à quitter Lubok Sayong avec Leong et Devan, un autre bénévole. Leong avait garé sa grosse Range Rover dans le haut de la ville près de l'école, bien à l'abri sous une bâche, mais il tenait, avant de s'en aller, à construire une passerelle entre la maison de Beevi et l'école, comme un gamin persuadé que son élastique transformé en catapulte est une invention qui va changer le monde.

Leong et Devan avaient emprunté mon canot de fortune pour ce qu'ils appelaient « une mission de reconnaissance ». Je l'avais fabriqué à partir d'anciens barils de produits chimiques, trois moitiés sciées dans la longueur attachées avec un fil en nylon, ex-corde à linge de Beevi. J'avais ajouté un auvent constitué de branchages et d'un vieux parapluie à pois. Devan faisait avancer mon esquif grâce à deux raquettes de ping-pong clouées sur un manche à balai.

L'embarcation pouvait transporter deux adultes peu corpulents. Quoique petit, Leong était grassouillet et je craignais qu'il ne fût trop lourd. La coque s'était enfoncée de vingt centimètres quand il y avait pris place, mais elle avait fini par se stabiliser et je me félicitai d'avoir su bricoler un rafiot opérationnel.

À leur retour, Leong sauta sur la véranda de Beevi, le pantalon retroussé jusqu'aux genoux, le bas du T-shirt trempé et gonflé par une poche d'air entre bedaine et poitrine.

« Bonjour ! » lança-t-il d'une voix claironnante pour s'annoncer. « Bonjour, bonjour ! J'ai une bonne nouvelle, les amis : nous avons trouvé deux tas de planches, d'un mètre quatre-vingts de long sur quinze centimètres de large. Il y en a environ trois cents.

— Ça va prendre combien de temps ? s'enquit Shan.

— Peut-être une journée. Voici le projet : on part

de là-bas, dit-il en pointant le pouce, jusqu'à la cuisine ici. Puis de la véranda tout droit jusqu'à la route principale, direction la colline.

— Mais, on est censés s'en aller demain…

— Alors il faut s'y mettre dare-dare, jeune demoiselle ! décréta-t-il en agitant l'index. Allez, zou ! »

Elle lui tourna le dos en pestant et reporta son attention sur les poules de Beevi, qu'elle avait chassées la veille à coups de balai après les avoir surprises à s'agiter sous la charpente où elles s'étaient perchées. Quoique peu futées, elles avaient su se dénicher un endroit au sec. Shan n'aimait pas l'idée qu'elles puissent se soulager de là-haut alors qu'elle-même était en dessous. Elle avait vu, nous expliqua-t-elle, une poule brune pondre un œuf qui avait fait plouf dans l'eau comme un caillou. Cette histoire la faisait rire à gorge déployée, mais personne ne la crut.

Elle fourra les poules dans un panier à linge en plastique, le ferma avec un entrelacs de raphia et accrocha le tout aux barreaux d'une fenêtre. Après un moment de panique, les poules finirent par se calmer. Elles se tenaient à présent serrées les unes contre les autres dans leur poulailler de fortune, résignées à la patience, comme Shan.

« C'est une perte de temps, soupira Devan. On va construire une passerelle qui ne mène à rien et s'arrête au milieu de nulle part. Comme le projet de liaison à grande vitesse entre Johor Bahru et Singapour.

— On est tous fatigués, se plaignit Shan. Je veux rentrer chez moi. »

Leong et Devan se mirent à parler en même temps. Leong me rappelait le jeune homme que j'avais été, à l'époque où je dirigeais un hypermarché de la taille d'un stade de football. Excessivement sûr de moi y compris dans l'erreur, j'avais toujours raison et je jugeais mes collaborateurs trop bêtes ou trop paresseux pour les écouter. Je voyais, en toute personne et en toute chose, dix défauts à corriger, ce que je ne me privais pas d'exprimer haut et fort.

Shan ressassait son refrain : « Je suis fatiguée, je veux rentrer chez moi. Je suis fatiguée, je veux rentrer chez moi. »

Elle avait beau chuchoter, c'était pénible à la longue. Les deux hommes haussèrent le ton, hurlant à qui mieux mieux.

Beevi bouillonnait, le visage de plus en plus sombre à mesure que la colère montait. Assise près de l'aquarium, elle avait suivi la dispute sans rien dire.

Elle explosa soudain : « Taisez-vous ! Taisez-vous, bande d'imbéciles ! Dehors ! Fichez-moi le camp ! Et tant pis si c'est à la nage ! Dehors ! Je n'ai pas besoin de votre passerelle ! Reprenez vos grosses bagnoles et fichez-moi le camp ! »

Un grand silence s'abattit dans la maison.

Stupéfaite, Shan dévisageait Beevi.

« Du calme, ma sœur, dit Leong. Pas la peine de s'énerver. On veut juste vous construire une belle petite passerelle.

— Me construire une belle petite passerelle ? cracha Beevi en se levant.

— Tout à fait, madame. Une belle petite passerelle. »

Ce Leong, avec son ton condescendant, ne perdit rien pour attendre. Elle lui mit son poing dans la figure. En plein dans le nez.

« Dehors, vous et votre belle petite passerelle et votre bande d'incapables ! »

Un filet de sang s'écoulait de la narine gauche de Leong.

« Je crois qu'elle m'a cassé le nez ! glapit-il.

— Ah ça, pour sûr, elle vous a dans le nez, dit Devan.

— Emmenez-moi à l'hôpital. »

Quand Leong retira ses lunettes, un verre tomba au sol. « Et en plus, elle a bousillé mes lunettes, cette vieille garce ! Comment je vais rentrer à KL ?

— Je peux prendre le volant », proposa Shan en riant sous cape.

Leong n'avait pas volé la droite qui lui avait brisé le nez et ses lunettes à double foyer. Moi aussi, j'en aurais mérité une à l'époque de l'hypermarché. Peut-être que ça m'aurait appris à respecter les imbéciles et les tire-au-flanc qui travaillaient avec moi, tous ces pauvres gens qui cherchaient simplement à gagner leur vie. J'aurais peut-être eu droit à une montre ou à un stylo en cadeau de départ après trente années de bons et loyaux services. Au lieu d'une plaque sur laquelle était gravé : « Comment voulez-vous que ça aille bien le matin ? » C'était la réponse que je faisais à ceux qui me saluaient d'un « Comment allez-vous ? » en arrivant au travail. Sur la carte qui l'accompagnait, il était écrit : « En vous souhaitant des matins plus heureux ! » Depuis que j'étais à la retraite, aucun de mes anciens collègues ne m'avait appelé. J'aurais cru que cela me serait égal, mais j'en étais affecté, bien plus que je ne voulais l'admettre.

« Allez-vous-en ! s'emporta Beevi en les poussant vers la porte. Dehors ! Dehors ! Dehors ! » Son visage était noir comme le fond d'un wok.

« Allez-vous-en ! Et vous, ma petite, vous allez me faire le plaisir de libérer mes poules ! »

« Maintenant, aurais-je pu répondre à mes anciens collaborateurs, je sais ce qu'est un matin heureux. »

Le début de la décrue et l'approche d'une élection partielle nous valurent des visiteurs d'un autre genre, les équipes de campagne de la coalition au pouvoir et d'un parti d'opposition. Ces gens arrivaient les bras chargés de sacs de riz et de téléphones portables pour faire passer leurs beaux discours. Ils distribuaient aussi toutes sortes de subsides pour s'assurer des voix. Il y en eut pour les retraités, les handicapés et leurs mères, les orphelinats, les écoles et les associations caritatives, les élèves méritants, les fonctionnaires à la retraite et les veuves de fonctionnaires, les agriculteurs, les pêcheurs, les ouvriers des plantations d'hévéas, les épiciers et les sportifs, les mères célibataires et les orphelins, les malades hospitalisés, les vieux de plus de quatre-vingts ans et les bons samaritains. La liste était longue. Décréter que tout le monde avait droit à quelque chose, sauf les honnêtes contribuables, eût été plus simple et plus direct.

Dans les journaux, on pouvait lire en gros titre : « Les inondations sont un bienfait pour la nation », citant l'épouse d'un ministre qui vantait les mérites des catastrophes naturelles, une occasion pour les Malaisiens, peuple au grand cœur, de manifester leur tempérament dévoué et généreux. Une catastrophe, soutenait la dame, permet à une communauté de se souder autour d'un but commun. À la page suivante, des articles étaient consacrés aux enfants emportés par les eaux, illustrés de photos de leurs parents en larmes.

Sur les cartons de papier toilette, couches, désinfectants et autres produits de première nécessité s'affichait le visage de son ministre de mari, au sourire de chat repu, avec le slogan : « Votez pour un gouvernement de compassion. » Des groupes de militants en T-shirt aux couleurs du parti clamaient qu'ils étaient de tout cœur avec Lubok Sayong. Les gens jouaient des coudes pour être sur les photos aux côtés de la célébrité du jour, et on entonnait en chœur : « Vive les inondations ! » Pour ceux dont les difficultés étaient bien réelles, cette opération de relations publiques dégageait des relents encore plus nauséabonds que ceux de la crue.

J'embarquai sur mon rafiot pour aller demander à Ismet Selamat, le potier de la ville, artiste et bricoleur, de m'aider à mettre en place la passerelle de Leong. L'élection devait avoir lieu la semaine suivante et le bureau de vote était dans l'école. La passerelle serait indispensable si les eaux ne s'étaient pas retirées d'ici là, ou si elles laissaient place à un bourbier que Beevi aurait peine à traverser pour aller voter. Quant à moi, je n'étais pas inscrit sur les listes. Ma carte d'identité mentionnait encore une adresse dans une banlieue de la capitale.

À Lubok Sayong, tout venait en un seul exemplaire : la rue principale, le rond-point, le feu rouge, le commissariat de police, la caserne des pompiers et son unique camion, le bureau de poste, la station-service, la tour de l'horloge, le supermarché, le cinéma, le Kentucky Fried Chicken, l'école malaise, la chinoise, celle des Tamouls, et même un pensionnat chrétien pour jeunes filles, histoire de faire bonne mesure. Nous avions un gîte d'État, infesté de cafards, et un hôtel deux étoiles avec un bar-grill au rez-de-chaussée, le Hemingway. L'hôtel proposait des chambres avec ou sans petit déjeuner, climatisées ou non, avec ou sans eau chaude ; quant au bar, pas sûr que le romancier américain y eût trouvé les cocktails à son goût.

Décrit ainsi, on aurait pu croire que Lubok Sayong se traversait aisément à pied, mais la ville s'étendait bien au-delà de son unique rue principale. Il y avait les trois lacs, quelques hameaux éparpillés, les anciennes plantations d'hévéas et celles, plus récentes, de palmiers à huile, de litchis et de pitayas, les écoles en périphérie et les ponts enjambant les rivières. Il était donc compliqué de s'y déplacer autrement qu'en voiture ou à moto.

Ismet et sa famille habitaient de l'autre côté de la vallée, l'une des quelques maisons autour de la gare. En temps normal, il fallait un bon quart d'heure pour s'y rendre en voiture depuis le centre ; la route décrivait une large boucle, prenant d'abord la direction du nord avant d'obliquer vers le sud car le passage à niveau se trouvait à l'opposé de la gare. Mais dans mon rafiot, je n'avais qu'à couper en ligne droite au-dessus des rails inondés.

Partout, des enfants jouaient dans l'eau trouble, là où les routes s'étaient liquéfiées. Ceux-là mêmes qui s'étaient amusés à faire tenir des œufs en équilibre pendant l'éclipse. Les plus jeunes dérivaient dans des bassines et des seaux. Un garçonnet tout menu, affublé de lunettes de soleil d'aviateur, se prélassait dans un *kawah*, un wok géant dont on se sert lors des banquets de mariage ou pour préparer du *dodol*. Plusieurs gamins essayaient de rester debout sur une porte qui flottait à peine, attachée à un lampadaire.

Les plus âgés faisaient des sauts périlleux à partir d'un toit ou d'un arbre. D'autres, agrippés aux panneaux de signalisation, grimaçaient comme des singes. Les eaux boueuses avaient englouti toutes les voies, créant un paysage méconnaissable et insolite.

J'eus droit aux saluts de toute cette marmaille dans mon embarcation ridicule.

« Attention aux crocodiles et aux serpents ! leur criai-je. *Jangan nanti kena makan buaya !* »

Cela les fit bien rire, et ils me suivirent à la nage en imitant des crocodiles.

Je me félicitais du départ des bénévoles, nous laissant le plaisir d'assister à de telles scènes. Attention aux maladies véhiculées par l'eau, répétaient les gens de la capitale. Attention aux crocodiles et aux serpents. Attention de ne pas marcher sur la carcasse pourrie d'une bête morte. Gare au choléra. Gare aux tourbillons et aux courants. Ils publiaient des consignes de survie dans des journaux qui n'étaient pas distribués ici et qu'on lisait dans la capitale en sirotant un café latte frappé, bien installé au sec chez Starbucks. Gare à la vie.

Je trouvai Ismet torse nu devant sa maison, de l'eau jusqu'à la taille. Il pêchait au filet.

« Comment vas-tu, Ismet ?

— Ça peut aller, bro. Y a du poisson. »

Il était charitable de me donner du « bro », avec nos trente et quelques années d'écart.

« Oui, les poissons d'Adi ont dû encore s'échapper de leurs bassins. Le pauvre, ça doit bien faire la troisième fois.

— Et qu'est-il arrivé aux sangsues de la folle, à ton avis ? »

Ismet faisait allusion à une voisine qui élevait des

sangsues destinées à un usage cosmétique et thérapeutique.

« Emportées elles aussi, j'imagine. Ça fait de la peine pour eux, la crue est sévère cette année.

— Ils ne sont pas les seuls à en pâtir.

— Tes poteries ?

— Disparues, bro. Toutes embarquées par la crue avant que je puisse les sortir de l'atelier. Même les *tempayans.* » Ces grosses urnes étaient sa spécialité. « C'est le destin, soupira-t-il. Je ne suis qu'un artiste raté, je ferais mieux de bosser dans un magasin ou dans ton usine, à dénoyauter des litchis. »

Il sortit son filet de l'eau avec trois prises encore frétillantes. Il les extirpa des mailles et les plaça dans un sac accroché à un arbre. Dans un chuintement de plastique, les poissons s'agitèrent encore un peu avant de mourir.

Ismet était doué de ses mains. Il façonnait des poteries qu'il cuisait au four et dont personne ne voulait. Je lui avais proposé plus d'une fois de l'embaucher dans ma conserverie de litchis, mais il avait toujours refusé. Le besoin de créer de ses mains était trop fort. Chaque fois qu'il passait à l'usine et voyait les employés en uniforme travailler à la chaîne, il disait que ça le rendrait fou. J'essayais de voir les choses de son point de vue, celui d'un potier dans son atelier, un cabanon où rôdaient les chats et où gazouillaient les oiseaux dans des cages suspendues au plafond. Je devais bien convenir que l'usine, avec ses ouvriers coiffés de charlotte, ses sifflements de pistons, ses machines en mouvement et ses conserves bringuebalant par centaines sur les tapis, avait un côté infernal.

« Tu vas rebondir, jeune et talentueux comme tu es. Tu mérites mieux que mon usine. Et puis je ne tiens pas à ce que tu viennes déconcentrer ces dames ! »

Il me sourit, ses dents étincelantes barrant son visage aussi lisse que du bois poli. Le garçon était redoutablement séduisant, grand, musclé par le travail physique, avec ce rasage négligé des acteurs à la mode. Je le surnommais le DiCaprio de la poterie, mais ça lui passait au-dessus de la tête. Il était d'une nature bienveillante, c'était sa force et sa faiblesse. Et il travaillait dur, trait peu courant à Lubok Sayong. Tous les jeunes gens de valeur partaient, et ceux qui restaient préféraient se la couler douce plutôt que de s'échiner à bosser.

« Méfie-toi des crocodiles, dis-je. D'après le surintendant adjoint Sevaraja, on en a aperçu un sur le toit de l'abribus à l'arrêt pour Simpang Keladi, là où ton père vend ses jaques et ses *petai*. Un mâle de deux mètres cinquante, avec le dos tacheté de noir.

— Je préviendrai mon père, dit-il avec un petit rire. Sur le toit de l'abribus !

— Autre chose : si tu attrapes le poisson de Mami Beevi, relâche-le. Elle avait les larmes aux yeux quand elle l'a libéré. Elle n'apprécierait pas qu'on déguste son petit chéri.

— C'est quel genre de poisson ?

— Un machin bizarre. Très laid, avec un museau de chien.

— De quelle taille ? »

J'indiquai la longueur allant de mon coude au bout de mes doigts.

« *Chun !* Miam ! Parfait pour le poisson au curry de ma mère ! »

Il lança son filet. Celui-ci se déploya comme la robe d'une danseuse et se posa délicatement à la surface. Nous sommes restés là un moment, Ismet à guetter le poisson, moi dans mon rafiot en plastique, entourés d'une mer d'eau. Je rectifiai aussitôt cette impression : non, pas une mer. Une inondation n'a rien d'une mer. La mer entre en conversation avec vous. Elle vous presse, se dérobe, exige qu'on lui réponde. Les vagues et le sable qui se meut sous nos pieds ont leur cadence ; quand on est dans la mer on en comprend intuitivement les motifs. Alors qu'une inondation ne cherche qu'à s'échapper. Elle ne vous parle pas, elle sait que jamais elle ne reviendra et ne perd pas son temps à badiner quand son seul but est de se retirer.

« C'est qui ? » demanda Ismet en désignant une silhouette foncée.

Je ne parvenais pas à distinguer. La personne nous faisait signe, les bras en l'air. Elle continua d'avancer dans l'eau.

« *Ya Tuhan !* s'exclama Ismet. Mon Dieu ! T'as vu ça ? »

C'était Naïn, la folle aux sangsues. Reconnaissable à sa tignasse blanche qu'elle taillait à la serpe de temps à autre. De loin, ce n'était qu'une forme sombre. Quand elle se rapprocha, il nous apparut qu'elle était noire parce qu'elle était littéralement couverte de sangsues frétillantes. Je me demandai si elle était nue sous l'armure de bestioles qui lui couvraient le visage, les bras et le torse. Ça grouillait sous ses aisselles, d'autres lui pendaient des seins, des paupières et du lobe des oreilles. Naïn cillait frénétiquement pour les empêcher d'atteindre ses yeux, mais l'une d'elles était déjà engagée sur un œil. Elle gardait les bras en l'air pour éviter que la colonie de sangsues qui les tapissaient ne tombe à l'eau.

« *Ya Allah !* s'exclama Ismet. Que vous est-il arrivé, Naïn ?

— Il faut que je les sauve, dit-elle. Mes bé... »

Plusieurs sangsues s'engouffrèrent entre ses lèvres. Elle tenta de les recracher. « Mes bébés. » Sa langue allait et venait dans sa bouche, comme pour déloger un bout de viande coincé entre deux molaires.

J'imaginai son affolement face à la montée des eaux, je la voyais se déshabiller en catastrophe avant de plonger dans les grandes bassines où elle élevait ses sangsues, implorant ses petites chéries de s'agripper à elle et de planter dans sa peau leurs crocs minuscules. J'avais déjà vu les gesticulations cocasses d'une sangsue qui s'apprête à sauter, dressée en l'air comme pour faire son inspection avant d'y aller. *Venez sur Naïn, mes bébés ! Avec moi, vous n'aurez rien à craindre !* Et les centaines de bestioles de bondir, telle une pluie d'élastiques.

« Où les emmenez-vous ? demanda Ismet.

— Au centre d'accueil des réfugiés ! Je dois les sauver ! »

Un filet de sang lui coula à la commissure des lèvres quand elle mordit par inadvertance l'une de ses protégées manifestement repue.

« Voyons, Naïn, jamais on ne vous laissera entrer comme ça ! Au milieu de femmes avec de vrais bébés. Vous allez finir à l'hôpital psychiatrique de Tanjung Rambutan.

— Je dois sauver mes bébés », s'entêta-t-elle.

Elle expira bruyamment par le nez pour expulser une sangsue qui venait de se nicher dans sa narine. J'espérais sincèrement qu'elle ne soit pas totalement nue. Les sangsues s'insinuent dans les moindres orifices et on m'a raconté des anecdotes peu ragoûtantes sur ces bestioles quand elles se reproduisent à l'intérieur de leurs hôtes humains.

« Allez, dis-je. Prenez mon canot, trouvez un endroit au sec et, par pitié, enfilez quelque chose ! »

Je rejoignis Ismet dans l'eau pour maintenir le bateau le temps que Naïn parvienne à s'y hisser. Plusieurs sangsues se détachèrent, comme ivres mortes, aussi grosses que des olives. Je fus soulagé de constater qu'elle portait un bermuda effrangé.

« Allez plutôt au QG de la campagne électorale, près de la mosquée, suggérai-je. C'est plus près, c'est au sec, et on y distribue de la nourriture et des vêtements ce matin. »

Elle se mit à ramer et s'éloigna peu à peu, silhouette pathétique sous le parapluie à pois de mon rafiot en plastique bleu.

« Ne restons pas dans l'eau, dit Ismet en secouant la tête. Va savoir combien des bestioles sanguinaires de cette folle y sont tombées. Que va-t-elle faire, d'après toi ?

— Je ne sais pas. Je vais appeler Sevaraja pour qu'il s'occupe d'elle et l'emmène à l'hôpital. Je ne voudrais pas que toutes ces sangsues la saignent à blanc.

— Eh bien, avec tous ces politicards, elles seront en famille ! »

Ismet a des mains d'or. Ses doigts qui savent faire d'une boule de glaise une poterie parfaitement symétrique ne sont pas moins habiles pour la menuiserie ou la plomberie. Ce jour-là, il chantonnait gaiement tandis que nous plantions les montants et clouions les planches de la passerelle qui avait valu à Mr Leong de rentrer à Kuala Lumpur avec le nez cassé. Ismet imprimait une cadence que j'avais peine à tenir, au rythme des airs d'Adele et de Bunkface qu'il sifflotait malgré les clous qu'il tenait entre ses lèvres. Je suivais mon propre tempo, le travail physique m'apaisait. Je fredonnais des tubes de Dire Straits et des Bee Gees. Ismet se moquait gentiment de ma voix de fausset éraillée, la comparant à celle d'un vieillard incirconcis.

Une famille de canards passa, puis un chien à la nage, ce qui nous fit rire comme si c'était la chose la plus drôle du monde. Quand j'avais évoqué le projet de passerelle et le lot de planches que j'avais à l'usine, Ismet m'avait fait monter dans son sampan, équipé d'un vieux moteur diesel qui empestait et fumait, à bord duquel il écumait les rivières et les berges des environs en quête d'argile pour ses poteries. J'allais parfois à la pêche avec lui.

Après avoir convoyé une pleine cargaison de planches depuis mon usine jusque chez Beevi, il ne restait plus qu'à se mettre au travail. Assise en tailleur les pieds au sec, Beevi ne détachait pas son regard de l'aquarium vide. Elle était toute décoiffée, l'extrémité de sa longue natte trempait dans l'eau.

« Je ne l'ai jamais vue comme ça, bro, me confia Ismet. D'habitude, elle s'agite sans cesse dans tous les sens.

— C'est difficile pour tout le monde, surtout quand on a atteint un âge où l'on espère que rien ne changera plus. C'est la première fois que sa maison est inondée. »

Le niveau de la crue était vraiment exceptionnel. Shan, la bénévole, avait libéré les poules de Beevi avant de partir, mais depuis elles avaient disparu. Peut-être qu'elles s'étaient noyées. De l'étendoir à linge de Beevi, seul le haut des poteaux métalliques émergeait. J'avais emprunté le fil en nylon pour mon rafiot. Le potager où elle cultivait des pois carrés, des papayes, du tapioca et de la menthe était entièrement englouti. Disparus aussi ses chers bougainvilliers en pot. Leurs fleurs rouges et roses faisaient comme des points d'exclamation dans le jardin quand l'allée gravillonnée rayonnait d'un blanc aveuglant sous le soleil. Les quelques meubles qu'elle avait pu sauver étaient gorgés d'eau et gondolaient. Les boîtes à chaussures remplies de ses précieuses photos étaient en bouillie.

Beevi sortit de sa torpeur pour nous proposer un verre d'eau minérale.

« Où en est-on ? demanda-t-elle. Comment ça va chez toi, Ismet ?

— Tout le monde va bien, *hamdoulilah*. Mon père prévoit de partir en vacances. Dès que tout sera rentré dans l'ordre, il compte emmener ma mère à Medan pour la lune de miel qu'ils n'ont jamais pu s'offrir.

Il a un peu d'argent, grâce aux largesses de la campagne électorale. Ils y ont eu droit tous les deux. »

Le père d'Ismet avait touché des indemnités du gouvernement au titre de quatre critères, sa mère deux. Il avait quasiment passé la semaine à faire la queue pour apposer sa signature, d'une main mal assurée, au bas des formulaires.

« Je suis contente pour eux, dit Beevi. Je n'aurais jamais cru que ton père savait ce que c'est qu'une lune de miel.

— En fait, il l'a découvert très récemment. Par mon oncle. Ma mère vous dit bien des choses. Elle trouve que vous devriez déménager.

— Moi qui pensais vivre dans cette maison jusqu'au bout. Je me préparais à mourir ici.

— Allons, Beevi, ne raconte pas n'importe quoi ! » lui dis-je.

Comme la mère d'Ismet, j'avais tenté de la convaincre de s'installer chez sa demi-sœur, qui habitait au sommet de la colline dans l'ancienne demeure de leur père, la Grande Maison de Saïd Hameed. Elle y aurait trouvé de la compagnie, à l'abri de la crue, mais Beevi était têtue comme une mule.

Je lui racontai le crocodile sur le toit de l'abribus et cette folle de Naïn avec ses sangsues.

« Noornaïn ? On était à l'école ensemble. Elle n'a pas toujours été folle. »

La Beevi de naguère se serait lancée dans une histoire sur sa camarade, mais pas ce jour-là. Je lui parlai aussi des trois frères d'un village en amont qui s'étaient noyés.

« Des gens qu'on connaît ? demanda-t-elle.

— Non. Des écoliers. Ils ont emprunté la barque de leur père pour s'amuser, et elle s'est retournée.

Probablement trop lourde à manœuvrer. Le plus âgé n'avait que onze ans. On a retrouvé deux des corps, emportés par le courant, près de la jetée à Kampung Parit Kangkung. »

Le drame m'avait été rapporté par ma source habituelle, le surintendant adjoint Sevaraja. À l'aube, un homme avait aperçu les corps qui flottaient sur le ventre parmi les bouteilles en plastique et autres déchets au milieu des roseaux. Il avait attendu l'après-midi pour les ramener à la police. Comme Sevaraja s'étonnait du délai, l'homme avait expliqué que c'était le premier jour sans pluie et qu'il voulait en profiter pour récolter la gomme de ses hévéas sur la rive d'en face. Le déluge l'avait déjà privé quatre jours de son gagne-pain, faute de pouvoir saigner ses arbres.

Il avait donc hissé les noyés dans son bateau, puis traversa le fleuve pour rejoindre sa plantation. Tandis que les corps des deux frères dégorgeaient au fond de sa barque, il s'était occupé de ses arbres, avait pris sa pause déjeuner et s'était même accordé une cigarette, sans rien changer à ses habitudes. Il avait ensuite fait sa prière de la mi-journée, et poursuivi sa besogne, vérifiant les dégâts occasionnés par les intempéries. C'est alors seulement qu'il avait repris sa barque pour gagner la jetée sur l'autre rive et prévenir la police.

« Voilà un homme qui ne prend pas son travail à la légère ! dit Ismet.

— Il a sorti à Sevaraja : "Les gamins étaient morts, ils n'étaient pas à cinq minutes près ! Contrairement à mes arbres." Puis il a demandé s'il y avait une récompense pour les corps. "Au poids, ça doit bien valoir le prix du caoutchouc." »

J'expliquai à Beevi que nous avions entrepris de

construire la passerelle et elle a fait mine de s'y intéresser.

En deux jours, c'était terminé. Un journaliste venu couvrir l'élection partielle nous consacra un article, du genre éclairage sur la vie des vrais gens. Nous eûmes droit à un gros titre en page trois du *Star*. Ismet était présenté comme un artisan local et moi comme son vieil ami chinois.

Des années après cette crue mémorable, Beevi vitupérait encore contre ces incapables de citadins qui venaient jouer les bons samaritains, mais qui étaient surtout doués pour nous casser les pieds. Elle sortait alors la coupure de journal et l'exhibait fièrement. Une photo illustrait l'article : Ismet et moi, tout sourire, prenant la pose sur notre assemblage de planches en zigzag au-dessus des eaux. « La passerelle du potier », annonçait le titre.

COUP DE TONNERRE

Beevi n'eut jamais l'occasion d'emprunter la passerelle pour aller voter. Alors que la crue atteignait son pic, le surintendant adjoint Sevaraja nous annonça une mauvaise nouvelle. Une très mauvaise nouvelle.

« Viens vite, dis-je à Beevi. Ta sœur et son mari ont eu un accident. Un accident de voiture. »

Ismet nous emmena en sampan au poste de police, et de là Sevaraja nous conduisit à l'hôpital de Kuala Kangsar. Dans la voiture, Sevaraja tenta de nous apaiser : « Ils sont morts sur le coup. Ils n'ont pas souffert. »

Beevi était blême. Cela ne se voyait pas à son teint, mais ses lèvres avaient pâli. Elle se tenait très droite, ne prononçait pas le moindre mot. Elle semblait toute frêle, fragile, comme si elle allait se briser ou s'effriter au moindre geste.

Beevi n'avait pas de vraie sœur. La défunte, Assunta, était sa demi-sœur, elle habitait la Grande Maison avec son mari Ming. Beevi avait beaucoup d'autres demi-sœurs, par les multiples épouses de son père, mais Assunta était la seule qui l'appréciait. Beevi avait réussi à se mettre à dos toute sa famille, sauf Assunta. C'était une femme généreuse, qui aimait tout le monde. Elle avait retrouvé la foi sur le tard et j'avais moi-même eu à subir son prosélytisme particulièrement zélé. Mais ses efforts pour me convaincre d'aller à l'église étaient restés vains. Quand je me rendais à la Grande Maison, je ne m'intéressais qu'aux ramboutans qui poussaient sur le devant. Le salut de mon âme était nettement moins alléchant que ces fruits charnus et sucrés.

Assunta avait su préserver l'ambiance de la Grande Maison, traitant avec beaucoup de respect les bibelots, avec ou sans valeur, qui s'y étaient accumulés au fil des décennies. Gérer pareille bâtisse, et tout son bazar, n'était pas une mince affaire. Assunta avait entretenu le souvenir de leur père comme celui d'un homme hors du commun qui magnifiait l'existence des gens autour de lui. C'est probablement la raison pour laquelle Beevi pardonnait à Assunta, fille de la troisième épouse de Saïd Hameed, d'être à moitié chinoise.

Et voilà qu'elle était morte. De façon si brutale qu'on n'avait pu s'y préparer.

Je n'ai jamais vu Beevi aussi effondrée qu'à la morgue de l'hôpital où il fallut identifier les corps d'Assunta et de son mari. Quand l'infirmier souleva le drap qui recouvrait sa demi-sœur, elle recula d'un pas chancelant, comme si elle avait reçu un coup à l'estomac. Je demandai à Sevaraja de la raccompagner et de trouver quelqu'un pour lui tenir compagnie.

Pour ma part, je restai à l'hôpital, refoulant les croque-morts qui s'agglutinaient aux portes de la morgue comme des mouches sur du poisson séché. Il y avait l'embarras du choix : cérémonie taoïste avec pleureuses ou bouddhiste avec moines thaïs, messe en anglais ou en mandarin, concession au cimetière ou case au columbarium, une sélection d'urnes et de cercueils, une formule avec crémation et dispersion des cendres en mer. On me remit des prospectus détaillant toutes les options possibles : buffet funéraire, photographe, tenues de deuil en blanc ou noir, couronnes de fleurs, location de corbillard, de barnums, tables, chaises, ventilateurs-brumisateurs… La ligne « voiturier » était biffée, on m'expliqua que ce service n'était proposé qu'à Kuala Lumpur.

Je consacrai beaucoup de temps à discuter avec les démarcheurs des pompes funèbres. J'en étais à négocier un plan obsèques pour moi-même quand le reste de la famille d'Assunta arriva. Ils étaient nombreux, leurs pleurs bruyants et contagieux. Les larmes me montèrent aux yeux. Encore une rude épreuve en perspective pour Beevi, me dis-je.

Le commercial avec qui je discutais me tendit sa carte en me disant de l'appeler. « Nous veillons aux morts en traitant avec les vivants. On peut tout régler à l'avance, c'est bien d'être prévoyant, ajouta-t-il en souriant. Ça revient au même, le tarif ne change pas. La seule différence, c'est l'inflation. Le prix des concessions augmente, il ne baisse jamais. »

Je pensais sérieusement le rappeler. Je rangeai sa carte dans mon portefeuille, sous le plastique où les gens mettent d'ordinaire leur pièce d'identité, des photos de leurs enfants ou, pour les plus narcissiques, des photos d'eux-mêmes quand ils étaient jeunes et beaux.

Alors que je pensais que nous devions seulement faire face à la mort, avec tous les tracas qu'elle inflige aux vivants, j'appris soudain qu'une troisième personne se trouvait dans la voiture. Une petite fille qui avait survécu à l'accident. Il nous faudrait donc gérer d'autres complications, celles d'avoir charge d'âme.

Mary Anne

LE JOUR OÙ J'AI ÉTÉ CHOISIE

Voici mon histoire, et j'aimerais que ça démarre comme au cinéma, avec un générique qui défile. « LA VIE DE MARY ANNE » en lettres capitales. Pas facile, pourtant, de savoir où commencer. Le plus logique serait peut-être de commencer par le jour où j'ai appris que j'allais quitter tout ce qui m'était familier, mon univers minuscule : le foyer St Mary et l'école méthodiste pour filles, situés l'un et l'autre dans le quartier de Brickfields à Kuala Lumpur.

Je sais bien que la logique c'est barbant. C'est bon pour les adultes et les enfants plus mûrs que leur âge, mais si je ne fais pas simple, je vais devoir vous présenter une version plus âgée de moi pour ensuite vous embrouiller avec des flashbacks qui vous gâcheront tout le plaisir de me voir grandir. Vous les adultes, vous avez l'imagination un peu lente à l'allumage. Je vais donc opter pour une approche logico-chronologique, et si vous avez besoin de visualiser, mettez-y de l'insolite, de la couleur et de la fantaisie. C'est le genre de film que j'ai en tête.

Imaginez une fille de onze ans. N'essayez pas de vous la représenter à huit, cinq ou trois ans. Juste onze ans, tâchez de bien garder ce point en tête, comme un nœud au bout d'un fil à coudre. Un jour, quand j'avais onze ans, donc, Sœur Tan m'a convoquée dans son bureau un après-midi, avec pour consigne de me coiffer et d'apporter mon cartable. Quand je me suis présentée, j'ai posé mon sac devant Sœur Tan et elle m'a fait signe de m'asseoir sur la chaise près de la porte. Il y avait deux visiteurs, qui m'ont souri. Un homme et une femme, pas très jeunes, pas vieux non plus. Ils avaient pris place dans les fauteuils qu'occupent d'ordinaire les gens venus faire un don à St Mary.

« Oui, oui, ne cessait de répéter Sœur Tan. La Providence nous a souri. Le Seigneur nous a accompagnés dans nos efforts. »

Sœur Tan était presque jolie. Ses cheveux bouffaient quand elle les lavait et elle se donnait un genre bohème. Elle portait des kurtas, des jupes longues et de grosses boucles d'oreilles qu'elle achetait dans les boutiques indiennes de Brickfields. J'ai dit « presque » jolie. Elle avait des sillons de chaque côté de la bouche qui descendaient jusqu'au menton. Et avec son rouge à lèvres, elle avait l'air d'une marionnette de ventriloque. Elle n'arrêtait pas de sourire ce jour-là, on aurait dit que son visage allait se fendre en deux et sa mâchoire se décrocher.

Je me suis assise sur la chaise contre le mur face au bureau, derrière les visiteurs. Sœur Tan s'est mise à fouiller dans mon cartable. J'étais furieuse. Mon cartable était l'un de mes rares effets personnels au foyer. Nous étions trente filles à St Mary, sans nulle part où cacher quoi que ce soit : huit pensionnaires par chambre, une armoire pour trois, un bureau pour quatre, un foyer pour trente, et voilà. On n'était pas non plus les unes sur les autres, mais il était à peu près impossible de dissimuler un journal intime ou même un simple ouvrage de couture qu'on n'avait pas envie de montrer aux autres. J'aurais bien milité pour que chaque fille ait droit à son propre casier, mais je me disais que Sœur Tan n'aimerait pas trop ça, qu'on lui dise ce qu'elle avait à faire. Je gardais donc mes secrets entre les pages de mes manuels et dans la doublure de mon cartable qui se décousait par endroits.

Sœur Tan a sorti quelques devoirs et un projet de travaux manuels, un protège-livre en papier tissé. Elle l'a exhibé comme si c'était un chef-d'œuvre. J'avais honte. Il était beaucoup moins classe que ceux des filles de bonne famille, avec plein de sortes de papiers de couleurs différentes.

« Elle sait aussi jouer aux échecs », a ajouté Sœur Tan.

Je ne voyais pas en quoi c'était important. Elle m'en avait parlé une seule fois, un jour où je faisais une partie contre moi-même. « Tu joues aux échecs ou bien encore à un de ces jeux de ton invention ? » m'avait-elle demandé.

« Aux échecs. Les blancs peuvent prendre la reine noire en trois coups. » Je m'étais dit qu'elle n'était pas très maligne pour ne pas s'apercevoir que je jouais juste aux dames sur un échiquier.

La femme s'est retournée sur son fauteuil pour me sourire. « Très bien, elle pourra jouer avec Ming. Moi, je n'y connais rien. »

Ming, ça fait nom de chien. Si j'avais un pékinois, je le baptiserais Ming et je lui apprendrais à jouer aux échecs chinois. La femme semblait de taille à promener un gros chien comme un labrador ou un chow-chow. Moi, j'aime les beagles. Ils ont des oreilles adorables, on dirait des chaussettes en soie.

« Dis au revoir, Mary Anne », m'a enjoint Sœur Tan quand ils se sont levés. L'homme qui s'appelait Ming m'a fait un clin d'œil. J'ai froncé les sourcils et j'ai fixé mes pieds. Malgré son nom de toutou, ce petit signe me le rendait plus sympathique.

« Au revoir », j'ai murmuré. En pensant : *Vais-je avoir droit à un susucre ?*

Il était prévu que ces gens reviennent me chercher la semaine suivante pour m'emmener vivre chez eux. Ils seraient mes « sponsors », m'a expliqué Sœur Tan. Elle n'a pas parlé de « parents ». Les mots de « père » et de « mère » n'ont jamais été prononcés. Des sponsors, ça me donnait l'impression d'être une sportive comme Nicol David, la championne de squash qui fait la pub du chocolat en poudre Milo. Quels talents Sœur Tan m'avait-elle prêtés pour leur donner envie de me soutenir ? Il y a peu de chances que mon visage soit un jour placardé sur des panneaux publicitaires. Jamais je n'ai gagné le moindre prix en sport. Le jour des olympiades, je n'ai même pas été fichue de franchir la barre de saut en hauteur pour rapporter un point à mon équipe.

Sœur Tan m'a serrée fort dans ses bras en me disant que j'avais vraiment beaucoup, beaucoup de chance. Je pouvais remercier le Seigneur d'avoir mis sur ma route des gens aussi merveilleux.

« Tu te rends compte, Mary Anne ? » Elle pensait à voix haute plus qu'elle ne s'adressait à moi. « C'est inespéré, je commençais à ne plus y croire. Tu peux t'estimer heureuse. Vraiment inespéré ! »

Quand j'ai quitté St Mary, je n'ai pas été adoptée. Il n'y a pas eu de papiers à signer pour que je sois transférée à mes nouveaux propriétaires. Certains chiens ont un pedigree. Pas moi. Je n'étais qu'une fille de St Mary pour laquelle Sœur Tan commençait à désespérer. J'ai été un peu déçue qu'il n'y ait rien pour marquer cette étape importante, qui allait sûrement changer le cours de ma vie. Bêtement, je m'attendais à passer une agréable journée à l'extérieur avec mes nouveaux propriétaires, histoire de faire connaissance. J'aurais pu les charmer dans ma robe presque neuve, choisie pour l'occasion, et j'aurais ensuite tout raconté aux filles de mon dortoir dans un flot de chuchotements excités. Rien du tout, que dalle, personne ne m'a interrogée, sauf Mary Beth, ma meilleure amie. À vrai dire, ce n'était que justice. Moi non plus, je ne m'intéressais pas vraiment aux autres filles. J'étais aimable avec elles et on me parlait poliment, mais jamais je ne me joignais à mes camarades pour feuilleter un magazine, glousser en votant pour le plus beau chanteur de boys band ou échanger les derniers ragots de l'école. Personne n'a été triste de me voir partir, certaines ont peut-être été jalouses ou soulagées, mais sûrement pas tristes.

On ne m'a pas demandé mon avis. Quand vous êtes choisie, vous partez. Point final. Ça se passait toujours comme ça. Sœur Tan annonçait à une fille qu'elle s'en allait et voilà. En général, les plus jeunes partaient plus vite.

J'étais plus adoptable que Mary Beth qui était plus âgée. À quinze ans déjà, avec sa peau foncée, son acné et ses cheveux crépus, elle n'avait quasiment aucune chance d'être adoptée. J'étais aussi plus jolie qu'elle. Mary Beth se prenait pour ma grande sœur. Elle me protégeait, veillait à ce que j'aie droit à ma part de goûter et à ce qu'on ne me pique pas mes affaires. Elle me commandait un peu parfois, mais je me laissais faire. Mary Beth était comme une sœur, la sœur que je n'aurais jamais.

Elle allait rester au foyer, mais St Mary vous gardait seulement jusqu'à dix-huit ans. Après, elle serait obligée de partir. St Mary lui verserait une allocation les six premiers mois, ensuite elle devrait se débrouiller. C'est la règle.

Elle a eu du mal à retenir ses larmes, pauvre Mary Beth. Sur la carte qu'elle m'avait fabriquée, il était écrit : « Je t'aime. » J'en ai eu la gorge nouée parce que ce n'est pas le genre de truc qu'on dit à St Mary. Il était beaucoup question d'amour. Tout le monde nous aimait, à commencer par Jésus et le Seigneur, mais le verbe « aimer » n'était jamais employé à la première personne du singulier.

Mary Beth avait déjà subi plusieurs abandons. Avant de reporter son attention sur moi, elle avait pris sous son aile une petite fille de quatre ans, ça avait duré deux ans, jusqu'à ce qu'elle soit adoptée par un couple de Subang. Elle avait aussi été proche d'une adolescente qui avait fugué sans en parler à personne. Je craignais que Mary Beth ne se remette pas de mon départ.

Ma dernière semaine à St Mary a été très curieuse. Les professeurs me demandaient où j'allais habiter, mais j'étais incapable de leur répondre, n'en sachant rien. Même s'ils me félicitaient chaleureusement, je voyais à leur tête qu'ils me plaignaient. J'aurais voulu dire adieu à ma prof préférée, mais je ne l'ai pas fait car elle ignorait à quel point je l'admirais, j'étais même un peu amoureuse d'elle.

Comme je devais rendre tous mes manuels le dernier jour, j'ai jeté les bouts de papier que je cachais entre les pages, sur lesquels je griffonnais des secrets au sujet de ma mère. Je me suis engouffrée avec mon cartable vide sur le dos dans le minibus qui nous ramenait tous les soirs à St Mary, et en sentant cette légèreté inhabituelle, je me suis mise à pleurer. Comme toujours à la sortie, il y avait un attroupement d'élèves devant les grilles. J'ai aperçu quelques filles de ma classe qui rigolaient. Ça leur était égal de ne plus me revoir à partir du lundi. Au bout du compte, je n'ai dit adieu à personne à l'école.

Comme cadeau de départ, j'ai demandé à Sœur Tan une carte de Malaisie. Elle m'a regardée d'un air intrigué, avant de me dénicher un vieil atlas scolaire. Elle m'a aussi offert un chapelet et un crucifix en bois. J'avais peu d'affaires, quelques habits et des chaussures, et aussi la boule à neige que j'ai reçue au Noël d'avant. Ce que j'aurais vraiment voulu emporter, c'est Mary Matou, le chaton que je nourrissais avec mes restes, mais je n'ai pas osé demander.

Vous trouvez peut-être que ça fait beaucoup de Mary dans la même histoire, mais ce sera tout. Moi-même, ma meilleure amie et le chaton. Si vous avez fait attention, vous avez deviné que ce n'est pas le fruit du hasard et vous vous dites peut-être que tout le monde à St Mary s'appelle Mary quelque chose. Eh bien vous avez presque raison. Tout le monde sauf Sœur Tan qui s'appelle juste Elizabeth.

Quand Mary Beth et moi nous sommes dit adieu, il y avait de la gêne, comme entre deux étrangères. Je lui ai dit :

« Tu penseras à nourrir Mary Matou, hein ? »

Nos larmes et nos gestes semblaient artificiels. Sœur Tan avait les yeux humides et gardait un bras autour des épaules de Mary Beth qui, elle, pleurait comme une madeleine. D'autres filles se sont approchées pour nous observer. J'étais intimidée d'être l'attraction et je n'avais qu'une envie, partir pour qu'on en finisse. Avec un sourire figé, j'ai salué à grands gestes toutes les autres Mary : Claire, Jane, Lou… jusqu'à Yvette et Zsa-Zsa.

Je me suis installée dans la voiture et quand on a démarré, je n'ai pas regardé en arrière, pas une seule fois. J'avais tout de même les yeux rivés sur le rétroviseur et j'aurais voulu que ce qu'on dit dans *Jurassic Park* soit vrai, que les objets dans le miroir sont plus proches qu'il n'y paraît. Ou peut-être plus grands ? Peu importe, je ne me souviens pas de grand-chose, sauf que c'était un film génial.

La voiture sentait le plastique et les produits chimiques. Mon sac serré contre ma poitrine, j'observais les panneaux publicitaires. Entre Kuala Lumpur et Bukit Beruntung, la dame a tenté d'engager la conversation.

« Tout se passe bien à l'arrière, Mary Anne ?

— Très bien, madame.

— Tu as mis ta ceinture ?

— Oui, madame.

— Nous avons préparé ta chambre. Tu auras ta propre salle de bain et un bureau pour faire tes devoirs. Tu pourras la décorer comme tu en as envie. »

Je n'ai pas pu répondre parce que j'avais une boule coincée dans la gorge. Mary Beth et moi imaginions souvent en rêve notre propre chambre, avec des coussins violets et roses, un miroir en pied, un grand tapis où Mary Matou pourrait se prélasser et même une radio, mais je préférais ne pas trop y penser.

« Veux-tu grignoter quelque chose ? J'ai des chips et des cacahuètes. »

Elle m'a tendu une grande boîte de Pringles, goût fromage, par l'espace entre les deux sièges. Ce genre de cochonneries est réservé aux jours de fête à St Mary. Mary Beth raffole des Pringles *sour cream and onion*, et moi goût barbecue. J'ai secoué la tête, mais la boîte est restée tendue. La dame ne pouvait pas me voir, j'étais dans son dos. Je me suis forcée à dire :

« Non merci, madame. »

Elle a tapoté l'épaule de son mari.

« Tu en veux ?

— Trop riche en sel », a-t-il marmonné.

Nous roulions toujours dans la même direction, droit vers le nord. Nous avons dépassé Tanjung Malim, Slim River, Bidor et Tapah, direction Ipoh. Je me suis sentie toute petite quand on a laissé Tapah derrière nous, comme si je quittais mon pays. Un jour où nous allions à Cameron Highlands avec l'école, nous étions sortis à Tapah après avoir emprunté le même itinéraire. Je n'avais jamais été plus loin que ça de Kuala Lumpur.

Je me suis aperçue que je n'avais toujours pas lâché mon sac. Je l'ai posé à côté de moi pour en sortir l'atlas que m'avait donné Sœur Tan. J'ai fait coulisser le zip tout doucement, le plus discrètement possible. Je ne voulais pas qu'on me parle.

Je l'ai ouvert, mais il faisait trop sombre pour lire. Je me demandais jusqu'où nous irions vers le nord. Tout le monde croyait que je savais où nous allions, mais on ne m'avait rien dit. Les gouttes de pluie ruisselaient sur la vitre, je les regardais faire la course et former des petites flaques. L'une des coulures a dessiné les lettres de mon prénom. Une autre, les contours d'un chat. J'ai voulu lécher mes larmes, mais je n'avais pas la langue assez longue. J'essayais en vain depuis des mois d'atteindre mon menton. J'ai fait une nouvelle tentative. L'odeur de mon oreiller me manquait.

J'apercevais le haut de la tête de la dame, qui dodelinait vers le carreau. J'ai regardé le monsieur dont je pouvais distinguer en partie le profil. Il tanguait légèrement, comme si une baudruche avait pris le volant. Je voulais dire quelque chose, sans savoir quoi précisément. Il faisait bon et sombre dans la voiture, alors que dehors c'était le déluge. Je me suis penchée pour regarder dans le rétroviseur. L'homme avait les yeux mi-clos.

J'ai plaqué un genou contre le siège de la dame et j'ai donné un léger coup. Elle n'a pas réagi. J'ai secoué son dossier plus fort. Le pare-brise dégoulinait de pluie, les essuie-glaces allaient et venaient comme le pendule d'un hypnotiseur. J'ai vu le menton du monsieur piquer vers sa poitrine.

J'ai préparé la phrase dans ma tête : Je pourrais avoir des Pringles, s'il vous plaît madame ?

Je me suis éclairci la gorge et j'ai ouvert la bouche : « Je pourrais avoir des Pringles, s'il… »

Mais trop tard. Le volant a tourné dans un sens, puis dans l'autre. Les phares ont éclairé une vache. Elle était brun-rouge, avec la peau toute flasque et des pattes maigres. Nous l'avons heurtée de plein fouet. La voiture a basculé sur le côté, a dérapé le long de la barrière de sécurité puis s'est redressée. J'avais l'impression d'être un dé qu'on secoue dans tous les sens.

Voilà comment c'est arrivé. Nous sommes partis en vol plané sur trente mètres et j'ai aperçu, par la vitre arrière, la vache qui nous souriait d'en bas, toujours sur ses quatre pattes, en agitant la queue. Un grand ange aux ailes blanches enveloppait la voiture de ses bras et nous avons atterri doucement, comme une plume, dans un fossé de l'autre côté de l'autoroute. La voiture a légèrement rebondi sur ses pneus, les quatre portières se sont ouvertes et refermées. L'ange avait les joues roses et une toge géante de nuages gris qui déversaient leur pluie. La vache, petite et marron, était prise dans les plis du vêtement et la dame, curieusement, la chevauchait comme dans un rodéo. Je n'oublierai jamais comment c'est arrivé, même si j'ai perdu connaissance avant de pouvoir crier.

La ceinture me sciait la poitrine, j'avais mal à la tête et au cou. J'étais couverte de bouts de verre et de miettes de chips. Le monsieur et la dame étaient affalés sur deux nuages arrondis, comme deux gros oreillers. Quelqu'un a klaxonné, un son strident et insistant qui venait de partout. Deux phares fonçaient vers moi, trop vite pour s'arrêter et si puissants que j'en étais aveuglée. Puis la portière de mon côté a volé, arrachée à ses charnières. J'ai voulu ouvrir la bouche pour hurler, mais je me suis rendu compte qu'elle était déjà ouverte.

Nous ne sommes jamais arrivés à la maison, ce soir-là. Et je ne savais même pas quelle maison.

BRISÉE

En me réveillant, j'ai entendu des voix, un bouillonnement de bavardages, comme pendant la récréation à l'école. J'avais la bouche sèche et la langue pâteuse. Quand j'ai réussi à décoller mes paupières, j'ai aperçu une foule au pied de mon lit. J'ai cru qu'ils étaient cinquante, mais plus tard, quand j'ai su leurs noms et que je les ai comptés, j'ai vu qu'ils étaient douze. Une femme sanglotait, une autre distribuait des mouchoirs en papier. Un homme parlait au téléphone. Une grosse dame m'observait derrière des lunettes qui lui faisaient des yeux énormes.

« Chut ! a-t-elle dit. Chut ! La petite s'est réveillée. Bonjour, mon enfant.

— Bonjour, a renchéri une autre. Comment t'appelles-tu ?

— Tu as faim ? J'ai du porridge au poulet. Tu préfères un chocolat chaud ?

— Comment tu te sens ? Tu as mal quelque part ? Pauvre petite ! »

La grosse m'a tapoté la main. Quelqu'un d'autre m'a caressé le front.

« Elle est toute maigre !

— On ne les nourrit pas beaucoup à l'orphelinat. Tu veux du porridge au poulet ?

— C'est quoi ton nom, ma chérie ?

— Elle a peut-être oublié. Tu te souviens d'Assunta,

mon enfant ? Et si on lui expliquait qui nous sommes ?

— Oublié quoi, son nom ou l'accident ?

— Chut. Tais-toi. Ce n'est pas le moment de lui poser toutes ces questions. Ni d'évoquer l'accident. Quelle idiote tu fais ! »

Celle qui m'avait interrogée sur Assunta a fondu en larmes. Une autre femme l'a prise dans ses bras et a pleuré avec elle. On m'a encore tapoté l'épaule et j'ai poussé un cri en ressentant une vive douleur jusque dans les jambes.

J'ai regardé autour de moi, m'attendant à reconnaître le dortoir de St Mary, avec les filles les plus jeunes assises en tailleur sur les lits du haut, en train de faire leurs devoirs. J'ai cherché au plafond la tache d'humidité familière, celle que je contemplais souvent quand je m'ennuyais. J'ai cherché les emplois du temps collés aux portes de nos placards et le bazar dans le coin où dormait Mary Matou. Au lieu de quoi il y avait des néons blancs, un drap vert déployé sur moi, des barres métalliques autour de mon lit, une odeur de médicaments et la curieuse blouse que je portais. J'ai compris que j'étais à l'hôpital, mais où étaient les médecins et les infirmières ? J'avais besoin d'une figure d'autorité. Un policier ou un professeur, surtout pas ces pipelettes.

J'ai ensuite remarqué la tige métallique où pendait une poche en plastique remplie de liquide. J'ai suivi des yeux le tuyau, jusqu'au sparadrap qui maintenait une aiguille plantée dans mon bras. Je déteste les piqûres. On m'avait enfoncé une grosse aiguille pendant que j'étais évanouie et elle était toujours là. Le cri qui avait voulu sortir dans la voiture, avant que tout ne devienne noir, enflait de nouveau en moi.

L'une des femmes m'a tendu une cuiller en porcelaine sous le nez. « Un peu de porridge, ma petite ? »

J'ai détourné la tête et j'ai aperçu une jambe plâtrée, suspendue en l'air. Ça ne pouvait pas être la mienne, je ne la sentais pas. Toujours ce cri au fond de la gorge, comme une envie de vomir. Je voulais ma maman, mais je n'ai pas de maman. Ma mère est une actrice magnifique qui tourne des films à Hollywood. Alors j'ai crié : « Je veux Mary Beth ! » Et j'ai hurlé tout ce que je savais. J'ai agité ma jambe dans tous les sens, celle qui n'était pas plâtrée, si bien que le drap a fini par glisser, mais tout ça sans bouger le bras droit. Je ne voulais surtout pas que la grosse aiguille remonte dans ma veine, une flèche au ralenti, pour aller transpercer mon cœur comme une bulle et que je me vide de tout mon sang. J'allais mourir, cette fois j'allais mourir pour de bon.

J'ai crié et crié, jusqu'à ce que deux infirmières accourent. Quand elles m'ont reproché de faire du tapage, j'ai pleuré à chaudes larmes, mais plus discrètement. Elles ont sermonné tous ces gens et elles les ont poussés dehors.

Après leur départ, j'ai vu qu'il y avait d'autres enfants dans la salle. Sur ma gauche, il y avait une fillette chauve et toute menue, accompagnée de sa mère. Même si elle avait le teint très pâle, elle était bien chanceuse d'avoir une mère. « Je veux Mary Beth ! » ai-je sangloté. J'ai fermé les yeux et j'ai de nouveau perdu connaissance, je me voyais en train de mourir.

Je ne suis pas morte. Ce n'est pas si simple de mourir. Les infirmières m'apportaient tous les matins du chocolat chaud dans un gobelet en plastique et des gaufrettes à la vanille, et deux fois par jour un plateau avec une assiette de riz que l'on plaçait sur la table à roulettes devant moi. On redressait le matelas et on me disait de manger. J'étais incapable d'avaler quoi que ce soit, à cause de l'arrière-goût dans ma bouche et de la douleur que je ressentais dès qu'on me déplaçait. On me conseillait de prendre exemple sur ma voisine et d'arrêter de faire le bébé. Il ne fallait pas que je m'inquiète pour quelques os cassés, mais on ne disait rien des bandages que j'avais sur la tête.

Un matin, ma voisine n'était plus là. Quand j'ai fait ma scène habituelle au moment du repas, une infirmière s'est emportée : « Tu ferais mieux de manger, petite idiote, ou tu finiras comme elle ! Ta voisine est morte cette nuit ! Le monsieur et la dame qui étaient dans la voiture avec toi sont morts eux aussi ! Tu ne connais pas ta chance ! »

J'étais épouvantée par ce lit vide à côté de moi. Quand les infirmières éteignaient les lumières pour la nuit, j'étais paralysée de peur rien qu'à imaginer le lit vide où avait reposé la petite chauve avec des tuyaux qui lui sortaient du nez. Je fermais les yeux très fort, redoutant qu'elle n'apparaisse à mon chevet pour me fixer de ses prunelles sans blanc, comme cet enfant fantôme que j'avais vu dans un film. J'avais beau savoir que les pleurs angoissants que j'entendais dehors n'étaient que les miaulements de chats en chaleur, je n'arrivais pas à me raisonner. J'avais oublié les prières du soir apprises à St Mary. Le matin, j'étais à peine capable de regarder la nourriture, sans parler de manger.

Je suis devenue étrangère à moi-même. Le jour, je n'enregistrais rien de ce qui m'était dit. Les inconnus qui me rendaient visite n'existaient pas. Je n'avais plus peur de l'aiguille car des cauchemars autrement plus terribles m'attendaient la nuit. J'endurais les piqûres, les douleurs qui allaient et venaient, même le supplice quand on me déplaçait ou qu'on faisait ma toilette. Je ne parlais plus, je ne pleurais plus. La nuit, je m'armais de courage pour affronter les terreurs qui n'ont même pas cessé quand un garçon qui toussait à longueur de temps est venu occuper le lit d'à côté.

Les créatures vengeresses que j'imaginais ne se contentaient pas de rôder la nuit autour de mon lit. Elles s'introduisaient par les fenêtres entrebâillées et les fentes sous les portes, fondaient sur moi, m'étouffaient et me suçaient le sang par les orteils, m'entraînaient à la suite de la petite fille chauve, à la suite du monsieur et de la dame de la voiture. À la nuit tombée, des enfants à tête de citrouille arrivaient d'un pas sautillant et choisissaient leurs victimes.

Les battements de mon cœur résonnaient dans mes tympans au rythme de ce cortège de zombies. Réfugiée sous ma couverture, je me reprochais de ne pas avoir parlé à temps dans la voiture. J'aurais pu empêcher l'accident, j'avais péché en restant silencieuse, deux personnes étaient mortes parce que j'avais hésité à demander des Pringles.

Je ne pensais plus que j'allais mourir. Abandonnée par les anges, j'étais punie de mon vivant par des diables et des démons. La couverture d'hôpital ne m'était d'aucun secours.

Auyong

À CHACUN SON HISTOIRE D'HÔPITAL

La famille de Beevi s'abattit sur la Grande Maison comme un troupeau de volatiles coureurs et criards. Ces gens se déplaçaient par vagues. Ils picoraient et s'agitaient comme des poules, croassaient comme des corbeaux et s'épiaient comme des faucons. La veillée funèbre d'Assunta eut lieu dans la Grande Maison où tous ceux qui avaient pris d'assaut l'hôpital se trouvèrent de nouveau réunis.

Ils prirent le deuil. Certains ne tardèrent pas à s'installer dans un nouveau rythme rassurant : prier ensemble, manger, jacasser, échanger des potins à propos d'autres décès et d'autres enterrements. Tous ces murmures flottaient dans l'air.

« Je ne l'ai jamais dit à personne. Quand mon mari a été hospitalisé pour son insuffisance rénale, j'étais persuadée qu'il n'en réchapperait pas. J'ai apporté son costume à l'hôpital.

— Pour quoi faire ?

— Pour que les pompes funèbres puissent l'habiller, et m'épargner un aller-retour à la maison. D'une pierre deux coups. J'étais complètement débordée à l'époque, entre les enfants et le magasin. Tu parles d'un stress ! Le seul moment où je pouvais m'apitoyer sur mon sort, c'était au petit coin ! Pas question de retourner sans cesse à la maison pour chercher un truc ou un autre.

— Tu as toujours eu le sens pratique.

— Sauf qu'il n'est pas mort. Il est rentré à la maison. Le costume n'avait pas bougé de l'armoire pendant des années, je n'ai pas imaginé une seconde que mon mari remarquerait son absence. Je n'en suis pas revenue, mais à peine rentré, le premier truc qu'il m'a dit, c'est : "Mei Lan, où est passé mon costume ?" J'ai fait semblant d'être occupée et j'ai répondu : "Je ne sais pas, il doit être là, quelque part..." Dès qu'il a été sous la douche, je me suis précipitée à la voiture, j'ai récupéré le costume dans mon sac et je l'ai raccroché dans la penderie ! Je n'ai jamais couru aussi vite de ma vie ! »

Il y eut quelques rires discrets.

« Je ne me suis pas privée de rouspéter : "*Kao kao*, t'es myope comme une taupe ! T'as la vue qui baisse ! Regarde, il est là, ton costume ! On aurait dû en profiter pour te faire examiner les yeux, à l'hôpital. Sans moi, t'es pas fichu de retrouver quoi que ce soit !" Quand il est mort, on a dû découper la veste, tellement il avait grossi ! De face, il était très présentable, avec une cravate et tout, mais dans le dos il y avait une fente longue comme ça !

— Qui a choisi le cercueil d'Assunta ?

— Elle-même. Tu n'es pas au courant ? Il y a quinze jours, quand l'oncle Sim est mort, elle a accompagné Mère et Tante Sim aux pompes funèbres pour choisir le cercueil. Assunta a fait une remarque idiote. Juste comme ça, elle a dit que le cercueil blanc avait l'air joli. Tante Sim en a choisi un marron pour Oncle Sim. Quant au blanc, c'est celui d'Assunta.

— C'est *pantang* de choisir un cercueil. C'est pas que des superstitions. Il faut faire très attention dans la boutique. Une seule personne peut s'exprimer, les autres doivent se taire. Si on en choisit deux au lieu d'un, eh bien quelqu'un risque d'avoir à occuper le deuxième.

— Et savez-vous qu'on n'est pas censé pointer du doigt celui qu'on veut ? On doit juste lui donner un petit coup de pied.

— C'est bon à savoir. L'amie d'une amie dit que les employés des pompes funèbres savent à l'avance quand quelqu'un va venir leur acheter tel ou tel cercueil. Ces gens-là ont un sixième sens. Des fois, il paraît que la veille on entend comme des petits coups venant de l'intérieur du cercueil.

— C'est horrible ! J'en ai la chair de poule ! »

Beevi se tenait à l'écart. Elle s'était mise en pilotage automatique, elle avait refoulé son chagrin au plus profond d'elle-même et puisé dans ses réserves d'énergie pour tenir. Comme je ne lui étais d'aucune utilité, je me proposai d'aller à l'hôpital prendre des nouvelles de l'enfant. Beevi me demanda d'appeler Sœur Tan, la femme qui dirige l'orphelinat St Mary à Kuala Lumpur. Elle avait beau être débordée, entre accueillir la famille pour les obsèques et tout remettre en ordre à cause des inondations, elle prit le temps de me donner le numéro de téléphone et des consignes.

Je ne voyais pas qui était cette enfant, ni ce qu'elle faisait dans la voiture. Personne ne m'avait rien dit. Mais c'était à moi de m'occuper de cette fillette qui s'était trouvée avec Assunta. Je n'étais pas mécontent de pouvoir m'échapper de la Grande Maison. Les piques volaient comme des poignards entre Beevi et les autres femmes, je ne tenais pas à me retrouver coincé au milieu. Beevi n'était pas appréciée de ses demi-sœurs et la courtoisie de façade n'était pas son genre.

La fillette était affreusement chétive sur son lit d'hôpital. Abattue, prostrée, recroquevillée sur elle-même, les yeux vitreux et le visage couvert de pansements. Je voulus lui parler, mais elle détourna la tête.

J'appelai Sœur Tan à qui je me présentai.

« On m'a demandé de vous contacter à propos de Mary Anne.

— Oui ? répondit la voix au bout du fil.

— Mary Anne, l'une de vos pensionnaires. Elle a été blessée dans un grave accident de la route, elle n'arrête pas de vous réclamer, vous et une certaine Mary Beth. Les médecins ne jugent pas son état critique, mais elle est très secouée et les infirmières n'arrivent pas à la faire manger. Elle s'affaiblit, une présence familière serait la bienvenue. Nous sommes tous des étrangers pour elle. »

Sœur Tan semblait désemparée. Je dus lui répéter trois fois les indications pour se rendre à l'hôpital de Kuala Kangsar avant qu'elle ne finisse par les noter. Elle poussa un cri de stupeur en apprenant le décès d'Assunta et de son mari.

« La vie est bien mystérieuse, Mr Auyong. Les voies du Seigneur sont impénétrables. »

Je fus tenté de lui dire le peu de cas que je faisais du Seigneur, ses voies me paraissant plus aléatoires que mystérieuses. Sœur Tan se ressaisit rapidement et m'informa d'une voix beaucoup plus posée qu'elle allait trouver quelqu'un pour veiller sur l'orphelinat en son absence. Je pouvais dire à Mary Anne qu'elle serait là au plus vite.

Je retournai auprès de la fillette. Allongée dans son lit, elle observait fixement le goutte-à-goutte.

« Bonjour, Mary Anne de St Mary », dis-je.

Elle me regarda en face pour la première fois. Des larmes lui vinrent aux yeux et elle se détourna.

« Je sais que c'est compliqué pour toi, mais je viens de parler à Sœur Tan. Elle sera bientôt là.

— S'il vous plaît, demandez-lui de me ramener à St Mary », murmura-t-elle.

Je ne pouvais pas lui répondre, ignorant quels étaient les projets la concernant. Si tant est qu'il y eût des projets.

« Tu veux boire quelque chose ? Un jus d'orange ? »

Elle secoua la tête.

Je pris place sur la chaise à son chevet et parcourus le journal acheté à la boutique de l'hôpital. « Tu sais qu'il y a de grosses inondations à Lubok Sayong ? »

Elle resta muette.

« L'eau m'arrive à la taille. Je suis obligé de me déplacer en barque, mais les enfants s'amusent comme des petits fous à nager autour des arbres. Tu as déjà vu une inondation ? »

Je m'attendais à un nouveau signe négatif, mais elle dit doucement : « Je ne sais pas nager.

— Ah bon ? On ne t'a pas appris ?

— Aucune des filles à St Mary ne sait nager.

— Dommage. C'est important de savoir nager.

— Peut-être, mais c'est comme ça. Et puis, on ne sait jamais ce qui est vraiment important. On m'avait dit que je serais heureuse dans ma nouvelle maison, que c'était important. Et voilà où j'en suis. »

Que répondre à ça ?

« Est-ce que je vais mourir ? me demanda-t-elle.

— Non. Le docteur dit que tu seras remise d'ici une semaine, dix jours maximum. Mais c'est important… enfin, il faut reprendre des forces.

— Ce n'est pas vrai, un jour je vais mourir. »

Une fraction de seconde, je la vis comme une Beevi en herbe.

« Tu n'es pas un peu jeune pour tenir ce genre de propos, surtout à un vieillard comme moi ?

— Je vais mourir si je ne mange pas. Je n'ai jamais pris l'avion. J'aimerais bien prendre l'avion une fois avant de mourir. »

Ce petit mélodrame changeait de l'apathie des trois derniers jours. Sans avoir une grande expérience des enfants, je sentais que la nouvelle de la venue de Sœur Tan agissait déjà sur son moral.

« Qu'est-ce que tu voudrais faire d'autre avant de mourir ?

— J'aimerais bien être demoiselle d'honneur. Apprendre à faire du gâteau au chocolat. Et surtout, j'aimerais retrouver ma mère.

— Tu sais où elle vit ?

— À Hollywood. Un jour, je la retrouverai. C'est une star de cinéma. Elle est très belle.

— Je suis sûr que tu lui ressembles. »

Je regrettai immédiatement cette remarque. La fillette avait la moitié du visage couverte de pansements. Et la partie visible ne permettait pas de se prononcer. Elle retomba dans le silence.

Je me rendis dans la salle de détente où je passai un moment à feuilleter de vieux magazines. Quand une femme vint s'allonger sur une rangée de sièges pour piquer un somme, je sortis marcher dans l'enceinte de l'hôpital en attendant Sœur Tan. Il y régnait un silence quasi religieux. Rien à voir avec l'agitation des hôpitaux de la capitale, les difficultés pour se garer, la cohue aux admissions, la profusion de services, d'ascenseurs et de panneaux. Ici, les bâtiments de plain-pied étaient reliés par des passages couverts au milieu de la verdure. Des panneaux plantés dans l'herbe indiquaient le bloc opératoire, la morgue, les admissions, le service de radiologie et la cafétéria. Dans le parking extérieur, dix places abritées sous un toit en zinc étaient réservées aux médecins.

J'aperçus un homme en fauteuil roulant près du bassin, dont le fond en béton était peint pour créer une illusion de roche authentique. Des galets en partie dissimulés par des fougères et un tapis de mousse irrégulier dessinaient l'inscription : *Selamat Datang*, Bienvenue ! De l'eau s'écoulait d'un tuyau. Dans les remous, une laitue d'eau avait l'air d'une tortue paressant sur une grosse pierre. Des guppys s'agitaient ici et là, des têtards frétillaient comme des virgules et un poisson nettoyeur récurait consciencieusement le fond avec sa bouche-ventouse… De quoi passer quelques instants contemplatifs par un après-midi calme. L'ensemble faisait à peine la taille d'un lit double.

Je m'arrêtai près de l'homme et attendis qu'il engage la conversation. Les malades en convalescence sont souvent bavards. Soulagés d'avoir survécu, ils se confient volontiers à des inconnus. Qui réchappe d'une maladie jette un regard bienveillant sur le monde. Qui a toujours été en bonne santé se montre de moins en moins indulgent envers les autres et l'existence en général. Rien de tel qu'une convalescence pour redonner goût à la vie.

« Vous rendez visite à quelqu'un ? me demanda-t-il.

— Oui. Vous sortez bientôt ?

— Pas tout de suite. Les médecins surveillent ma plaie. »

Il souleva sa blouse, dévoilant un long pansement vertical sur l'abdomen. Les poils commençaient tout juste à repousser.

« On m'a ouvert sur quinze centimètres. Comme pour une césarienne !

— C'est un garçon ou une fille ?

— *Aiyo*, très drôle, *lah !* Vous savez, je n'ai pas cherché les ennuis, j'ai juste avalé trois œufs de varan.

— *Aiyo,* que vous est-il arrivé ?

— Le vendeur du marché de nuit m'a certifié que c'était bon pour la santé. Il m'a dit d'avaler les trois et d'attendre. Il m'a promis que Popol se redresserait et indiquerait midi !

— Ça a marché ? Midi pile ? »

J'avais entendu parler de bien des aphrodisiaques, mais jamais des œufs de varan.

« J'ai surtout eu des putains de maux de ventre, à minuit ! J'en pleurais de douleur, à mon âge ! Mal au bide comme si j'allais accoucher. Je suis venu ici. Ils m'ont fait une radio et ils ont vu les trois œufs au fond de mon estomac. Juste posés là. *Satu, dua, tiga* – un, deux, trois. J'explique au docteur ce que c'est. Et voilà que la police débarque et qu'on me passe les menottes ! Je leur dis : "Vous faites erreur ! C'est pas une espèce protégée, c'est pas des œufs de tortue, juste des œufs de varan !" Les policiers m'ont traité de menteur. Ils ne plaisantaient pas, surtout un gars d'origine indienne avec la même moustache que l'acteur Rajinikanth. Ils m'ont accusé d'être un trafiquant de drogue et d'avoir avalé des préservatifs remplis d'héroïne. Ils racontaient à tout le monde que j'en avais au moins deux cents grammes dans le ventre. Moi, je répétais mon histoire. Je les ai suppliés d'interroger le gars du marché de nuit qui m'avait vendu les œufs. Mais personne ne voulait me croire. Comme vous, ils ignoraient que les œufs de varan sont bons pour les galipettes. La racine de *tongkat ali* ? Oui. Le pénis de tigre, oui. Mais les œufs de varan ? Jamais entendu parler. Je ne suis qu'un simple électricien, je n'ai pas fait d'études. Personne n'écoute un pauvre bougre de mon espèce. Les policiers ont exigé qu'on m'opère en urgence, avant que ça pète dans mon ventre et que j'en crève. J'ai dit : "Non ! Je vous en supplie, non ! Pas d'opération ! Je veux pas qu'on me charcute !" Mais le policier indien, *lah*, quel enfoiré celui-là ! Je suis désolé d'avoir à dire ça d'un compatriote, mais dès qu'un Indien a le moindre pouvoir, il se conduit comme un gros salopard ! J'ai proposé : "Donnez-moi un super laxatif, ces putains d'œufs sortiront tout seuls !" Mais il a rétorqué : "Non, c'est trop risqué. Il faut opérer." Il m'a promis que je mourrai pendu pour trafic de drogue. Une mort accidentelle, ça serait trop doux pour moi. Avant que j'aie le temps de dire ouf, voilà que je me retrouve sur le billard, menotté, avec l'anesthésiste qui me demande de compter à rebours à partir de dix. Je ne pensais pas à mal. Je voulais juste que Popol puisse s'amuser encore un peu. Maintenant, l'est tout *kecut*, complètement ratatiné. L'est pas près d'indiquer midi, l'arrive même pas à huit heures ! »

Je lui tapotai le dos.

« Je suis sûr que vous allez vite récupérer. Le médecin s'est-il excusé, au moins ? La police ?

— Non, ils m'ont ri au nez : "Pas très futé, mon gars ! Avaler des œufs de varan ! La prochaine fois, achète-toi du Viagra !"

— Vous pourriez leur faire un procès.

— Je veux pas d'ennuis. Surtout pas. Je suis pas bien

futé. Mes amis ont parlé au vendeur du marché de nuit. Il leur a dit que si j'étais le premier client à atterrir à l'hôpital, c'est que je n'avais pas de cervelle. J'étais censé ouvrir les œufs, y verser un peu de cognac et boire le tout, pas les avaler entiers !

— Le mode d'emploi a son importance.

— Bah, que faire ? C'est pas grave, *lah*. Ça va mieux. J'ai un traitement de faveur, une chambre individuelle et du rab de bouffe tous les jours. Les infirmières me laissent flirter avec elles, même celles qui sont voilées. Il y a une Chinoise, je compte l'inviter au cinéma à ma sortie. Regardez celle qui approche. Mignonne, hein ? »

Je le laissai à son rendez-vous quand j'aperçus une Myvi rose immatriculée KL s'engager sur le parking. En descendirent une femme avec des grosses lunettes de soleil et une adolescente dégingandée. Mon rendez-vous à moi.

UNE SAINTE FEMME

Je m'attendais à ce que Sœur Tan soit en tenue de religieuse, grassouillette aux joues roses, exaltée comme l'héroïne de *La Mélodie du bonheur*. Son apparence vint me rappeler les limites de mon imagination, tout juste bonne pour des stéréotypes. La sœur en question portait une longue robe à fleurs et des boucles d'oreilles qui lui effleuraient les épaules. Elle semblait s'être bien ressaisie depuis notre conversation téléphonique.

« Sœur Tan », dis-je en lui serrant la main.

Elle releva ses lunettes de soleil sur son front. Elle portait des lentilles qui lui faisaient les yeux verts.

« Mr Auyong, je vous présente Mary Beth. »

La fille me salua sans me serrer la main.

Comme nous nous dirigions vers le bâtiment, Sœur Tan dit que l'hôpital lui rappelait son ancienne école, avec ses bougainvillées dans des pots en terre cuite et ses allées bordées de pandanus dont les feuilles pointues étaient couvertes de coquilles d'œuf. Les corridors de l'hôpital étaient un refuge ombragé, le sol au ciment patiné d'une fraîcheur agréable. Sœur Tan n'avait pas l'air pressée d'évoquer l'accident.

Dès qu'elle les aperçut, Mary Anne fondit en larmes. Sœur Tan la serra dans ses bras : « Mary Anne, Dieu soit loué ! »

Mary Beth garda les mains de son amie dans les

siennes jusqu'à ce qu'elle arrête de pleurer. Elle sortit alors un marqueur de sa poche et apposa sur le plâtre sa signature et une fleur à tête de smiley. « J'ai toujours rêvé de faire ça ! » dit-elle.

Qu'est-ce qui peut traverser l'esprit d'une adolescente pour qu'elle ait l'idée de prendre un feutre en se rendant au chevet d'une amie qui vient de frôler la mort ?

Une infirmière apporta le repas sur un plateau en métal : du riz, du poisson frit aussi sec qu'un bout d'écorce, des légumes ramollis et une banane.

« C'est ça qu'on te donne à manger ? Même Mary Matou n'en voudrait pas ! » dit Mary Beth en attrapant par la queue le maquereau qui était dur comme du bois.

Sœur Tan me fit signe de la suivre à l'extérieur.

« Mary Beth est formidable avec les filles plus jeunes, elle saura faire manger Mary Anne.

— Sœur Tan, comptez-vous la ramener à St Mary ? C'est ce qu'elle réclame.

— Cela dépend de vous, Mr Auyong. »

Je n'étais qu'un ami de la famille, m'empressai-je d'expliquer, je pouvais difficilement recueillir une enfant que je ne connaissais pas, ou prendre la moindre décision.

Sœur Tan me demanda si je voulais bien parler à la famille du couple défunt, ou si elle le pouvait. La demi-sœur de Beevi avait laissé des instructions précises quant au sort de la fillette et l'endroit où elle devait habiter. Je lui répondis que tout ce que je pouvais faire, c'était la conduire chez Beevi et Assunta. Étrange comme tout me paraissait si compliqué, alors que je n'avais qu'à déposer cette femme à la Grande Maison. Aussi simple que ça.

Pendant le trajet, Sœur Tan rafraîchit son maquillage en se servant du miroir du pare-soleil. De mon côté, je m'efforçai de ne pas la regarder. La scène avait quelque chose de vaguement érotique, cette femme, qui pour moi était une bonne sœur, occupée à se mettre du rouge et comprimer ses lèvres, le tout dans ma voiture. Je n'y connaissais pas grand-chose en matière de religieuses, de quelque ordre que ce soit. La conversation porta sur Mary Anne et j'en appris un peu plus sur l'orphelinat pour filles St Mary.

Quand Sœur Tan découvrit la Grande Maison, elle s'esclaffa : « Doux Jésus, qu'est-ce que c'est que ce truc ! »

Je fus décontenancé par tant de candeur à évoquer ainsi le Fils du Seigneur. Elle s'arrêta un instant pour contempler, sous l'abri à voitures, la carcasse d'une Morris Minor transformée en poulailler. Les poules avaient fait leur nid dans la mousse des sièges dont le cuir s'était fendu. Le plancher était rouillé et troué de partout, les poussins éclos tombaient le plus souvent par terre. L'antique véhicule était leur maison mère. Sœur Tan jeta un coup d'œil à l'intérieur et sourit.

Devant la porte d'entrée, un panneau de bois massif orné de motifs colorés de feuilles et de lianes, je m'attendais à une nouvelle exclamation de sa part, mais elle s'était reprise.

Je fis les présentations. Beevi observa Sœur Tan de la tête aux pieds, sa longue robe et ses bijoux.

« Sœur Tan ? Vous avez plutôt l'air d'une bohémienne. »

Sœur Tan ne se départit pas de sa bonne humeur.

« Je suis méthodiste.

— Peu importe, pour moi c'est du pareil au même.

— Madame Beevi, sachez que Mary Anne avait

tout juste quelques jours quand elle est arrivée à St Mary. On l'a laissée devant la porte, dans un carton, avec dix mille ringgit en coupures de cinquante. »

Beevi ronchonna et retira une poussière invisible sur sa manche.

« Nous recueillons chaque année à St Mary beaucoup d'enfants abandonnés, poursuivit Sœur Tan. Nous faisons du mieux possible. Avant qu'Assunta ne se présente, personne ne s'était intéressé à Mary Anne ni n'avait envoyé d'argent pour elle. Assunta avait une idée précise. Elle s'est présentée un jour, exigeant de voir une enfant née tel mois de telle année. Mary Anne était la seule fille de l'orphelinat qui corresponde.

— Sœur Tan, nous ne sommes pas dans une série télé ! Épargnez-moi vos mystères et vos énigmes ! Je suis sûre qu'il y a plusieurs milliers d'enfants nés tel mois de telle année. Il n'y a rien là d'extraordinaire.

— Oui, mais à St Mary, il n'y en a qu'une. Inutile de me poser des questions, je n'en sais pas davantage. Assunta a décidé que Mary Anne reviendrait avec elle et habiterait chez elle. Elle a beaucoup insisté.

— Et alors ? Ma demi-sœur a trouvé un chaton abandonné sous la pluie et s'est mis en tête de le recueillir.

— Allons, Beevi, intervins-je. Tu connais bien ta sœur, elle avait forcément de bonnes raisons. »

Assunta et son mari m'avaient toujours paru des gens terre à terre, peu enclins à l'impulsivité. N'ayant pas d'enfants, peut-être avaient-ils décidé d'adopter cette fillette. C'était malgré tout curieux que nous n'en ayons pas eu vent, à moins que Beevi n'ait gardé ça pour elle.

« Je vais la prendre, dit Beevi. Je n'ai jamais dit le

contraire. Nous habiterons ici, cette fille et moi. Cette demi-je-ne-sais-quoi de ma demi-sœur.

— Mais que vas-tu faire d'elle, Beevi ? dis-je.

— J'en ferai ce que je veux ! Ce ne sont pas tes affaires. Ni les vôtres, ajouta-t-elle en se tournant vers Sœur Tan. Votre tâche s'arrête là. Elle ira à l'école, elle aura à manger et un lit. Si j'en décide ainsi, elle briquera les sols, fera la lessive et nettoiera les toilettes. Son aide ne sera pas de trop pour entretenir la maison. Faut-il que je vous paie ? Dix mille de plus ? »

Sœur Tan s'empourpra, de la base du cou jusqu'au front. Beevi semblait vouloir en découdre avec cette religieuse qui s'exprimait comme une gestionnaire.

J'entraînai Sœur Tan à l'écart.

« Il ne faut pas lui en vouloir, elle n'est pas comme ça en temps normal.

— J'ai des devoirs envers Mary Anne, Mr Auyong. Je ne peux pas accepter qu'elle soit violentée, maltraitée ou exploitée comme bonne à tout faire. Je n'arrive pas à croire que cette odieuse femme m'a proposé de l'argent comme si je réclamais une commission d'agence. Je ne suis pas là pour vendre mes filles !

— N'ayez crainte. Ce n'est pas du tout le genre de Beevi. Mais je ne suis pas certain que ce soit une bonne idée de lui confier Mary Anne.

— Moi non plus, mais Assunta était catégorique. La fillette devait venir habiter ici. Même si elle ne m'a pas dit pourquoi, c'était comme si elle accomplissait la volonté de Dieu. Nous en avions conscience l'une et l'autre, j'étais heureuse pour Mary Anne. Assunta était une sainte femme, paix à son âme. »

La « sainte femme » était exposée dans son cercueil, au fond de la pièce. L'embaumeur avait dissimulé les blessures, un épais maquillage lui barbouillait le visage.

Son mari reposait dans un cercueil assorti. C'était là un tableau émouvant, deux époux partant ensemble pour l'au-delà.

« Beevi n'est pas méchante, ma sœur. Sa peine est immense. Pardonnez-lui son impolitesse. Laissez-lui du temps. »

Cela dit, je n'avais toujours pas vu la moindre larme couler sur les joues de Beevi. Je me demandais combien de temps tiendraient les vannes. Beevi aimait beaucoup Assunta, la benjamine de son père. Étant l'aînée, Beevi la considérait un peu comme sa fille.

Je conduisis Sœur Tan au séjour où étaient réunies en plusieurs petits groupes les sœurs et les cousines d'Assunta. La religieuse y serait reçue avec davantage de courtoisie et j'espérais qu'il en sortirait une solution raisonnable concernant la gamine.

Je trouvai Beevi dans la cuisine, accroupie devant un journal qu'elle avait déployé pour éplucher des oignons.

« Qu'est-ce que tu fabriques, Beevi ?

— J'épluche des oignons. T'es aveugle ou quoi ?

— Pourquoi tu ne vas pas t'asseoir avec les sœurs d'Assunta ? Ça te fera du bien. Vous pourrez discuter du sort de cette enfant.

— Ces idiotes de Chinoises ! Ce n'est pas elles qui vont me consoler. Elles ne devraient même pas être ici. C'est ma maison, ma terre, la terre de mon père. Elles n'ont rien à faire ici.

— Tu dis n'importe quoi, Beevi. Il s'agit de tes sœurs. Elles ont vécu ici. Vous avez grandi ensemble, non ?

— Seulement parce que mon père y consentait. Si j'ai consenti à ce qu'Assunta ait des funérailles ici selon le rite chrétien, c'est qu'elle me respectait de son vivant. J'y consens, un point c'est tout.

— Ça ne va pas bien, Beevi.

— Traite-moi de raciste si tu veux. Peut-être que je le suis. Elles doivent respecter ma maison, elles ne peuvent pas débarquer ici comme ça, à se croire chez elles juste parce qu'elles y ont habité autrefois ! »

Elle s'énervait, pelait et découpait rageusement les oignons.

« Voyons, Beevi. Assunta a vécu ici elle aussi. C'est elle qui a nettoyé la maison et l'a rendue vivable. Toi, tu t'es débinée, tu as préféré t'installer dans la petite maison où la vie était moins difficile. Elle a parfaitement droit à des funérailles ici.

— Seulement parce que j'y consens, et moi, qu'est-ce qu'elle me laisse ? Elle a épousé ce pasteur qui n'était même pas assez bien pour elle. Toujours si pieux, une vraie mauviette. Maintenant, ils sont morts, morts de chez mort. Et moi, je me retrouve avec cette bicoque vide. Qu'est-ce que je vais faire ? Et voilà que tu me ramènes cette fille dont je ne sais rien. »

Elle se mit à pleurer sur les oignons. Elle n'arrêtait plus de les éplucher, jusqu'au cœur, les couches tombaient les unes après les autres, s'amoncelant par terre comme des pétales roses.

« Tu ferais mieux de laisser ces oignons, ça te fait pleurer.

— J'ai envie d'un curry. Je vais tuer un poulet et préparer un curry. Va-t'en. »

Je m'éclipsai. Si elle cuisinait, ce serait un curry avec trop d'oignon et salé aux larmes. Je n'avais plus qu'à souhaiter au poulet un passage expéditif vers l'au-delà.

Mary Anne

ENFIN RAFISTOLÉE

Quand Sœur Tan et Mary Beth sont arrivées, je n'ai plus eu envie de mourir et je me suis mise à manger. Les revoir, c'était comme le retour de la lumière après une coupure d'électricité, une boisson fraîche après un grand soleil, des vacances après les examens… enfin, vous voyez. Je ne voulais surtout pas qu'elles repartent, ou plutôt je ne voulais pas qu'elles repartent sans moi.

Mary Beth est restée des jours et des jours. Mr Auyong a apporté une chaise longue pour qu'elle puisse dormir à côté de moi, et comme il a offert des conserves de litchis aux infirmières, elles ont accepté. J'avais huit points de suture au crâne, la jambe dans le plâtre et des pansements partout, je me sentais toute faible, vidée de mon jus comme un fruit pressé. Sans les points de suture, le plâtre et les pansements pour me tenir ensemble, je me serais probablement liquéfiée et dégonflée comme une baudruche.

Quand les infirmières ont défait les bandages sur ma tête, je m'attendais presque à entendre un sifflement d'air. J'observais Mary Beth qui m'observait elle aussi. Je l'ai regardée droit dans les yeux, guettant une grimace ou une expression faussement joyeuse. Ni l'un ni l'autre, elle a souri normalement en disant : « Tu as besoin d'une nouvelle coupe de cheveux ! »

J'ai demandé un miroir, mais elle a dit : « Attends, je vais d'abord te dire à quoi tu ressembles, et après tu regarderas… » J'ai retenu mon souffle. « La mauvaise nouvelle, c'est que t'as un côté du visage qui ressemble à un steak haché, là… » Elle s'est plaquée la main sur l'œil. « Un steak pas très cuit. La bonne nouvelle, c'est que le reste est parfait. C'est un peu bizarre, mais ça va. Ça te fait une tête… euh… intéressante. »

Je lui ai pris le miroir des mains et j'ai découvert mon nouveau visage. Une brûlure à peine cicatrisée me faisait comme un accroc en triangle entre le front et la joue droite. J'avais la peau boursouflée et couverte de pustules, plus qu'une moitié de sourcil et une paupière qui retombait de travers.

Parfois, ça me fait pleurer, de m'apitoyer sur mon sort, mais j'ai arrêté parce que c'est trop fatigant et ça me donne la nausée. Et puis j'avais honte en repensant à ma petite voisine chauve qui n'a pas versé une seule larme alors qu'elle était en train de mourir comme dans un film au ralenti, ou au monsieur et à la dame qui eux sont morts si vite, une scène d'accident de moins de dix secondes.

Jamais je ne serais aussi belle que j'aurais pu l'être. Un soir, j'ai murmuré : « Je ne ressemblerai pas à ma mère. Elle était parfaite.

— Personne n'aime les femmes parfaites, a objecté Mary Beth. La perfection, c'est chiant. »

J'étais à l'affût du moindre signe trahissant qu'elle se réjouissait de me voir avec cette horrible carte de l'Afrique sur le visage. À St Mary, je l'avais soupçonnée d'être secrètement jalouse de ma beauté, même si elle ne le montrait pas. Peut-être pensait-elle qu'on était à égalité maintenant, mais elle n'en disait rien. Nous avons prié ensemble pour que mes blessures cicatrisent et que mon sourcil repousse. Chaque fois que je vois le triangle sur mon visage, je me dis que j'ai été punie de ma vanité.

Tout le temps que nous avons passé à l'hôpital, Mary Beth l'a transformé en une grande aventure. Grâce à elle, à son amitié lumineuse, les ombres et les esprits qui me tourmentaient la nuit ont disparu.

La famille d'Assunta, la dame de la voiture, nous rendait visite et nous entourait d'attentions, mais nous avons décidé de les ignorer et de rester le nez plongé dans nos livres. Nous prenions des airs dégoûtés devant les petits plats qu'elles nous apportaient, mais elles étaient à peine reparties que nous nous jetions dessus comme des morfales.

Des fois, j'avais le tournis sans raison et je vomissais dans le seau que les infirmières avaient mis sous mon lit. Personne n'avait l'air de s'en inquiéter.

Les sœurs d'Assunta nous épiaient derrière la vitre mais quand elles voyaient qu'on mangeait elles nous laissaient tranquilles. J'étais sûre qu'elles arrêteraient d'être gentilles si elles savaient la vérité. Assunta ne serait pas morte si j'avais été moins timide. Elle serait allongée à ma place sur ce lit d'hôpital, entourée de sa grande famille bruyante, tandis que moi je n'ai personne au monde, sauf Mary Beth et une mère quelque part. Je n'ai pas dit à Mary Beth que j'aurais pu empêcher l'accident et sauver le monsieur et la dame. C'est un secret que je garderai tant que je n'aurai pas reçu ma punition. Je saurai bien la reconnaître.

Auyong passait tous les deux jours, avec des glaces ou un gâteau, en général du marbré ou du roulé à la confiture de fraise. Il apportait aussi son journal. Le dimanche, il en prenait même trois différents et traînait dans l'hôpital, à les feuilleter et bavarder avec les patients à l'accueil, sur un banc dehors ou à la cafétéria. Mary Beth l'a surnommé « Tonton Hosto », mais il ne se vexait jamais de notre insolence, ni même qu'on le snobe tout en savourant son gâteau et ses glaces.

« Qu'est-ce qu'il fabrique ici ? s'étonnait Mary Beth. Il vient pour te voir ou il aime bien traîner dans le coin ? »

Je n'en savais rien. Auyong m'évoquait l'écorce et le bois sec, qui siffle et craque dans le feu. Il y a des gens qui restent bien juteux même quand ils sont vieux, comme ces femmes qui nous apportent des petits plats, mais pas Auyong. Ce n'est pas une question d'âge. Il a toujours l'air appliqué, comme s'il apprenait à parler doucement et marcher lentement. Vraiment, il n'a rien de juteux ou de moelleux. Moi, je trouve qu'il est fibreux. Quand il se déplace dans l'hôpital, on dirait qu'il se promène dans un parc. Ça lui arrivait de retirer ses chaussures pour emprunter le parcours de réflexologie, les petits cailloux massant ses pieds nus. Il marchait toujours les mains dans les poches ou croisées dans le dos. Peut-être pour éviter de toucher les gens et les objets, pour ne pas attraper de microbes.

« Tu crois qu'il a la phobie des microbes ? ai-je demandé à Mary Beth.

— Il ne serait pas tout le temps fourré ici. Je pense qu'il a la phobie du contact physique. Il y a des gens comme ça. Ils veulent bien regarder à distance, mais surtout pas toucher. Bizarre. Une question d'espace vital ou un truc du genre. »

Je l'ai observé plus attentivement par la suite, pour vérifier si elle avait raison.

Mary Beth avait un gros livre de poche, dérobé

dans le bureau de Sœur Tan, un roman où les héros n'ont pas l'air d'avoir de problème d'espace vital. L'illustration en couverture de *La Vengeance de la passion* représentait un beau cavalier en train de se pencher pour embrasser une femme en robe à crinoline et fanfreluches. Sur fond de coucher de soleil, forcément. Mary Beth m'en lisait des passages : « Elle attendait, dans la lueur rasante du jour déclinant, le retour du lieutenant Darby. La douleur dans sa poitrine palpitait à chaque battement de son cœur, de plus en plus insoutenable. Elle gardait sa douleur enfermée en elle, sous le corsage de soie vert émeraude qui enveloppait son buste frêle…

— *Buste ?* Sérieux ! »

J'ai glissé un oreiller sous ma blouse et j'ai fait semblant de me pâmer. Mary Beth a une manière bien à elle de lire à haute voix. Quand elle faisait la lecture aux petits, à St Mary, elle prenait exactement le même ton monocorde. Elle disait « Un frisson parcourut sa peau » comme elle aurait dit « Le chien Spot se mit à courir ». C'était à mourir de rire. Nous nous tordions tellement de rire que j'en avais mal aux points de suture.

Le temps d'arriver au bout de *La Vengeance de la passion*, avec le retour du lieutenant Darby, blessé par balle à la jambe mais d'une beauté virile exacerbée par l'épreuve, et son mariage avec la belle Constance qui « s'abandonna à son baiser et sentit leurs deux âmes fusionner », j'arrivais à me déplacer avec des béquilles.

« Tu crois que Sœur Tan a choisi le prénom de Mary Constance en hommage à l'héroïne ? » ai-je demandé à Mary Beth.

Mary Constance était le dernier bébé arrivé à l'orphelinat.

« Oui, on se demande de qui elle s'est inspirée pour nous. Moi, c'est *Les Quatre Filles du docteur March*.

— Et moi, Anne Frank.

— Tu rêves. Je n'ai jamais vu ce livre dans le bureau de Sœur Tan. Par contre, il y a une Anne Sinclair dans *Otage de l'amour*. Une belle et riche jeune fille est kidnappée, elle tombe amoureuse de son ravisseur, lequel est en fait un agent du FBI qui a pour mission secrète de la protéger face aux manigances de son demi-frère. Tu devines la suite.

— Voyons, Mary Beth. Tu en as lu combien ?

— Assez pour te raconter comment ça se termine à chaque fois. »

Le jour est venu pour moi de quitter l'hôpital et pour Mary Beth de rentrer à St Mary. On allait m'expédier dans un bled du nom de Lubok Sayong, sûrement un trou paumé au fin fond de la campagne et où il n'y a même pas de toilettes. Quand on s'est quittées à l'hôpital, j'étais sûre de ne jamais revoir Mary Beth. C'était comme la fin du monde et je me suis lancée dans une grande scène de pleurs à gros sanglots, les bras tendus, criant son nom :

« Mary Beth !

— Mary Anne !

— Non ! Je ne veux pas partir ! »

Quand j'y pense aujourd'hui, j'en rougis encore.

Malgré les larmes et cette séparation déchirante entre St Mary et Lubok Sayong, les choses se sont plutôt bien passées. Je me suis rendu compte que je paniquais parce que je ne savais pas à quoi m'attendre. Au cours des mois suivants, Mary Beth et moi avons été adoptées – « sponsorisées » comme dirait Sœur Tan – par Mami Beevi et les siens. On ne peut pas vraiment parler d'une famille, ils ne sont pas apparentés et ne vivent pas sous le même toit, mais on y a trouvé une place. Mary Beth nous rejoint pour les vacances et retourne à St Mary quand l'école reprend. Nous habitons la plus grande maison de Lubok Sayong, avec dix toilettes dont les chasses d'eau fonctionnent parfaitement.

LA GRANDE MAISON

La première fois que j'ai aperçu la Grande Maison, j'étais sur la banquette arrière dans la voiture d'Auyong. Je n'étais pas remontée dans une voiture depuis l'accident, j'avais mal au cœur et des vertiges. Je me retenais de vomir sur le siège. Ça m'avait fait un petit quelque chose de quitter l'hôpital, je commençais à m'y habituer. Mary Beth était repartie, on me l'avait enlevée, arrachée. J'avais le cœur lourd.

Auyong était au volant, Mami Beevi assise à côté de lui. Les palmiers défilaient derrière les vitres, à perte de vue. À un endroit, c'était comme des sorcières géantes, de grands arbres morts assez espacés pour que leurs feuilles sèches retombent sans se toucher. Ils paraissaient tous très seuls. Mary Beth me manquait. Nous avons franchi un pont métallique bruyant sur une large rivière qui serpentait paresseusement entre des bancs de sable. J'ai imaginé que je me retrouvais prise au piège sur l'un d'eux alors que je ne sais pas nager. Là aussi, Mary Beth m'aurait bien manqué.

Nous avons ensuite traversé des plantations d'hévéas, leurs feuillages formaient une incandescence de rouges, de jaunes et d'orangés. De belles photos d'automne pour un calendrier, avec des dictons en lettres cursives. « L'hivernage des hévéas », a déclaré Auyong sans s'adresser à personne en particulier.

Je ne savais pas de quoi il parlait, mais je n'ai rien

demandé. Cela ne sonnait pas comme « Le temps guérit toutes les blessures » ou « La vraie beauté est intérieure ». En tout cas, ça ne collait pas pour un calendrier.

Mami a baissé sa vitre et a tendu la main pour sentir l'air à l'extérieur. Sans un mot, Auyong s'est arrêté. Mami est descendue, elle s'est éloignée de la route et s'est mise à pleurer devant un hévéa. Un ange caché parmi les arbres a soupiré et écarté le feuillage pour laisser passer un rayon de soleil.

Je reniflais moi aussi, à cause de Mary Beth et de tout ce que j'avais enduré à l'hôpital, et aussi parce que cette lumière qui transperçait la végétation me remuait. Auyong était toujours agrippé au volant, Mami a fini par se ressaisir et revenir dans la voiture. C'est la seule fois où je l'ai vue pleurer.

« Nous sommes presque arrivés, a dit Auyong.

— Presque. Toujours presque », a murmuré Mami.

Une fois les hévéas dépassés, nous avons quitté la chaussée goudronnée pour un chemin gravillonné. J'ai senti qu'on s'engageait dans un creux, puis les pneus ont crépité sur une route sablonneuse qui montait. Des poules maigres aux longues pattes s'écartaient devant nous. Une chienne suivait la voiture en sautillant, ses mamelles dodelinant sous elle. Une fille à vélo dévalait la pente en roue libre, son *tudung* flottant au vent. Au passage, elle nous a salué d'un petit geste. Des canards barbotaient sur un étang fangeux. La voiture cahotait dans la côte. En contrebas, les toits des maisons formaient comme un patchwork dans différents tons de rouille.

Au sortir du virage, j'ai découvert la Grande Maison. Une forteresse de briques rouges, comme un géant de pierre, avec ses quatre hautes tours aux quatre angles, chacune dans un style et une couleur différents. Toutes les portes et les fenêtres sont ornées d'arches, de balcons, d'enlacements de guirlandes. Même aujourd'hui, cela me frappe encore, quand j'ai la tête ailleurs ou qu'un rayon de soleil éclaire la façade d'une façon inhabituelle. De cette première impression, je garde aussi l'image de grands oiseaux planant au-dessus des tours, rapetissées par la perspective et enveloppées d'un voile brumeux de nuages gris.

Une fois à la Grande Maison, le souvenir de Sœur Tan s'est estompé et refroidi. Je lui écrivais tous les mois. C'était comme des devoirs, un truc obligatoire. Je m'en voulais qu'elle me manque si peu, je lui composais des rédactions sur la météo, l'école, les profs. Si seulement Mami avait eu un ordinateur, j'aurais pu me contenter d'envoyer un e-mail au lieu de m'échiner à écrire tout ça à la main.

Sœur Tan me répondait toujours dans la semaine. Elle me posait des questions à propos de Mami et la famille d'Assunta, comment on s'entendait, qui était Auyong et ce qu'il faisait, mais je ne lui répondais jamais sur tout ça. C'était un pacte entre Mary Beth et moi, pas un mot sur les affaires importantes de Lubok Sayong aux gens de St Mary. Sœur Tan ne figure pas dans ce nouvel épisode de notre vie, elle n'a pas à savoir. Elle m'écrivait que j'avais bien de la chance, me disait d'être raisonnable et que Dieu veillait sur nous tous. Sans oublier mes prières ni de dire merci. J'aurais pu répondre que j'étais bien trop occupée pour ça, mais je terminais toujours par : « Que Dieu vous bénisse, vous et toutes les Mary de St Mary. »

Mes lettres se sont espacées. J'avais de moins en moins de choses à lui dire. À l'époque de St Mary, elle ne me parlait pas beaucoup. Elle avait ses chouchous, mais Mary Beth et moi n'en faisions pas partie. Nous n'avions pas de lien très fort avec elle. C'était bizarre qu'elle devienne si bavarde dans ses lettres.

De temps en temps, je préfère m'interrompre pour vous décrire les gens avant que vous n'ayez une fausse image en tête. Peut-être imaginez-vous Mami Beevi comme une petite bonne femme enjouée, qui trottine avec son mouchoir coincé sous une bretelle de soutien-gorge, mais en fait elle a très mauvais caractère et pas sa langue dans sa poche, elle est sèche comme une trique, et tous les matins elle se met du khôl aux yeux, genre peinture de guerre. Mami peut être follement amusante quand elle est de bonne humeur, malheureusement ça n'arrive pas souvent.

J'avais atterri dans son giron, elle ne savait pas quoi penser de moi, et moi je ne savais pas non plus quoi penser d'elle, mais on ne s'ennuyait jamais dans la Grande Maison.

Nos clients me tenaient bien occupée, et Mary Beth venait aux vacances scolaires. Il m'arrivait de rater la classe quand nous avions trop de monde, mais ce n'était pas une chose à raconter à Sœur Tan. Je repensais parfois à mon ancienne école et à St Mary, mais la nostalgie s'effaçait peu à peu. Je me suis toujours sentie seule là-bas, et ce sentiment de solitude disparaissait lui aussi. Quand Mary Beth nous rend visite, je l'ai rien que pour moi. Je ne suis plus obligée de la partager avec les autres filles. La Grande Maison est pleine de surprises et l'école de Lubok Sayong beaucoup plus amusante.

PETITS RAGOTS D'ÉCOLE

À Lubok Sayong, on va en classe pour apprendre des trucs que Sœur Tan aurait jugés sans intérêt, et en particulier les derniers ragots. J'adore cette école, même si mes notes sont en chute libre. Mis à part deux ou trois arrivistes, mes camarades de classe ne sont pas très portés sur les devoirs et les examens, mais tout le monde se réveille dès qu'il se passe quoi que ce soit d'inhabituel. Je croyais que c'était difficile de garder un secret à St Mary, mais ce n'est rien comparé à Lubok Sayong.

Ici, les enfants racontent à leurs parents ce que les autres enfants leur disent, et leurs parents leur racontent ce que disent les autres parents. Puis les enfants échangent entre eux, et les parents entre eux, avec de nombreux allers-retours. À St Mary, c'était différent. Là-bas, ce qui comptait, c'était de détenir des secrets sur les autres, notamment les profs et les adultes. Le vrai pouvoir, c'était l'information, les secrets des autres, tous les ragots qu'on pouvait ensuite échanger avec ses soi-disant amies. Alors qu'à Lubok Sayong, le but est que tout le monde soit au courant de tout. C'est génial. Comme d'annoncer ses cinq prochains coups à son adversaire aux échecs en lançant : « Magnifique, non ? » La vraie popularité tient à la prestance avec laquelle on propage une rumeur, pas aux petits secrets qu'on garde.

Et donc par conséquent, comme disait toujours mon prof de maths en inscrivant des points de suspension au marqueur sur le tableau blanc au moment d'achever une démonstration, ça paraît incroyable que plusieurs garçons aient pu garder un secret si longtemps dans notre petite troupe bavarde. Une étrange affection frappait les garçons de ma classe avec une exactitude algébrique. Chaque jour, pendant plusieurs semaines, quatre d'entre eux tombaient malades et devaient être renvoyés à la maison. Les symptômes étaient toujours les mêmes : partis de chez eux en parfaite santé, ils étaient soudain pris de fièvre sur le chemin de l'école. Juste avant la sonnerie, ils se plaignaient d'avoir de la température et des maux de ventre.

Chaque matin, *Cikgu* Noraini, notre prof, posait sa paume sur le front des garçons malades, constatait qu'ils étaient brûlants et les renvoyait chez eux.

Elle en a parlé au directeur qui a alerté les autorités sanitaires du district. Le jardinier de l'école est venu dans notre classe, il a bouché les jours sous les portes et autour des fenêtres avec du papier journal et a vidé au moins six bombes d'insecticide. Armé de lunettes de protection empruntées à l'atelier de menuiserie et d'un masque en papier sur la bouche et le nez, il a répandu le produit à grands gestes, sur les étagères et sous nos tables.

Bientôt baptisée fièvre de Persévérance – chaque classe a pour nom une vertu, « Persévérance » était le nôtre – le mal semblait affecter notre seule classe. Le jardinier supputait que la cause en était des mites venimeuses nichées dans le mobilier. Pendant que nous attendions dehors que se dissipe le nuage de pesticide, quelqu'un s'est étonné : « Les mites ne piquent pas les filles ? Elles ne tombent jamais malades.

— Sans doute que si, a répondu le jardinier, peut-être que les filles sont immunisées de naissance. Ou bien c'est parce qu'elles sentent meilleur. »

Une de mes camarades a fait la grimace en l'entendant dire ça.

« Zut, ma Balkhis ! s'est exclamé Fauzuli. Je l'ai oubliée à l'intérieur ! »

Fauzuli, le trublion de la classe, avait capturé un criquet qu'il dissimulait sous sa table dans une boîte d'allumettes. Il s'amusait à la cacher en divers endroits de la classe pour taquiner *Cikgu* Noraini. Une fois, il avait carrément scotché la boîte sous la chaise de la prof qui n'a jamais réussi à repérer d'où venait le bruit.

« Balkhis, mon amour ! Comment peux-tu m'abandonner ? J'ai le cœur brisé ! » Il s'est mis à genoux et a fait semblant de tambouriner sur la porte de la salle. Tout le monde était mort de rire car la vraie Balkhis, celle qui a donné son nom au criquet, était bien vivante et présente parmi nous. C'était la plus jolie fille de la classe.

Les services sanitaires nous ont envoyé un jeune médecin et une vieille infirmière pour examiner les garçons qui avaient contracté la fièvre. Après avoir porté le pavillon de son stéthoscope à leur poitrine, le docteur leur a éclairé le fond de la gorge avec sa lampe, puis leur a examiné les yeux. Il a déclaré que les vingt-quatre garçons étaient en bonne santé. L'infirmière a emporté vingt-quatre échantillons d'urine. Nous n'avons pas eu cours, toute la matinée a été occupée à organiser cette visite médicale impromptue, l'ordre de passage des garçons qui chahutaient dans la queue devant les toilettes en imaginant toutes sortes de méthodes idiotes pour remplir le flacon sans s'en mettre plein les doigts.

Il y avait vingt-six garçons dans la classe. Man Kidal et Fauzuli étaient les seuls que la fièvre de Persévérance avait épargnés. J'ai demandé à Fauzuli pour quelle raison il était immunisé comme les filles, mais il n'a pas répondu. On n'était pas amis. J'aurais dû lui envoyer Balkhis ; avec elle, il devenait tout sirupeux.

Après le passage du médecin, la fièvre de Persévérance n'a plus frappé personne pendant une semaine. Les cours se déroulaient normalement, sous le regard de *Cikgu* Noraini qui nous surveillait avec la vigilance d'un faucon. Comme toutes les filles de la classe, elle percevait une certaine effervescence dans l'air. Quelque chose se tramait, les garçons nous tenaient à l'écart. Nous sentions à quel point cela déplaisait à *Cikgu* Noraini, la sensation d'être l'objet d'un canular dont on ignore le fin mot. Elle nous inondait de devoirs, dont un exposé sur la dengue.

Puis a commencé la deuxième vague, Man Kidal, Fauzuli et un autre garçon ont eu la fièvre. C'était maintenant trois garçons qui étaient touchés chaque jour et non plus quatre. Ceux qui avaient déjà été malades avant la visite du médecin étaient à nouveau atteints.

« Comment penses-tu avoir attrapé cette fièvre ? a demandé *Cikgu* Noraini à Man Kidal.

— Je sais pas, mademoiselle. C'est peut-être Yusof qui me l'a passée.

— C'était la semaine dernière. Il est resté chez lui, comment veux-tu qu'il t'ait transmis quoi que ce soit ?

— J'en sais rien, mademoiselle. Je ne suis pas le plus intelligent de la classe. Vous dites tout le temps que je ne suis pas une flèche. Peut-être qu'il y a des mites venimeuses dans les meubles.

— Et toi Fauzuli, tu ne me cacherais pas quelque chose ?

— Non, mademoiselle. Je n'oserais pas. Même les mites ont peur de vous, vous êtes redoutable.

— Effronté. Tu ne perds rien pour attendre. »

Cikgu Noraini est partie sur le sentier de guerre. Je le sais parce qu'Auyong, qui est ami avec *Cikgu* Teh, me l'a rapporté. *Cikgu* Noraini a noté dans un tableur le nom des garçons, les jours où ils étaient malades, leur date de naissance et leur adresse. Elle cherchait à repérer des constantes. Elle a consulté *Cikgu* Teh. Ils ont passé des heures sur ce fichier, à effectuer des tris selon la date, l'ordre alphabétique et un tas d'autres critères. *Cikgu* Teh, qui s'y connaissait en informatique et aimait ça, a fini par déceler un cycle qui se répétait. Ils se sont livrés à des calculs de probabilité, et leurs prédictions se sont améliorées de jour en jour.

Les garçons étaient trop fiers de leur coup et trop bêtes pour penser à déjouer les soupçons en variant leur planning. Quand ils revenaient à l'école le lendemain de leur absence, ils se vantaient sans vergogne. À eux les balades en vélo, les parties de pêche et les grasses matinées un jour de classe. Si l'on m'avait consultée, j'aurais conseillé de laisser faire le hasard. Alors qu'eux s'en tenaient à l'ordre établi pour que chacun ait son tour. Au bout de la deuxième rotation, *Cikgu* Noraini et *Cikgu* Teh les ont percés à jour.

Cikgu Noraini a convaincu *Cikgu* Teh de leur tendre un piège. L'école entière savait qu'il était tombé sous son charme ; pour elle, il était prêt à tous les sacrifices, y compris se lever avant l'aube pour épier les garçons. Dès six heures et demie, *Cikgu* Noraini s'est postée devant la maison du premier garçon. Dissimulée derrière un buisson, elle l'a vu déposer un baiser sur la main de sa mère et partir en direction de l'école. Un peu plus loin, il a été rejoint par le deuxième suspect, suivi par *Cikgu* Teh, et ils ont poursuivi leur chemin ensemble. Les deux profs les filaient à distance raisonnable.

Avant d'avoir atteint l'école, les deux complices se sont engagés sur un terrain au bord de la route où se dressait une maison abandonnée qui n'avait plus de toit. *Cikgu* Noraini et *Cikgu* Teh se sont cachés pour les observer. Le troisième garçon n'a pas tardé à les rejoindre et ils se sont approchés d'une souche d'arbre.

« Toi le premier », a dit Nabil.

Zaki a plongé la main dans le tronc creux.

« Aïe ! Ouille ! ça fait mal !

— Allez, sois courageux. Après on pourra aller pêcher.

— Et on s'offrira un *kacang* glacé ? »

Cikgu Noraini a bondi en criant :

« Les garçons ! Nabil ! Zaki ! Wei Seng !

— La prof ! Tirons-nous ! » se sont-ils exclamés.

Ils ont voulu détaler, mais *Cikgu* Teh, d'une agilité remarquable malgré sa corpulence, leur a barré le passage.

« Ne bougez plus. Qu'est-ce que vous fabriquez là ?

— Rien du tout, monsieur, ont-ils répondu comme un seul homme.

— Montre-moi tes mains. »

Zaki avait les paumes couvertes de piqûres rouges. *Cikgu* Noraini a inspecté la souche. À l'intérieur, ça grouillait de fourmis rouges, celles avec des mâchoires redoutables et des grosses fesses.

« Vous faites quoi au juste ? Vous attrapez des fourmis ? Ça ne peut pas vous servir d'appât...

— Non, mademoiselle. »

Cikgu Teh est intervenu avec sa grosse voix : « Allons, les garçons. Zaki, si tu ne dis pas la vérité, tu seras de corvée de toilettes pendant un mois. »

Il n'en fallait pas plus pour qu'il flanche. Les garçons détestent la corvée de toilettes.

« C'est des fourmis RTT. La fièvre dure seulement une heure après la morsure.

— C'est quoi une fourmi RTT ? a demandé *Cikgu* Noraini.

— Il suffit de se faire piquer pour avoir de la fièvre, après on se met en arrêt-maladie au lieu de poser une journée de RTT. Un copain a découvert le nid par hasard, un jour qu'on jouait ici après la classe.

— Et vous vous faites piquer à tour de rôle ?

— Oui, mademoiselle.

— Allez, tous en classe. Pas d'arrêt-maladie pour vous. Zaki, tu passes une heure à l'infirmerie et ensuite tu viens en cours. »

Cikgu Noraini les a escortés manu militari jusqu'à l'école. Le directeur a envoyé le jardinier pour qu'il brûle la souche et l'épisode de la fièvre de Persévérance s'est arrêté là.

Après ces péripéties, les garçons taquinaient *Cikgu* Noraini sans relâche à propos de *Cikgu* Teh. Doté d'un humour potache, il s'était choisi Tarik comme prénom au moment de sa conversion à l'islam, ce qui donnait *Teh Tarik*, autrement dit *thé au lait*. Tous les matins, les garçons demandaient à *Cikgu* Noraini : « *Selamat pagi*, bonjour mademoiselle. Avez-vous pris votre thé au lait ce matin ? »

Cikgu Noraini était plus détendue depuis qu'elle avait élucidé le mystère de la fièvre de Persévérance et nous espérions tous qu'elle épouserait *Cikgu* Teh. Ce serait cool. D'autant plus que je n'ai jamais assisté à un mariage.

Je ratais souvent l'école pour aider à la Grande Maison. Je m'occupais des réservations et je préférais être là pour accueillir les gens et faire leur check-out, parce que Mami était trop désorganisée pour ça. Nous avions un système pour que chacun atterrisse dans la bonne chambre, mais Mami se trompait souvent. De mon côté, je faisais très attention, parce qu'en cas d'erreur, Mami était obligée de laisser sa chambre et de dormir dans la mienne, ce qui la rendait folle.

Je n'avais pas besoin d'apporter un faux certificat médical à *Cikgu* Noraini. Tant que je me maintenais dans la moyenne, elle me laissait tranquille.

Je n'étais pas la seule à rater l'école. D'autres élèves faisaient pareil. Chan sautait des cours lui aussi quand quelqu'un dans sa famille était malade et qu'il devait filer un coup de main. Ils élevaient des poulets qu'ils vendaient vivants au marché. Son père tuait les bêtes pour les clients chinois et sa mère les préparait.

Pendant les vacances, Chan se tenait derrière son étal, vêtu d'un simple caleçon et de bottes en caoutchouc, occupé à plumer les volailles. Les autres se moquaient de lui. « *Rumah Chan ada banyak ayam !* Quand il sera grand, Chan aura des poules ! » Entre les volailles et les prostituées, il y avait de quoi se moquer sans fin. Furieux, Chan partait manger tout seul pendant la pause.

Un jour, un oiseau est entré dans la classe pendant

l'heure d'étude. Les élèves malais avaient leur cours d'instruction coranique, nous étions six à en être dispensés, dont Fauzuli qui en profitait pour faire la sieste. Il s'endormait à la moindre occasion et se prenait régulièrement des lancers de tampon effaceur, mais pour faire l'imbécile, il était toujours là.

Des nuées de moineaux jouaient dehors, volant d'arbre en arbre comme des flèches, quand l'un d'eux est entré dans la classe. Il voltigeait comme un fou et se cognait partout sans trouver la sortie. Paniqué, prisonnier entre quatre murs et incapable de comprendre ce qu'était une fenêtre ou une vitre, il s'est précipité en hauteur, sur le ventilateur, toujours réglé au maximum. Une pale lui a tranché l'aile. Des gouttes de sang ont été projetées sur les tables et le moineau est tombé par terre, à côté du bureau de la prof.

Nous nous sommes attroupés autour de lui.

« Il est vivant, a dit Chan.

— Mieux vaudrait qu'il meure. Regardez son aile », a répondu Fauzuli, parfaitement réveillé.

Le moineau clopinait, traînant son aile mutilée qui laissait des traces de sang sur le sol, le bec ouvert en une plainte muette.

« On devrait le tuer, a dit Chan.

— On n'a qu'à le mettre dehors et le laisser se débrouiller.

— Il souffre. Donnez-moi un couteau.

— Y a qu'à le balancer dans le fossé. Il mourra tout seul.

— Apportez-moi un couteau.

— Pour quoi faire ? T'as qu'à lui flanquer un coup avec le balai ou autre chose.

— Je préfère un couteau. C'est plus propre. »

Fauzuli a sorti le petit canif dont il se servait pour

tailler ses crayons. À peine plus épaisse qu'une feuille de papier, la lame mesurait cinq centimètres. Chan l'a dépliée et il a posé la main sur le moineau. Puis, comme nous retenions notre souffle, il a planté la lame dans la petite gorge.

Une des filles s'est mise à pleurer. L'oiseau a tressailli et il est mort.

Après l'avoir tué, Chan s'est relevé et a replié la lame. Il avait le visage fermé, impassible. En quittant la salle, il a dit : « Je vais me laver les mains. »

Quelqu'un est allé chercher une pelle et une balayette pour ramasser le moineau que Chan avait tué par humanité avec tant de sang-froid. Nous l'avons jeté dans le fossé à l'extérieur. À la récréation, le cadavre de l'oiseau grouillait de fourmis. Je ne me suis plus jamais moquée de Chan et de ses poulets. Les autres non plus.

Auyong

Il y a beaucoup d'endroits au Perak qui s'appellent Sayong quelque chose. Les meilleurs noms – comme Kuala Sayong (Près-Sayong), Tanjung Sayong (Cap-Sayong) et Telok Sayong (Baie-de-Sayong), avec adjonction de Hulu et Hilir pour les localités en amont et en aval – étaient déjà pris depuis longtemps quand Lubok Sayong se chercha un nom. Comme une épidémie de quintuplés, quantité de Kampung Sayong (Sayong-Village) apparurent une fois qu'on eut épuisé les habituels préfixes et suffixes malais.

À ses débuts, Lubok Sayong connut une période d'ignominie où elle était affublée du nom de Kampung Sayong Kelabu. « Kelabu » pour la couleur grise. Une véritable marque d'infamie. Tout le long de la Sayong, les potiers étaient fiers des poteries d'argile noire dont ils avaient le secret et dont ils se faisaient gloire. Les artisans des villages voisins, en amont, en aval et entre les deux, sortaient de leur four de superbes pièces noires que l'on s'arrachait, alors que ceux de Kampung Sayong Kelabu peinaient à obtenir autre chose qu'un affreux gris cendré. Nous avions beau vanter la supériorité de nos motifs floraux gravés et le galbe élégant des becs de nos cruches, jamais nos artisans ne parvinrent à maîtriser la technique des pots noirs.

Certains habitants de Kampung Sayong Kelabu estimèrent que vivre dans le rappel constant de ce gris infamant augurait mal de l'avenir. Il nous fallait un nom plus honorable en prévision du progrès qui ne tarderait pas à frapper à notre porte. Comment en douter quand il n'était question aux informations que de l'essor du pays, quand affiches et bannières proclamaient l'arrivée d'une ère nouvelle ? Un avenir radieux à l'horizon 2020, avec des gratte-ciel étincelants, de l'argent et des gadgets high-tech plein les poches. Avec des sous-marins ultra-modernes dans nos eaux, deux réacteurs de rechange au sol pour chaque jumbo-jet dans le ciel, et des tours qui poussaient plus vite que les arbres, la Malaisie était fin prête et déjà rompue à la consommation à l'occidentale. Ne restait plus qu'à coasser comme des grenouilles à l'unisson, avec des coques de noix de coco en guise de porte-voix, et à nous la pluie d'or ! Notre petit bout d'eldorado méritait un meilleur nom que Kampung Sayong Kelabu.

Tous les habitants furent conviés à une réunion, à l'ombre d'un cerisier près du principal arrêt de bus, pour choisir un nouveau nom. Vu que nos transports publics relèvent du tiers-monde, entièrement soumis aux caprices de l'appétit, de la soif et de la vessie du chauffeur, les gens arrivèrent au compte-gouttes. Entre l'attente, les discussions et le vote, une bonne partie de la journée y passa. Toute espèce de créativité fut étouffée par la chaleur, et la vision d'une cité étincelante, moderne, s'estompa bientôt parmi ces gens qui se grattaient le dos et se curaient les ongles des pieds en attendant qu'il se passe quelque chose.

La coutume citadine d'adjoindre à un toponyme un terme à la mode comme Sri (Chance), Perdana (Premier), Jaya (Victoire) ou Mount ne s'était pas encore propagée jusqu'aux villages reculés du Perak.

Au vote final, il fallut départager Lubok Sayong, « les profondeurs de la Sayong », et Kubang Sayong, « le bourbier de la Sayong ». Le premier l'emporta de douze voix sur le bourbier.

Par un heureux hasard du calendrier, ce changement fut entériné juste avant que Google Maps ne vienne remplacer l'atlas routier du pays. Lubok Sayong put ainsi affirmer son identité singulière et s'assurer une postérité sur la toile au moyen d'un point sur la carte.

Les rivières qui traversent Lubok Sayong fournissent de l'argile à nos potiers. On prête bien des vertus médicinales à la cruche du Sayong : elle purifie et rafraîchit l'eau, laquelle est source de longévité pour qui en boit, et guérit de la toux comme de la fièvre. Cet objet a vu sa popularité décliner en deux générations. Plus personne n'est assez provincial pour servir de l'eau dans une cruche en terre, même les Malais de Lubok Sayong. Les Chinois conservent l'eau bouillie dans des récipients en métal et tout le monde réutilise les bouteilles de soda pour stocker l'eau potable – comme elles tiennent parfaitement dans les portes des réfrigérateurs modernes, pourquoi se soucier des substances chimiques que pourrait libérer le plastique ?

Le déclin de la cruche traditionnelle a été précipité par les réseaux de vente directe qui ont connu un grand succès à une époque. Chaque famille comptait un représentant d'Amway, Cosway ou Diamond, qui revendait des filtres à eau, des filtres à résonance magnétique et autres dispositifs destinés à purifier l'eau, redonner la santé, une énergie nouvelle, et prémunir non seulement de la toux mais aussi du cancer et de l'hypertension. Ces gadgets onéreux occupaient une place de choix dans bien des cuisines, trônant sur des socles en forme de piédestal auxquels aucune cruche en terre n'a jamais eu droit. Beevi elle-même en avait un dans son ancienne maison, un truc compliqué avec des filtres en couche qui injectait de mystérieuses bulles dans l'eau. Les poteries du Sayong n'étaient plus achetées que comme souvenirs qu'on ressortait parfois dans les maisons malaises, pendant le ramadan, avec un brin de nostalgie.

C'était certes triste, mais peu de gens en étaient affectés. Seules quelques familles à Lubok Sayong en produisaient encore. Deux d'entre elles les faisaient venir de Chine où les cruches étaient fabriquées à la chaîne, des modèles réduits qui se vendaient au musée local d'artisanat. Quant à Ismet Selamat, un fils de Lubok Sayong, après avoir décroché une licence de lettres dans une université régionale, il était rentré au bercail en ardent zélateur du métier familial. Il vivotait grâce aux démonstrations artisanales qu'il faisait au musée, après lesquelles les touristes achetaient les reproductions miniatures venues de Chine. Il arrivait qu'on lui commande un pot ou une série de cruches, gravées aux initiales de l'acheteur, comme un blason. C'était alors l'événement du mois.

La poterie jouissait d'une embellie de temps à autre, au gré des caprices de quelque décideur d'une administration régionale ou nationale. Les poteries du Sayong et les localités apparentées connurent leur heure de gloire quand une jeune femme de la région, intelligente et volubile, gravit les échelons du pouvoir et fut nommée ministre de la Diversité culturelle, du Patrimoine et du Tourisme, sans doute le poste gouvernemental le plus élevé auquel pouvait prétendre une femme.

À l'occasion d'une visite officielle, il fut proposé de rebaptiser le rond-point sur lequel se tenait la vieille horloge, jusqu'alors appelé Edinburgh Circus, du nom de l'enfant chérie du pays. Pour marquer l'événement, une cruche en ciment de quinze mètres de haut fut érigée au centre de la place sur un piédestal en acier. À côté, l'horloge paraissait minuscule. La sculpture était si grande que l'on parvenait même à distinguer son ombre sur Google Earth, à condition de zoomer plusieurs fois. Éclairée par des projecteurs de lumière colorée et enveloppée du drapeau noir et blanc du Perak, la cruche géante n'attendait plus que l'arrivée de l'illustre ministre.

La cérémonie promettait d'être animée, avec pas moins de cinq discours, un orchestre de garçons vêtus de *songket sampins* et jouant du *kompang*, des beautés locales maquillées de rouge et portant des *bunga manggar*, et un buffet sous une tente pour la population. Malheureusement, le jour J, l'honorable *datuk seri* fut retenue à Dubaï pour une mission capitale, attirer à Kuala Lumpur les tour-opérateurs du Golfe en leur promettant des hôtels cinq étoiles et des duty free de classe internationale. Elle se fit remplacer au pied levé par son attaché de presse. Il se murmurait que l'honorable ministre avait été elle aussi fort courtisée, à coups de virées nocturnes sur des pur-sang arabes en plein désert, de breloques dorées et d'une bague sertie d'une pierre de la taille d'un œuf de caille.

Ismet, notre potier idéaliste, fut profondément déçu. Le discours, qu'il s'était entraîné à prononcer devant moi, resta froissé au fond de sa poche. Il comptait parler avec ferveur et passion des sacrifices qu'exigeait la préservation de son art, ultime vestige d'une culture en voie de disparition. Son père aurait été fier de lui. Toutefois, l'heure de gloire tant attendue fut écourtée quand le remplaçant de la ministre, un subalterne qui n'était même pas *datuk*, décréta :

« On va faire vite… »

Les habitants de Lubok Sayong, d'ordinaire indulgents pour les petits affronts, s'indignèrent de ce double camouflet, qu'on les fasse passer après des étalons et qu'on leur dépêche un vulgaire attaché de presse en lieu et place d'une ministre de premier rang. Nombreux se promirent de voter différemment à l'avenir.

Le rond-point conserva son nom, hommage au duc d'Édimbourg. Ce revirement combla les puristes attachés à la tradition, qui n'y virent que justice. Leurs efforts pour la préservation des noms de rues et autres toponymes de l'époque coloniale se voyaient confortés par les élites qu'ils combattaient.

Peu après, l'honorable ministre laissa tomber la poterie de sa ville natale au profit d'un produit bien plus sexy et fabriqué ailleurs, le batik, que la femme du Premier ministre avait récemment promu au rang de « trésor national ». Le batik pouvait se porter en robe, s'encadrer comme un tableau, se décliner en cravates, sacs et chaussures dans tous les centres commerciaux et les duty free des aéroports, ce à quoi nos cruches mastoc du Sayong pouvaient difficilement prétendre.

Bien que le Perak n'ait jamais été réputé pour le batik, l'honorable ministre soutint la création de trois écoles vouées au développement de cet art. Elle accorda d'importantes subventions aux artisans concernés – nouvelle déception pour Ismet. Il en regrettait presque de ne pas avoir choisi la voie du batik où ses talents auraient été mieux récompensés, même s'il avait toujours méprisé l'usage un peu vulgaire qui en était fait. Immanquablement, les trois écoles fermèrent pour des raisons diverses et furent reconverties, dans la pure tradition des grands projets avortés, en musées mineurs et en vagues centres de recherche et développement. La poterie du Sayong, elle, continua de se vendre ni plus ni moins qu'avant l'ouverture du musée et l'érection du monument sur Edinburgh Circus.

Quand ils évoquaient l'engouement passager de la ministre, les gens du cru disaient qu'il « avait refroidi plus vite qu'une fiente de poule ».

Parfois, des touristes erraient dans Lubok Sayong comme des brebis égarées. La plupart atterrissaient là par erreur. Après avoir raté la sortie d'autoroute pour Kuala Kangsar, ils prenaient la suivante pour faire demi-tour à Lubok Sayong. Leur étourderie était une aubaine ; et toutes ces voitures étrangères se retrouvaient garées au pied du flamboyant jaune près de la gare.

Une échoppe à l'ombre du flamboyant servait la spécialité locale – une soupe de nouilles, le *laksa* au curry, avec du *cendol* en dessert. Les fleurs jaunes s'éparpillaient en tombant sur les capots et les clients attablés. Le *laksa* aux crevettes d'eau douce de l'Anak Sayong était fort délicieux, mais il provoquait parfois des files d'attente aux toilettes de l'aire d'autoroute suivante. Selon l'état de la rivière, l'effet laxatif des crevettes pouvait s'avérer redoutable.

Ceux qui étaient en quête de coins perdus pittoresques pouvaient être séduits par le rythme alangui de Lubok Sayong. Mais la proximité de l'autoroute et du collège entamait malgré tout cette douce torpeur. Quelques merveilleux coins de pêche autour des trois lacs, une authentique cascade et un tronçon d'eaux vives de classe trois sur l'Anak Sayong pour les amateurs de kayak, nous assuraient un flux touristique modeste et régulier. De quoi permettre à Lubok

Sayong de survivre aux inondations annuelles.

Les crues entretiennent la fertilité du sol. Dans les années quatre-vingt-dix, des retraités de la capitale qui se piquaient d'agronomie introduisirent la culture du litchi, un fruit originaire de Chine. Une décennie et quelques hectolitres de pesticides plus tard, Lubok Sayong s'était acquis une réputation pour ses magnifiques litchis charnus et rosés, à peau d'écailles, d'un beau calibre qui compense leur relative fadeur. Les litchis de Lubok Sayong sont moins sucrés que ceux de Chine, mais ils passent très bien préparés au sirop. De toute manière, les gens les consomment surtout en boîte. Par la force des choses, une petite conserverie de fruits se développa.

C'était ce qui m'avait amené à Lubok Sayong. Je m'étais installé dans ce bourg de quelque dix mille habitants pour y jouer les gentlemen retraités à la direction de la conserverie. L'hypermarché que je dirigeais autrefois dans la capitale voyait défiler tous les jours devant ses caisses davantage de clients que la population totale de Lubok Sayong, hommes et bêtes confondus, mais ces clients n'avaient ni nom ni visage. Ici, le patron du café et moi échangions des DVD érotiques, j'allais à la pêche avec un prof du collège malais et le barman du Hemingway ne se plaignait jamais quand je commandais un thé à l'heure de l'apéro ou une bière à l'heure du thé. Je trouvais réconfortant de passer le dernier quart de mon existence sur Terre, pardonnez cette touche de sentimentalisme, en un lieu où des visages connus s'adressaient à moi par mon nom. Croiser un étranger à Lubok Sayong, c'était de la nouveauté, une curiosité délectable, et non un visage de plus à oublier.

Je fis la connaissance du couple de Topeka, Kansas,

au café de Wong Kam. Avec ce faux accent américain qui m'échappe dès que je m'adresse à un Blanc, je leur dis : « Si Mami Beevi se lance dans ses histoires de crues, vous aurez droit à celle du poisson, qui commence toujours par cette phrase : "Nous avons eu une mousson inconcevable cette année-là…" et il sera aussi question d'éclipses et d'autres phénomènes étranges… »

Ils eurent un rire poli.

« Et où se trouve cette Mami Beevi ? s'enquit la femme.

— Dans la Grande Maison sur Government Hill. Prenez la sortie à trois heures sur Edinburgh Circus et continuez jusqu'en haut de la colline. La maison est au bout de la route, vous ne pouvez pas la rater. »

Elle répéta mes indications.

« Vous voulez parler du rond-point avec la cruche géante ?

— C'est ça, répondis-je. Mami Beevi tient des chambres d'hôtes. C'est très propre, beaucoup mieux que le gîte.

— Merci pour l'info, dit le mari. C'est une chance de vous avoir rencontré ! »

Avec un malin plaisir, je me raclai la gorge et crachai dans le fossé, une vilaine habitude prise à Lubok Sayong. Je leur épargnai toutefois le jet de morve, pouce sur une narine, pour qu'ils puissent terminer tranquillement leur Coca Light avant de regagner leur voiture de location.

La femme donna un discret coup de coude à son mari en se penchant vers lui. « Vous permettez qu'on vous prenne en photo ? » me demanda-t-il. Cette dame pratiquait la chasse-cueillette. Elle collectait les anecdotes, qu'elle archivait avec chaque photo dans sa tête pour épater ses amies à qui elle servirait des histoires sur les Malaisiens des petites villes, comme si nous étions une espèce récemment découverte. Une espèce décrite très simplement : les indigènes sont lents mais très amicaux, ils mangent avec leurs mains, ils sont corrompus, et parlent parfois un curieux anglais. Cette Américaine était un vestige de l'époque des séances diapo. Quant à nous, gens indolents et sympathiques, avec nos pots-de-vin et notre baragouin d'anglais, nous n'étions que les victimes collatérales de l'évolution, promis à disparaître. Mais je suis un vieux briscard au cuir épais. Si je m'étais trouvé seul avec le mari, nous aurions pu discuter de la présidence Obama.

Je posai pour la photo en faisant le « V» de la victoire, alors que j'aurais plutôt tendance à faire un doigt d'honneur. Flanqué du mari, je souris pour une photo que je ne verrai jamais. L'appareil émit des clics et des petits bourdonnements, bruits factices vu qu'avec le numérique il n'y a aucune bobine à enclencher. C'était malgré tout rassurant, la confirmation que le tour est joué, et une évocation de souvenirs d'autrefois.

« Merci », dit-elle. Le mari me serra la main tandis que sa femme vérifiait le cliché. Elle continua à tripoter l'appareil tout en remontant dans la voiture. Quand elle fut installée, elle me sourit et me salua d'un geste.

Après leur départ, j'appelai Mami Beevi. Elle décrocha au bout d'une dizaine de sonneries. Neuf fois sur dix elle ne répondait même pas, incapable de mettre la main sur son téléphone. À son habitude, elle se contenta d'un : « Allô quoi ?

— Je t'envoie un couple d'Américains.

— Pourquoi ? J'ai assez à faire. Du boulot par-dessus la tête. Le ménage ne va pas se faire tout seul !

— Ils vont sûrement prendre une chambre.

— Ah bon ? J'ai des beignets de banane verte. Je les ferai payer en billets verts… Tu veux passer ? Tu me fileras un coup de main. J'ai aussi une ampoule qui fait clic-clic… »

Jamais je ne refuse une invitation de Beevi, ne serait-ce que pour changer une ampoule qui fait clic-clic. « J'apporterai quelque chose à manger pour toi et Mary Anne, dis-je. Et une ampoule neuve. »

Beevi et moi nous connaissions depuis belle lurette et j'étais persuadé qu'il nous restait un bout de chemin à faire ensemble, même si nous ignorions où cela nous mènerait.

Mary Anne

C'est Auyong qui nous a envoyé les Miller. Je l'ai deviné en entendant Mami Beevi le taquiner au téléphone. Installés dans la cuisine sur les tabourets grinçants dont débordait leur gros derrière, les visiteurs ne pouvaient s'empêcher de tout contempler d'un air béat. Ils échangeaient des sourires, comme des gamins qui partagent un secret. Tout les émerveillait : le pangolin empaillé qui sert de cale-porte, le meuble de télé à porte accordéon que j'ai transformé en aquarium pour ma crevette de rivière, le quart-de-queue allemand aux touches jaunies comme des vieilles dents et les grandes photos encadrées des belles-mères de Mami.

La cuisine est immense, et le piano pas si grand ; dessous sont entassées des boîtes en carton et en fer-blanc contenant des vieilles partitions, des collections du *National Geographic* datant de dizaines d'années, deux trophées en bronze et un métronome. Il y a dans la Grande Maison un sacré bazar, casé, entassé, fourré et empilé dans tous les coins.

Mami discutait avec le couple, tout en surveillant sa friture de beignets de banane.

« Appelez-nous Tim et Peggy », ont-ils dit, mais Mami n'arrêtait pas de se tromper et les appelait Tom et Jerry. À mon avis, elle le faisait exprès. Je me demandais si les deux Américains s'en rendaient compte.

Ils voulaient tout savoir sur la maison, comme tous les gens qui passent chez nous.

« C'est mon père qui l'a construite, a expliqué Mami. C'était un homme inconcevable.

— Inconcevable ? » a répété Mr Miller en lançant un regard interloqué à sa femme.

Ils ne pouvaient pas savoir que « inconcevable » est l'une des expressions favorites de Mami.

« Oui, inconcevable. Un peu fou, quoi. Pas un père normal, un père pas comme les autres. Il a fait construire cette maison pour les femmes de sa vie. Il a aimé beaucoup de femmes, mais ces quatre-là plus que tout. Les autres, il ne les a pas épousées. Vous voulez savoir le plus drôle, Jerry ? c'est qu'elles ont toutes les quatre accepté, alors qu'il était beaucoup moins beau que votre Tom. Mon père était laid, le croisement d'une chèvre et d'un singe, mais il avait beaucoup de charme. Même les oiseaux auraient quitté leurs arbres pour le suivre. »

Elle a désigné les photos avec son écumoire. « Jummah de Penang, Sarimah de Kampung Kaki Bukit, à deux pas d'ici, Mei de Teluk Anson, Violette de Singapour. »

Peggy a voulu en savoir plus sur la jeune femme chinoise, celle avec un bijou en strass dans son chignon.

Cela n'a pas trop plu à Mami Beevi qui aime les présenter dans un certain ordre : d'abord Jummah, sa propre mère, puis Sarimah, Mei et enfin Violette.

« La Chinoise ? C'était la plus jeune de mes belles-mères. Violette était de Singapour. Mon père avait soixante-dix ans quand il l'a ramenée. »

J'ai fait le calcul dans ma tête. Mami devait avoir à peu près cinquante ans à l'époque. Elle était l'aînée de Jummah et son père avait vingt ans quand il l'a épousée. J'adore les maths dans ces cas-là.

Violette était mince comme une enfant dans sa robe noire sans manches. Elle portait des perles, de longs gants noirs, et regardait droit vers l'objectif, à l'évidence une pose d'actrice de cinéma.

« Pour mon père, il n'était pas question qu'une femme fume. Même pas pour faire semblant chez le photographe. Regardez, c'est une baguette qu'elle tient à la main…

— Ha ! Ha ! Ha ! s'est esclaffée Peggy. Maintenant que vous le dites, c'est une baguette en effet, pas un fume-cigarette. »

Cette femme m'a déplu dès l'instant où je l'ai aperçue sur le seuil, passant un doigt sur le chambranle et inspectant le battant sculpté. Elle avait la peau tannée comme une vieille chaussure en cuir, y compris son décolleté flasque qu'elle ne cherchait pas à cacher, et ses rides formaient des petites lignes blanches entre les plis de peau marron. Son mari faisait plus jeune. Malgré son bronzage rouge vif et sa carrure un peu mastoc, il avait un sourire sympathique et de belles dents.

Depuis que j'habite la Grande Maison avec Mami, j'ai appris un tas de choses sur Audrey Hepburn et *Diamants sur canapé*. Mami prétend que Violette savait tout sur Audrey Hepburn, ce dont je doute fort. Ils n'avaient pas Internet à l'époque et sans Internet c'est impossible de tout savoir sur un sujet. Sur la photo dans la cuisine, Violette mimait la pose de son idole, alors qu'elle avait plutôt une tête de collégienne qui devrait réviser ses maths. Quand Saïd Hameed l'a prise comme quatrième épouse, Mami avait l'âge d'être sa mère.

Jummah a eu Mami à quinze ans. Incroyable ! C'est l'âge de Mary Beth quand j'ai quitté St Mary. Juste pour éviter toute confusion, au cas où vous l'auriez oublié, moi c'est Mary Anne et ma meilleure amie Mary Beth. Et elle n'est pas du genre à avoir un bébé à quinze ans, pas question.

Elles ont vécu ensemble dans cette maison, Mami et ses mères. Elles se disputaient comme chien et chat, et selon Mami, les enfants de Saïd Hameed ont grandi dans une ambiance de tornade, de frasques, d'espièglerie et de folie domestique. J'imagine l'anarchie.

Jummah assurait la discipline, Sarimah régnait sur la cuisine et Mei s'occupait du linge, des lessives et du repassage tout en veillant à ce que la Grande Maison ne prenne pas feu.

« Violette était une rêveuse. Sa jolie tête était pleine de musique, elle rêvait d'être actrice et chanteuse. Lubok Sayong n'était pas le bon endroit pour ce genre de rêves. Quand elle n'a plus trouvé aucune musique pour elle dans cette maison, notre Miss Violette, si délicate, si talentueuse, s'est enfuie pour Geylang, à Singapour. Elle a abandonné mon père à son royaume domestique, à ses affaires très, très nombreuses, et à cette maison. Une maison de fous, croyez-moi. Une bande de cinglés. Si j'avais débarqué là-dedans, peut-être que je me serais enfuie moi aussi.

— Où sont-ils tous passés ? Qu'est devenue votre famille ? a demandé cette fouine de Peggy Miller.

— Éparpillés aux quatre coins du monde. Certains ici, d'autres là, ou je ne sais où. Je vous raconterai un de ces jours, si vous êtes encore dans les parages. Apporte-moi un plat, Mary Anne. »

Dans le buffet aux portes grillagées, j'ai pris mon plat préféré, celui en porcelaine bleue avec un motif de poisson au milieu. Mami a une histoire, aussi, à propos de ce plat.

Notre prof à l'école dit que les meilleures histoires sont celles de l'Histoire, comme celles de Mahsuri, Hang Tuah, Pocahontas, George Washington et une femme avec un nom compliqué qui a un rapport avec Michelle Yeoh, une actrice hongkongaise née à Ipoh. Quant à Sœur Tan, elle nous lisait souvent des extraits des *Belles Histoires du Nouveau Testament*, un gros volume illustré que nous avions à St Mary. Non pas que Sœur Tan et moi discutions très souvent autour de la question, mais maintenant qu'elle fait partie de mon histoire, il faut bien que je lui accorde de temps en temps la place qu'elle mérite.

Je ne suis pas d'accord. Pour moi, l'Histoire se situe dans les livres, et les histoires dans la vraie vie. C'est pour ça que ça ne me dérange pas de rater l'école de temps en temps. En classe, on étudie ce qu'il y a dans les livres, des histoires dites et redites, aussi remâchées qu'un vieux chewing-gum. Les bonnes histoires vraiment savoureuses, c'est celles qui se sont échappées des livres.

La fille du président des États-Unis a trois hamsters baptisés Truth, Liberty et Justice. Est-ce que c'est vrai, presque vrai ou complètement faux ? Vérifiez sur Internet. Notre Premier ministre a un vieux chat de Pallas à poils longs nommé Si Altan Tua Perdana. Vous y croyez ? Ma mère est une star de cinéma. Vous ne le saurez jamais et je ne saurai jamais si vous me croyez. Quand je vous parle de Lubok Sayong, selon votre point de vue sur la marche du monde, vous croirez ce que vous avez envie de croire. Mais bon, tant qu'on y est, et comme c'est moi qui raconte, je vous dirai juste que ma mère est une star de cinéma et que je vois des anges aux endroits les plus bizarres, même dans les journaux ou à la télé.

Les meilleures histoires de Mami sont celles qui sont presque vraies, celles dont je sais qu'elles sont en partie inventées. Bien qu'incapable de déterminer ce qui relève de la pure fabulation ou d'une simple exagération, je n'ai pas renoncé à déceler ses mensonges. J'étais parfois certaine de l'avoir coincée, comme la fois où elle a raconté l'histoire de l'adolescent qui s'était aventuré dans la jungle et qu'on avait retrouvé mort, avalé par un boa qui épousait la forme de son corps comme un collant. D'après Mami, un python était capable d'étirer sa mâchoire et de déboîter ses os pour ingurgiter une proie de la taille d'une vache. J'ai dit que c'était n'importe quoi ! Comment un animal pourrait-il démonter son propre squelette et le remonter comme des Lego, mais un monsieur qui était de passage à la maison a confirmé que c'était vrai. Il vendait du miel sauvage en bouteille, se disait inspecteur des forêts et portait effectivement un uniforme. Après ça, j'étais obligée de croire Mami quand elle racontait dans quel état on avait retrouvé le garçon en ouvrant le serpent. Les os tellement broyés que le corps n'était pas plus large que sa tête, et les mains protégeant son zizi. La règle est simple, dès lors qu'elle a raison sur un point, il faut la croire pour tout le reste.

Dans les histoires de famille de Mami, il y a autant de monde que de nouilles dans une soupe, on a vite fait de s'embrouiller. J'étais persuadée qu'elle inventait au fur et à mesure. De nouveaux détails apparaissaient chaque fois qu'elle racontait le même épisode. J'aurais voulu prendre des notes, avec des dates précises, pour vérifier si ça collait. Elle s'est même emparée de ma propre histoire, je faisais désormais partie de cet enchevêtrement compliqué qu'elle dévidait dans sa tête. À mon tour, je suis devenue une petite nouille flottant dans sa soupe.

Mami parlait de son père aux Miller qui l'écoutaient comme des enfants sages. Parfois, Saïd Hameed était dans l'import-export d'épices, ou papetier et propriétaire d'une imprimerie, il tenait un bureau de change, il était grossiste en tissus, ou restaurateur ou encore marchand de journaux. Ce jour-là, comme les Miller s'intéressaient surtout à la photo de Violette, il était Saïd Hameed le joaillier, négociant en or et pierres précieuses.

« Vous avez vu ses perles ? D'authentiques perles des mers du Sud ! Chaque fois qu'il y avait une fête au palais, à Kuala Kangsar, mon père venait y présenter ses bijoux. Il était très populaire auprès de ces dames. Les maris l'appréciaient aussi, ils se disaient peut-être qu'il n'y avait aucun risque avec un homme aussi laid. En revanche, il était très pingre. Pas de gros diamant pour ses épouses. Il leur donnait des étrennes au nouvel an chinois ou à Hari Raya pour qu'elles s'achètent un bijou à la boutique, mais sans la moindre ristourne. Vous n'aviez pas assez ? Vous aviez très envie de ces grosses boucles en or ? Vous craquiez pour du jade ou des rubis ? Vous n'aviez qu'à économiser jusqu'à l'année suivante. Vous voyez les perles de Violette sur la photo ? Il les a vendues juste après à la fille du sultan. »

Mami a posé le plat de beignets sur la table. Elle avait toujours un auditoire fidèle, des amis et des voisins accompagnés de leurs enfants qui venaient s'asseoir autour d'elle pour l'écouter ressasser le passé. Certains d'entre eux l'avaient déjà entendue raconter des dizaines de fois les mêmes histoires, mais ils passaient une petite heure en fin d'après-midi, quand la température avait un peu fraîchi, avant d'aller préparer le repas, réciter la prière de Maghrib ou dîner.

Mami commençait toujours ses histoires ainsi : « C'était un homme inconcevable », ou une femme, un animal, une année, un vent. Il fallait que ce soit inconcevable pour qu'elle se lance, et si ça ne l'était pas, cela le devenait. « C'était une mousson inconcevable », disait-elle comme si cet épisode remontait à plusieurs décennies. En réalité, il y avait seulement deux ans, et tout le monde se souvenait parfaitement des pluies et de la crue. Malgré tout, les gens l'écoutaient. Quand elle démarrait comme ça, elle enchaînait avec l'histoire de son poisson, ou celle des trois garçons noyés ou la passerelle d'Ismet, ou avec mon histoire qui est aussi celle de la mort de sa demi-sœur. Mami est une conteuse hors pair. Elle a le sens de l'épopée et n'oublie aucun détail, mais elle ne se met jamais en scène, contrairement à moi dans ces lignes. Je me faisais toute petite quand elle racontait mon histoire parce que je ne voulais pas de cette pitié que je voyais dans le regard des gens.

Enfin, je préfère revenir à ce qui nous occupe, avant que Mami ne me reproche de rêvasser. Ce dont elle ne se privait pas, elle entre mille. Elle était en train d'expliquer à Tim et Peggy Miller que les quatre tours de la maison de Saïd Hameed étaient chacune un hommage à l'une de ses épouses. Mei, une Hakka de Taiping, avait eu droit à une pagode à étages ; Sarimah à un dôme en forme de bulbe au sommet d'un minaret qui ressemblait à une antenne parabolique. Pour Jummah, la mère de Mami, c'était un toit en pyramide dans le style de la mosquée de Keling.

La dernière en date était bien entendu la tour de Violette, une construction tout en verre et en angles, avec son toit en pente comme un origami.

Tim et Peggy Miller ont décidé de passer la nuit chez nous. C'est ce que font la plupart des gens après une ou deux histoires de Mami, mais la durée du séjour varie selon l'effet que produit la Grande Maison. Quand ils eurent terminé leurs beignets de banane, Mami m'a dit de leur donner la chambre chinoise. Il faisait encore jour. Ils pourraient admirer quelques-uns des trésors que le père de Mami avait accumulés.

La chambre chinoise était au bout du couloir, tout près de la cuisine et de l'entrée principale par laquelle ils étaient arrivés. Quand on mettait des clients dans l'aile de Sarimah, la plus éloignée, ils se perdaient dans le dédale de corridors avant de retrouver leur chemin, surtout si j'oubliais d'allumer la lumière à la nuit tombée. Certains paniquaient dans le noir et se retrouvaient nez à nez avec des trucs bizarres dont on se passerait volontiers en vacances. Pour cette raison, nous donnions en priorité la chambre chinoise, même si elle n'était plus de première fraîcheur. Les tentures de brocart du lit à baldaquin étaient fanées, mais le mobilier en bois de rose tenait bien le coup.

Quand j'ai ouvert la porte, les Miller ont tout de suite remarqué la *kwa* rouge ornée de perles, accrochée au mur au-dessus du lit. C'était la robe de mariée de Mei, un vêtement lourd et lâche, brodé de phénix et de pivoines. J'ai jeté un coup d'œil à Tim et Peggy Miller. Ils souriaient toujours. D'autres visiteurs avant eux avaient détalé et quitté la Grande Maison rien qu'en apercevant le mobilier sombre et la grande robe menaçante qui ondoyait, manches déployées, dans la pénombre. Sans doute que les gens de Topeka sont d'une autre trempe.

Il flottait dans l'air une odeur de vieux tissus et de poussière, les rais de lumière qui s'infiltraient par les interstices des volets dessinaient des motifs sur le sol. Et quand on ouvrait les fenêtres en fin de journée, vers dix-huit heures, le carrelage vert luisait comme un bassin d'algues dans une lumière jaune. Quand je n'avais rien à faire, je venais ici m'allonger par terre en imaginant que je flottais sur l'eau.

Tim Miller a posé sa valise à côté de l'armoire tandis que Peggy se regardait dans la porte-miroir. Elle ne devait pas y voir grand-chose car le miroir était tout piqué ; la seule partie intacte où elle aurait pu voir son visage en entier était dans l'angle en bas à gauche.

Elle s'est approchée de la fenêtre, a écarté les volets et les bruits du jardin se sont répandus doucement dans la chambre. En retombant sur les rochers, l'eau de la fontaine faisait comme un bruit de papier qu'on déchire. Parfois, on aurait même dit un claquement de gifle.

« Viens voir, chéri… »

Tim s'est approché et l'a prise par la taille.

Sous la fenêtre se trouvait un jardin de cadrans solaires, de roues à aubes et de moulins à vent, des mécanismes mus par des poids et contrepoids, chantant chacun son propre rythme. Entre les chemins pavés, d'autres sentiers étaient dessinés par l'eau, les lueurs et les ombres, formant des taches qui ressemblaient à des tapis vert sombre dans l'herbe. Des cloches en verre répercutaient les sons produits par des objets que le vent agitait.

« C'est irréel, a dit Tim en contemplant ce spectacle.

— Il s'est construit son propre château de conte de fées.

— Plutôt un harem, si tu veux mon avis. »

Ils ont continué d'observer les mouvements du jardin.

« C'est quoi déjà le nom du lac dont nous a parlé ce monsieur ?

— Le lac de la Quatrième Épouse. C'est quand même curieux, non ?

— Charmant, mais je n'y crois pas une seconde. Tu te souviens, en Inde ? Comme ils se sont payé notre tête. Le cinéma qu'ils nous ont fait pour nous montrer la chambre secrète, mon œil, au cœur du temple ? Tout le village était de mèche.

— Voyons, chéri... tu pourrais... enfin... Sois moins sceptique. Moi, je trouve ça très joli. On pourra dire qu'on a vu le pays de l'intérieur.

— Regarde ça. »

Un cliquetis grinçant est monté jusqu'à nous. C'est le bruit que fait la grande girouette quand elle se met en marche, un engin avec de grands bras auxquels sont fixées des étoiles et des lunes qui tournent en orbite à l'intérieur d'un gigantesque poisson de ferraille. Puis on a entendu les claquements de la bille métallique qui circule dans le labyrinthe de ses entrailles. C'est tout un système d'engrenages et de leviers. Il suffit de placer la bille dans la bouche du poisson pour déclencher une série de mouvements qui la propulsent à l'intérieur et font bouger les nageoires.

« Ouais. Ça doit faire partie du spectacle. »

Je suis sortie de la chambre à reculons et j'ai refermé la porte sur les Miller et les bruits du jardin.

Le deuxième matin de leur séjour à Lubok Sayong, j'ai aperçu les Miller dans le jardin. J'aurais voulu leur dire que ce n'est pas le meilleur moment pour en profiter, qu'il ferait vraiment chaud quand le soleil cognerait sur leur tête. L'idéal, c'est le soir quand la température baisse, que la brise s'imprègne de l'humidité des fontaines et souffle une brume rafraîchissante sur le visage.

Cette Peggy est beaucoup trop excitée pour le jardin. Il y a un mois, un couple de Japonais grisonnants a passé trois jours chez nous. Des gens discrets et polis, complètement zen. Ils s'installaient tous les jours dehors, avec leur bob, leur chemise à manches longues, et leur bouteille d'eau gazeuse, pour observer et écouter le jardin. Eux, je suis certaine qu'ils ont entendu tous les tintements et le clapotis de l'eau, senti la brise et vu tout ce qui poussait, et qu'ils se sont interrogés sur l'homme qui a conçu tout ça.

Le jardin de Saïd Hameed est comme une chanson pleine de paroles secrètes que je n'ai pas encore décryptées mais dont je sais qu'elles sont là. Dans ce terrain de jeu, les mères de Mami ont planté des arbres, des arbustes, des fruits et des légumes, et élevé de grands papillons colorés qui donnaient des chenilles dodues à rayures et à pois. Les vitraux d'une cathédrale en fil de fer créaient une mosaïque de couleurs sur un banc de sable. Un jet d'eau maintenait un arc-en-ciel suspendu en l'air. Certains disent que c'est un jardin maléfique. Pas du tout, même s'il faut reconnaître que la balançoire cassée, plantée dans le sable comme une pierre tombale, a quelque chose de lugubre.

Le garçon s'est manifesté le mois dernier après une journée tranquille, à la tombée de la nuit. Les Japonais sont restés calmes. L'apparition ne les a pas surpris, ou s'ils ont eu peur, ils n'en ont rien laissé paraître. Le garçon ne s'est pas montré aux Miller. Peut-être qu'il avait les oreilles écorchées par leurs conversations bruyantes.

Le garçon vit sous terre, près de la balançoire. Au-dessus de son trou pousse un arbuste à fleurs rouges. Ce qui ressemble de loin à des feuilles vertes sont en fait des chenilles. Longues, grosses et poilues. Elles sont parfois des milliers à grouiller sur les branches et on peut les entendre dévorer les feuilles. Si quelques-unes tombent sur le garçon quand il grimpe hors de son trou, il les écrase sous ses pieds, en riant quand elles éclatent.

Il est minuscule et foncé de peau, sans le moindre cheveu. Il court et saute de la girouette au carillon à vent, avec des mouvements nerveux et rapides d'écureuil. Ça lui arrive de faire sa toilette dans la fontaine. Il n'a rien changé à ses habitudes quand les Japonais étaient là, mais il ne les a pas abordés. Il sort, joue un moment, puis se précipite dans l'angle où Mami lui laisse du riz et un bol d'eau. Il mange avec les mains, lape l'eau et gambade un peu avant de se terrer à nouveau dans son trou.

Mary Beth et moi l'avons interpellé la première fois que nous l'avons aperçu, mais il n'a pas semblé nous voir, comme si nous étions invisibles. Après, on a interrogé Mami. Elle nous a dit de le laisser tranquille, et qu'il était inoffensif tant qu'on ne le mettait pas en colère.

« Mais il habite dans un trou, comme un animal ! ai-je protesté. Il est tout nu.

— C'est là qu'il a été enterré », a dit Mami.

Mary Beth a sursauté. Mami ne mâche pas ses mots. Elle n'a aucune notion de ce qu'on peut dire ou non à des enfants. Auyong la censure quand il est là, mais en son absence elle raconte les mêmes histoires aux enfants qu'aux adultes.

« C'était une grossesse inconcevable, a dit Mami. Violette a conçu un enfant, alors que le mariage n'avait pas été consommé.

— Ça veut dire quoi, consommé ? ai-je demandé.

— T'es bête ou quoi ! Tu ne te souviens pas de *La Vengeance de la passion* ? La scène dans l'abri à bateau ? »

Mary Beth m'a tapoté deux fois le front avec son index. Un geste bien à elle, qu'elle accompagne parfois d'un « Pfft ! ». Elle le fait pour m'agacer.

« Si vous savez ce que ça veut dire, pas besoin que je vous fasse un dessin, a dit Mami. Mon père n'a jamais couché avec elle. Il avait soixante-dix ans, une vie bien remplie et trois autres femmes. Il a ramené Violette à la maison parce qu'il pouvait se le permettre, et qu'elle était jeune et belle.

— Comment vous pouvez savoir qu'il ne l'a pas fait ? a demandé Mary Beth. Votre père ne vous aurait pas parlé de ces choses-là.

— Il l'a dit à ma mère et j'étais bien assez âgée pour qu'elle m'en parle. D'ailleurs, j'avais l'âge d'être la mère de Violette. Il l'aimait juste parce qu'elle acceptait de faire des trucs avec sa bouche que ses autres femmes refusaient.

— Beurk, Mami ! »

C'est exactement ce que je voulais dire quand j'expliquais qu'elle n'a aucune retenue.

Elle a poursuivi : « Violette est tombée enceinte. Elle n'a pas eu ses règles un mois, puis deux, puis trois, et ainsi de suite. C'était une jeune femme très belle. Les hommes l'admiraient. Sous leur regard elle se sentait princesse, courtisée comme une femme doit l'être, au lieu d'être réduite à tailler des pipes à un vieillard comme une vulgaire prostituée de rue. Elle avait du talent. Elle savait chanter, Dieu quelle chanteuse ! Elle ne se laissait pas mener par Saïd Hameed. Nous n'avons jamais su qui était le père. Peut-être un employé de magasin ou quelqu'un qu'elle avait rencontré chez le coiffeur. Elle n'arrêtait pas de changer de coiffure. Ou peut-être l'un des musiciens chinois du groupe. Elle a tout tenté pour se débarrasser du bébé. Comme les herbes chinoises n'avaient aucun effet, elle a mangé de l'ananas vert jusqu'à s'en faire saigner la langue et vomir. Elle a fini par déplier un cintre et se l'enfoncer elle-même. Quand le bébé est sorti, elle l'a enterré.

— C'est le garçon ? ai-je demandé.

— Oui, c'est le garçon et il cherche sa maman. Elle n'a pas intérêt à ce qu'il la retrouve.

— Qu'est-ce qu'elle est devenue ?

— Disparue… rentrée à Singapour. Partie sans explication. »

Ce soir-là, j'ai dormi dans la chambre de Mary Beth.

« Au moins, nos mères ne nous ont pas tuées avec un cintre », ai-je dit. Mary Beth est restée silencieuse. « Ohé ?

— Dors, Mary Anne. »

Auyong

LES MILLER VONT À LA PÊCHE

À neuf heures du matin, les Miller émergèrent bruyamment. Ils lancèrent des bonjours à la ronde et complimentèrent Beevi pour les nouilles baignant dans l'huile du petit déjeuner. La cuisine de Beevi était d'une qualité variable ; je subodorais qu'elle reflétait son humeur, fade quand elle s'ennuyait, trop épicée en période de stress, et à peu près immangeable quand elle boudait. Ce qu'aurait mijoté une Beevi apaisée, sereine, demeurait un mystère.

Les Miller annoncèrent qu'ils comptaient aller aux trois lacs. Je m'étais arrangé avec Ismet pour qu'il les y emmène, Mr Miller voulait pêcher. « Quel ennui, mais il aime tellement ça ! » dit son épouse avec un énorme soupir. J'étais le quatrième larron de cette partie de pêche. De longues semaines avaient passé depuis ma dernière sortie sur l'eau, je m'en réjouissais d'avance. J'aimais bien la compagnie d'Ismet, mais il me faudrait supporter les deux autres.

Nous nous rendîmes à la jetée dans la Myvi de location des Miller. Mr Miller insista pour conduire et se retrouva voûté au-dessus du volant, coincé dans la voiture comme dans une boîte d'allumettes. Un homme de sa corpulence aurait dû choisir un modèle plus spacieux. J'imaginai Peggy Miller à l'aéroport, devant le comptoir de l'agence de location, au milieu de ses valises à roulettes. « Oh mon chéri, et si on louait une de ces petites malaisiennes ? Juste pour voir à quel point la conduite est pénible. » Pour être juste, je connaissais à peine Mrs Miller, trop peu en tout cas pour l'accabler de pareilles présomptions. C'était sans doute une femme sympathique, mais le fait est que sa tête ne me revenait pas. Tant que je m'abstenais de le lui dire, je pouvais conserver une hospitalité de façade.

En s'éloignant de la ville, les routes devinrent plus étroites, bientôt il n'y eut plus du tout d'accotement et les broussailles envahirent les bas-côtés. « Tournez à gauche, après le panneau », dit Ismet. C'était une affiche du ministère de la Diversité culturelle, du Patrimoine et du Tourisme, en partie effacée, destinée à promouvoir l'écotourisme : « Lac de la Quatrième Épouse. Découvrez les splendeurs naturelles de Malaisie. » Quelqu'un avait rayé « splendeurs » d'un trait de peinture noire, et remplacé par « branleurs ». Je trouvais cela plutôt amusant. Ce n'était pas un mot très usité à Lubok Sayong, et encore moins par écrit.

Nous quittâmes la route pour un chemin semé d'ornières par le passage des motos, sur cinq cents mètres jusqu'aux lacs. Il était bordé de part et d'autre d'une muraille de mauvaises herbes, si hautes que leurs extrémités duveteuses ployaient parfois jusqu'à caresser le toit de la voiture. Certaines tiges, aplaties peut-être par un véhicule contraint de céder le passage, gisaient en paille au sol. Nos roues patinaient dans la boue, on entendait de temps en temps un morceau de latérite heurter le châssis. Assise avec moi à l'arrière, Mrs Miller était impassible, acceptant de bonne grâce la chaleur et les cahots.

Mr Miller s'esclaffa : « En avant ! C'est le passage de

la mer verte ! » Il ralentit pour que sa femme prenne une photo.

Le promontoire nous apparut en premier. La falaise se dressait devant nous, bloc de calcaire massif, parsemé d'arbres sombres et touffus. Puis nous aperçûmes les lacs, d'un noir glauque, sans le moindre reflet malgré l'immobilité de l'eau. Là où on aurait attendu un miroir reflétant le bleu dilué du ciel et les nuages effilochés qui y flottaient, il n'y avait rien. Le lac de la Quatrième Épouse engloutissait le moindre reflet et n'offrait aucune poésie de ce genre. Il y eut un léger murmure de pluie, mais le soleil réapparut et les nuages maîtrisèrent leur incontinence, obéissant à la lumière du jour et au saint patron des pêcheurs à la ligne. Davantage que dans le ciel, la menace d'une averse était perceptible au niveau élevé des eaux.

Plusieurs motos étaient garées dans l'herbe, devant la jetée, disséminées çà et là comme du bétail en train de brouter. L'embarcation que nous avions louée pour ce fameux tour du lac nous attendait. Moyennant dix ringgit, vous enfiliez un vieux gilet de sauvetage, vous preniez place sur l'un des huit sièges en plastique où des petites flaques vous mouillaient le derrière par surprise, et l'on vous menait au pied de l'à-pic de calcaire pour admirer la gueule noire béante des grottes. On avait coutume de pointer une saillie sur la paroi où poussait un buisson solitaire : « C'est de là qu'a sauté la princesse. » Charmante évocation de la légende.

Les touristes étaient rares, le bateau servait peu. Mrs Miller n'était plus une novice. Elle prit une serviette dans son sac pour essuyer le siège. Elle se badigeonna les bras d'anti-moustiques, puis elle et son mari enfilèrent leur gilet de sauvetage.

Ismet fit rugir le moteur et démarra en une large courbe, pour l'esbroufe. Une vague en croissant se déploya derrière nous. Les pêcheurs sur la berge nous saluèrent avec indulgence malgré notre vacarme. Mrs Miller eut un petit geste amical. Nous passâmes au plus près de la falaise pour permettre aux Miller de prendre des photos. Pas d'humeur à jouer les guides touristiques, je restai silencieux, faisant mine d'inspecter mes cannes et mes seaux. Je ne signalai pas non plus la saillie sur la paroi et ignorai les coups d'œil insistants d'Ismet. Son anglais était trop sommaire pour qu'il leur raconte l'histoire de la princesse et du goujat, mais j'avais décidé de ne pas ouvrir la bouche ce jour-là. Si je me mettais à leur parler, ils engageraient la conversation. Moi, j'étais là pour pêcher, pas pour débiter des amabilités à des touristes ni jouer les indigènes bien élevés.

J'avais apporté, dans une bassine en plastique, des criquets et des vers comme appâts. Et aussi de la peau de poulet assaisonnée avec de la nourriture pour poisson, une nouveauté que je voulais tester. J'avais emprunté l'idée aux chasseurs d'alligators sur qui je venais de voir un documentaire. Nous avions pris une canne de plus pour Mr Miller. Ismet amena le bateau au milieu du lac, dans l'ombre des falaises, et coupa le moteur. Mrs Miller sortit un livre de son sac.

Mr Miller s'installa à la proue et retira son gilet de sauvetage qui le faisait transpirer. Sa chemise était trempée, les auréoles humides sous ses aisselles ne se distinguaient plus du reste de l'étoffe. Je restai à l'arrière avec mes appâts et un seau.

Par respect pour le plaisir à venir, j'éteignis mon portable. Ces dernières années, la couverture du réseau avait fait de tels progrès que l'on pouvait recevoir des appels au beau milieu du lac. Au lieu de l'air et du ciel, des infinis de l'espace au-delà, nous vivions désormais sous une chape d'ondes invisibles charriant des conversations, des paquets de données et des millions de téléchargements pornographiques. Une pensée désagréable qui m'évoqua aussitôt des cellules cancéreuses mortifères.

J'agitai mon portable en direction d'Ismet.

« Le mien est déjà sur silencieux, bro.

— Parfait. »

J'amorçai avec un ver de terre et une lamelle de peau de poulet, je lançai la ligne, mon rythme cardiaque s'apaisa et je m'installai dans l'attente. J'adore la pêche pour cette torpeur méditative qui accompagne l'attente. Il y a peu de choses pour lesquelles je professe une telle passion. La pêche en est une et j'en profitais d'autant plus que le temps n'était plus une denrée rare. C'est un plaisir comparable, voire supérieur dans l'exaltation de la vie, à un coït paisible auquel on se livre sans consulter sa montre.

Le silence était pénétrant, un plaisir à savourer en solitaire. On entendait par moments le cri d'un singe hurleur, un oiseau s'agitant dans les arbres, l'écho d'une voix sur les falaises ou des bourdonnements d'insectes, effervescence invisible. L'eau était d'un vert grisâtre, propre et transparente, mais les profondeurs restaient insondables. C'était comme de regarder à travers du verre teinté et de ne percevoir qu'ombres et reflets.

Le bateau se balançait doucement, je perdis le fil du temps. M'abandonnant au mouvement familier, j'oubliai Ismet, la femme qui tournait les pages de son livre et l'homme qui rougissait au soleil à l'avant du bateau.

Personne ne m'adressa la parole. Je n'aurais su dire si Ismet ou Mr Miller attrapait quoi que ce soit. J'étais ailleurs. De temps en temps je remontais ma ligne, je changeais l'appât et la lançais à nouveau, doucement, très doucement, avec un geste souple du bras et un petit coup de poignet. Il y avait des lotus en fleur près de la rive d'en face. Les fleurs étaient entièrement ouvertes, grandes et roses, d'une beauté inouïe. Personne ne récoltant les racines de lotus, elles étaient intactes.

J'attrapai un tête-de-serpent et une petite raie que je remis à l'eau après les avoir décrochés. Je jetai un coup d'œil à Ismet. Accroupi en hauteur, les manches retroussées jusqu'aux épaules, il textotait des deux pouces sur son portable, sa canne à pêche coincée entre deux sièges. Mrs Miller avait posé son livre à l'envers sur ses genoux. Elle somnolait paisiblement, les yeux protégés par son chapeau de paille à large bord.

« Putain de merde ! » s'écria soudain Mr Miller. Sa ligne se tendit. Il se cramponna et lâcha du lest pour remonter sa prise. Il se tenait arc-bouté, tout le poids en arrière ; le bateau vacilla légèrement. Il avait des gestes fluides et sûrs.

Le lac nous offrait parfois de belles prises, la plus grosse que j'aie vue étant le tête-de-serpent pêché par *Cikgu* Teh à l'occasion d'un concours quelques années auparavant. Il en conservait la photo dans son portefeuille. Mr Miller donna un tour de moulinet et releva la canne qui ployait. Le poisson luttait sous l'eau, résistait à la traction, mais nous ne pouvions pas encore le voir.

« C'est un monstre, les gars ! Énorme ! » s'exclama Mr Miller.

Ismet s'interrompit pour observer la scène. Mrs Miller sortit son appareil pour prendre des photos. Mr Miller planta le pied sur la marche de la proue et se pencha en arrière.

« Chéri… » commença Mrs Miller. Avant qu'elle achève sa phrase, son mari tomba à l'eau en poussant un cri. Ismet se précipita, prêt à plonger. Puis la tête de Mr Miller émergea, il nous fit signe, tout sourire, les lunettes toujours sur le nez. Ismet lui lança la bouée de sauvetage et tout le monde se mit à rire, y compris Mrs Miller.

« Désolé, les gars, j'ai perdu et la ligne et le poisson ! Ça nous fera une histoire pour les copains à Topeka ! » s'exclama Mr Miller, toujours à barboter dans l'eau.

Tout cela était très drôle, jusqu'au moment où nous aperçûmes à la surface une ondulation qui fonçait sur Mr Miller.

« Sortez ! » cria Ismet.

La peur me saisit au ventre. Ismet se pencha par-dessus bord. « Vite ! Vite ! » beugla-t-il. Mr Miller nageait, la tête hors de l'eau. Il était à deux brasses du bateau, un sourire ridicule lui barrait le visage. Je ne parvenais pas à distinguer ce qu'il y avait sous le remous, mais c'était rapide, un vrai missile à tête chercheuse qui fondait sur l'Américain. Je cherchai quelque chose, n'importe quoi, à lancer sur la créature qui approchait. Il n'y avait rien à portée de main, sauf le livre de Mrs Miller et les chaussures qu'elle avait retirées.

« Vite ! » hurla encore Ismet. Le poisson se dressa, dévoilant un long museau au bout d'un corps d'une taille impressionnante. « Sortez ! Dépêchez-vous ! »

Mrs Miller hurla, l'index sur le déclencheur de l'appareil photo. Son mari agita un bras, toujours guilleret. Un air interdit remplaça le sourire radieux quand il fut hissé hors de l'eau, soulevé par le museau entre ses cuisses. Je lançai le livre, mais je ne sais pas si j'atteignis le poisson. La chaussure, elle, rebondit sur son flanc. Mr Miller fit des moulinets avec les bras, bascula en arrière. L'eau bouillonnait. Le long corps du poisson s'incurva dans un tourbillon d'écume et Mr Miller disparut.

L'eau se referma sur lui et il ne refit jamais surface.

Peggy Miller hurla de nouveau, un long cri affreux qui resta en moi des années. Nous scrutions l'eau, le bateau tanguait, mais il n'y avait rien si ce n'est un calme grandissant à mesure que le lac redevenait étal. La bouée rouge flottait à la surface, comme une pierre tombale à l'endroit où l'Américain avait disparu. Mon cœur battait dans mes tympans et, quand mon pouls fut redevenu normal, je fus pris d'un sentiment de honte. J'avais eu peur, mais c'était une peur égoïste, pour moi-même, la peur que le bateau chavire et que je rejoigne Mr Miller, mon sort lié au sien face au poisson. J'avais agi par instinct de conservation ; je n'ai aucun souvenir d'avoir pensé à sauver Mr Miller. Mon seul but était d'empêcher le monstre de s'approcher de moi. Je me sentais tiraillé par un sentiment de culpabilité, et en même temps soulagé d'être sain et sauf, sur le bateau. J'aurais pu me jeter à l'eau pour le sauver, mais je n'en avais rien fait.

Il tomba une sorte de pluie. Une pluie qui semblait s'élever du lac pour mouiller le ciel.

Mrs Miller fut mise sous calmants pendant deux jours. Mes condoléances et offres d'aide se perdirent dans une brume médicamenteuse. Elle voulut quitter la Grande Maison. Tous ces vieux meubles, prétendait-elle, étaient imprégnés par la mort. Elle prit une chambre à l'étage du Hemingway et sa fille arriva bientôt en avion pour la rapatrier.

Le surintendant adjoint Sevaraja, dont le nez pour les anecdotes vaut celui d'un sommelier pour le vin, nous apprit que Mr Miller avait eu trois épouses avant Peggy. Ce qui raviva la légende de la Quatrième Épouse. Tout homme marié quatre fois et qui avait la témérité de se mettre à l'eau aurait à subir la haine de la dame du lac ; avec Mr Miller, elle s'était découvert un appétit pour la chair mâle. La princesse chinoise s'était transformée en poisson-dragon.

« Mais toi, tu n'as rien à craindre, Auyong. Jamais marié, même pas une fois, hein ? me taquina Sevaraja.

— Plus personne n'ira pêcher pendant quelques mois. De la chair humaine a été introduite dans l'écosystème. La marine compte-t-elle envoyer des plongeurs ? »

De mon côté, je me voyais difficilement retourner un jour au lac.

« On n'a pas prévu d'y plonger. On va essayer de draguer le fond, mais c'est sûrement trop profond. »

Il me montra les photos récupérées dans l'appareil de Peggy Miller. Tim Miller avait une mine ahurie, comme si on lui avait lancé un verre d'eau glacée par plaisanterie. Le poisson aux allures de serpent était d'un gris argenté.

« Nous les avons transmises à l'institut zoologique pour identifier l'espèce. Ils pensent que c'est un poisson importé.

— Vous allez essayer de l'attraper ?

— À quoi bon ? Qu'il devienne célèbre, comme le monstre du Loch Ness ! On adore être connus pour des trucs idiots. De toute façon, je suis bien assez occupé avec les monstres bipèdes ! »

Je me gardai de lui dévoiler que la tête du poisson ne m'était pas inconnue. Lui aussi me connaissait. Quand je lui avais lancé le livre, il m'avait regardé. C'était le poisson que Beevi avait relâché pendant la crue, deux ans auparavant. Je ne le révélai pas davantage à Beevi. Par un calcul peu rationnel, j'avais l'impression de me racheter en lui épargnant de se sentir coupable. Je présumais qu'elle éprouverait de la culpabilité, et ma propre rédemption reposait sur cette supposition, mais la compensation fonctionnait. Il me suffisait de ménager le point d'équilibre pendant deux ans, voire trois, et tout cela s'effacerait de ma mémoire. Comme toujours.

UNE DEUXIÈME VIE

Quelqu'un voulait acheter la maison de Beevi, celle qui avait subi la crue. Après le déluge et la mort d'Assunta, Beevi s'était installée dans la Grande Maison, abandonnant un terrain de deux mille mètres carrés et une petite maison au toit en feuilles de sagoutier et aux murs de vannerie. Le cabanon du poulailler, qui se dressait toujours à l'autre bout, devint à ma grande surprise le siège d'étranges agissements nocturnes.

Le surintendant adjoint Sevaraja m'emmenait parfois dans les plus anodines de ses « opérations spéciales », comme il aimait à désigner les missions pour lesquelles il devait quitter son bureau. J'acceptais volontiers car il n'y a rien de tel qu'une pincée de voyeurisme pour pimenter une journée. Il était cette fois question de la maison de Beevi, de quoi piquer ma curiosité. Il s'agissait d'une mission de nuit. Les fourgonnettes de la police se garèrent à une certaine distance ; Sevaraja et les six agents en civil poursuivirent à pied. Je me dirigeais vers la maison quand Sevaraja me fit signe de le suivre. Une lueur jaune brillait à l'intérieur du poulailler. De plus près, nous pûmes distinguer cinq ou six individus serrés les uns contre les autres, les têtes calées contre le toit du cabanon sous une ampoule solitaire.

« Police ! » cria l'un des agents dans son porte-voix.

« *Assalamualaikum dan salam satu Malaysia!* Que la paix soit avec vous, longue vie à la Malaisie ! » Amplifié par l'appareil, cela semblait quelque peu sarcastique. Sevaraja fit signe de l'index. Les autres agents pointèrent sur le cabanon leurs puissantes lampes torches.

Pris par surprise, les hommes se relevèrent précipitamment, mais le poulailler était à peine plus grand qu'une niche. Voulant détaler, ils trébuchèrent, se bousculèrent, se renversèrent les uns les autres, dans un méli-mélo de jambes et de coudes. À l'extérieur, les policiers observaient tout ce cirque en riant. Au bout de cinq minutes, l'envie de s'enfuir leur passa. Ils se désentortillèrent et sortirent un par un, tels des enfants, par la petite porte destinée aux poules de Beevi.

La police arrêta cinq hommes en sueur pour tripot clandestin et saisit soixante-dix-neuf ringgit, deux jeux de cartes, un sachet de *kacang putih* et un tapis en fibres de pandanus.

« Pourquoi vous embêter avec ce menu fretin ? demandai-je à Sevaraja.

— Certes, mais l'une des épouses a de la suite dans les idées. Elle passe tous les soirs au poste pour se plaindre de son mari qui joue. Elle en a marre que tout l'argent disparaisse. Son mari gagne cinquante ringgit par jour à réparer des chambres à air de moto et il les claque tous les soirs aux cartes. À la quatre-vingt-dix-huitième plainte, mes hommes m'ont dit : "Chef, on les arrête. Cette femme ne nous laissera jamais en paix. Et ce serait gênant d'arriver à cent plaintes sans qu'on ait levé le petit doigt." Elle a même proposé de payer mes hommes pour qu'ils donnent une bonne leçon à son mari. Je plains quiconque épouse ce genre de mégère. Je soufflerai à l'oreille du bonhomme qu'un petit séjour derrière les barreaux ferait du bien à son couple. »

Dès lors que son poulailler avait connu une seconde vie comme tripot, il était dans l'ordre des choses que la maison de Beevi jouisse elle aussi d'une réincarnation. La vieille bicoque avait une histoire. L'Histoire imprègne les lieux les plus variés. Toutes sortes d'objets prétendent à une importance historique : une petite maison en bois ici, des fondations en pierre à Beruas, le bureau d'un éminent personnage, une paire de ciseaux en or provenant du palais, la dépouille d'un saint homme, la vidéo d'un autre, un peu moins saint, et ainsi de suite. C'est une liste sans fin. Même les choses immatérielles acquièrent du poids : un prénom de famille, quelques dates, les propos d'Untel.

Quand j'interrogeai *Cikgu* Teh à propos de la maison de Beevi, il me répondit : « Les maisons des autres ne m'intéressent pas. »

Beevi elle-même nourrissait des sentiments ambivalents pour cette maison. Elle avait échappé au radar du Patrimoine historique. Elle avait appartenu à la famille de Sarimah, l'une des belles-mères de Beevi. Une maison de Kuala Kangsar, quasiment la jumelle de celle-ci, avait été décrite comme un parfait exemple d'habitat vernaculaire. Restaurée à grands frais, elle avait valu plusieurs prix à l'architecte qui avait supervisé le projet. *Cikgu* Teh n'en savait pas beaucoup plus, ni même ce qu'on entendait par « habitat vernaculaire ».

« Si une maison est vernaculaire, dit-il, c'est qu'elle parle tamoul ou cantonais. »

Cikgu Teh, qui était professeur de physique dans le secondaire, était contraint d'enseigner aussi l'histoire, pour cause de pénurie de personnel. Il affirmait que le progrès est économique, pas historique. La politique politicienne n'a rien à voir avec l'Histoire, soutenait-il avec une foi qui emportait presque la conviction. Et en ce qui concerne le programme d'histoire pour les élèves de treize à dix-sept ans, il ne s'était rien produit de notable pendant les cinquante et quelques années depuis l'indépendance, rien qui mérite d'y être ajouté. Pour *Cikgu* Teh, il aurait fallu au minimum une guerre ou une invasion étrangère pour aller au-delà du 31 août 1960.

En revanche, *Cikgu* Teh s'y connaissait en pêche à la ligne et pour débusquer les garçons dévoyés, ce qui souvent n'était pas sans rapport. Son école disposait d'un réseau de caméras de vidéo-surveillance jusque dans les toilettes. Il écumait Facebook pour savoir ce que fabriquaient les garçons. Il avait des informateurs au guichet du cinéma et au Kentucky Fried Chicken qui le prévenaient dès qu'un élève se présentait pendant les heures de cours. *Cikgu* Teh et moi nous entendions comme larrons en foire.

Je l'avertis qu'il risquait de s'attirer des ennuis avec les caméras dans les toilettes. « Et si quelqu'un t'accusait de pédophilie ?

— Eh bien, c'est ça ou choper un jour sur deux un gaillard travaillé par les hormones en train de sodomiser un petit dans les toilettes.

— Ils font vraiment ça ? Sodomiser les sixièmes ?

— Bien sûr. Il se passe aussi des trucs dans les toilettes des filles, mais le directeur refuse que j'y installe quoi que ce soit. Tu sais ce que j'aimerais y mettre ? Des caméras thermiques. Ça réglerait le problème, je ne verrais que l'image thermographique des corps. Pas de zizis, pas de seins, pas la moindre petite culotte, pas de visages, rien que de parfaitement innocent.

— Mais tu ne pourrais pas les reconnaître.

— Yo, frère, dans quel siècle tu vis ? Du thermique dans les box, et des caméras classiques à l'extérieur. J'aurai leur visage à la sortie.

— Je trouve quand même ça un peu malsain. Tu sais ce qu'on va dire de toi ?

— Comme si on ne le faisait pas déjà ! »

Arrivé en début de carrière à Lubok Sayong, *Cikgu* Teh était tombé amoureux d'une jeune chercheuse missionnée par le ministère pour étudier l'habitat naturel des chats musqués et leur migration vers les villages. Une idylle née en zone humide, deux jeunes gens d'à peine vingt-deux ans arpentant les sentiers des forêts et les berges des rivières. Ils se faisaient gloire d'un amour exclusivement fondé sur l'entente et la compréhension mutuelle, loin des lumières de la ville, des falbalas et des endroits à la mode. Ils partageaient un même dédain pour l'argent et décidèrent de se marier.

Il abandonna une vague appartenance au taoïsme et au bouddhisme hérités de ses parents chinois pour se convertir à l'islam. Ce renoncement et le mélodrame familial qui s'ensuivit furent vécus comme un gage sacrificiel offert à son aimée. Malheureusement pour *Cikgu* Teh, elle décrocha une bourse de recherche et un contrat pour tourner des documentaires au Sarawak, avec des projets plus ambitieux à la clé. Après tout, les chats musqués n'étaient pas une fin en soi pour une jeune diplômée, a fortiori si l'occasion de décrocher une thèse se présentait.

Elle préférait ne pas se disperser, lui expliqua-t-elle. Elle espérait qu'il comprendrait. Elle serait absente des mois, sans doute des années, et ne pouvait – ni ne voulait – travailler avec un mariage en suspens au-dessus de la tête. S'il te plaît, avait-elle dit. Dieu l'a voulu, c'est ainsi. Ils s'étaient disputés âprement jusqu'à ce qu'elle joue sa carte maîtresse. Si tu m'aimes, lui dit-elle, laisse-moi partir. Si tu m'aimais, répondit-il, reprenant des mots dignes d'une mauvaise chanson d'amour, tu resterais.

Il n'avait pas digéré cet épisode. Il la traitait de vile renarde, mais il se plaisait trop dans son école pour envisager de quitter Lubok Sayong.

« Tu confonds les renards et les chats musqués, c'est pourtant bien là la source de ton problème !

— Tu as raison, je devrais plutôt la traiter de sale chatte musquée enragée ! Renarde, c'est beaucoup trop gentil pour elle ! »

Il est vrai que par ici les chats musqués sont souvent appelés *musang*, ou renard de pandanus. Beevi en avait toute une famille qui nichait chez elle, on les entendait le soir crapahuter dans les combles. Leur odeur de musc, qui rappelait la feuille de pandanus, parfumait toute la maison. La première fois que je l'ai sentie, je me suis fait avoir, j'ai cru que Beevi cuisinait.

Le bruit se répandit que *Cikgu* Teh avait le cœur brisé, et les entremetteurs de tout poil se mirent à l'œuvre, sans grand succès. Les gens s'évertuaient à présenter femmes et jeunes filles, célibataires, veuves ou divorcées, à ce jeune professeur, apprécié et clair de peau. C'était une triple bonne action. L'entremetteur gagnait une place au paradis pour avoir accueilli au sein de la famille un frère récemment converti, il le consolait de son chagrin et procurait un soutien à une femme démunie. Même Beevi avait cherché à le caser.

« Pourquoi ne veux-tu rencontrer aucune des dames

qu'on te propose ? lui demandai-je. Au moins, ça justifierait ta…

— Je t'arrête. Inutile d'en parler. S'il n'était question que d'une livre de chair, d'un petit morceau de prépuce et de l'interdiction de manger du porc braisé, j'aurais déjà tout plaqué pour rentrer à KL.

— Pourquoi dire non, alors ?

— C'est différent, maintenant. Avant cette vile renarde, les possibilités étaient infinies. Je n'avais aucune limite. Ç'aurait pu être n'importe quelle fille, une Chinoise, une Indienne, une Malaise, une *lain-lain*, j'avais l'embarras du choix. Maintenant, l'éventail est plus restreint, je suis contraint de choisir une musulmane. »

Je me retins de lui dire que son raisonnement sonnait faux. Il avait reporté toute son énergie sur l'école et cela lui donnait une raison de vivre. Sans raison de vivre, nous autres humains, alliage complexe de nerfs et d'énergie mentale, ne serions que des sacs de matière organique destinés à servir d'engrais.

Je lui disais souvent : « Tu n'es plus un perdreau de l'année, Teh. Oublie ta femme renarde et trouve-toi une gentille épouse. »

J'appris par Mary Anne que *Cikgu* Teh avait peut-être trouvé une personne digne de lui : la pétillante *Cikgu* Noraini. C'est tout le mal que je leur souhaitais.

La maison de Beevi s'était, elle aussi, trouvé une nouvelle vie. Une Française, grande gigue et fumeuse impénitente, la lui rachetait pour trente-sept mille ringgit. Elle comptait la transporter sur une île près de Lumut pour un projet d'hôtel de luxe avec des chambres à huit cents ringgit la nuit. La première fois qu'elle la vit, la jeune femme se figea à une dizaine de mètres de la maison, croisa les mains sous son menton et s'exclama : « Quel spécimen magnifique ! »

Ismet et moi, qui passions la tondeuse sur le *lalang* avant son arrivée, embaumions l'essence et l'herbe coupée. La Française dévorait la maison des yeux, comme je voyais parfois des femmes contempler Ismet. Je fis volte-face pour m'assurer que c'était bien la bâtisse qu'elle convoitait et non le potier.

À l'intérieur, elle laissa courir sa main sur les panneaux de bois sculpté avec des petits ronronnements de satisfaction. Elle nous expliqua que son mari était italien, de Gênes, et cuisinier. Un grand chef. Il avait été à deux doigts d'obtenir une étoile au Michelin. À deux doigts. « C'est lui qui dirige le restaurant sur notre île. »

« Notre île. » C'était là que des gens riches et insatiables amarraient leur yacht, pour déguster des divins machins-choses *al dente* en sirotant un vin rouge bien frais, les pieds dans l'eau. « Notre île » était merveilleuse.

« Mon mari a été anobli l'an dernier. Il a obtenu le titre de *datuk*. Et nous n'avons même pas eu à débourser quoi que ce soit. Il paraît que de nos jours, ce genre de titre s'achète au moins deux cent mille ringgit, mais le nôtre nous a été conféré gracieusement. »

Parce que le sultan raffolait de la pancetta machinchose de Gian Carlo. Je n'ai jamais pu retenir, ni prononcer, les noms des plats italiens.

« Le sultan dîne en privé, naturellement, précisa-t-elle. Je suis donc la *datin* Bernelli. Mais appelez-moi Sabine. Tout simplement Sabine. Entre amis. » Après quoi, bien entendu, nous ne pouvions que lui donner du *datin*.

Elle nous montra les photos des autres maisons qu'elle avait sauvées du délabrement et de l'oubli. Elle déambula dans celle de Beevi et nous expliqua où elle mettrait le téléviseur, les toilettes, le jacuzzi, le minibar et le lit avec draps blancs et moustiquaire. « Ce sera superbe, dit-elle. Vraiment superbe. »

Quand la *datin* fut partie, laissant derrière elle de forts effluves de tabac et de parfum, je dis à Beevi qu'elle ferait aussi bien de ne pas vendre sa maison et d'en garder les pilotis fermement plantés ici à Lubok Sayong. Ismet abonda dans mon sens et se lança dans une diatribe juvénile sur la préservation de notre patrimoine. Je suggérai à Beevi d'en faire une chambre d'hôtes. Elle était déjà dans le métier, avec celles qu'elle louait à la Grande Maison. Et le métier marchait plutôt bien.

Sur un site de réservation en ligne, je montrai à Beevi les tarifs des gîtes en divers endroits du pays. Puis ceux du Monsoon Island Resort & Spa, avec ses chambres à huit cents ringgit la nuit, où la *datin* Sabine comptait transplanter sa maison. Nous cherchâmes tous à l'en dissuader, Ismet, Mary Anne et moi, mais comme d'habitude avec Beevi, elle n'en fit qu'à sa tête et vendit malgré tout.

Sa maison fut enlevée du jour au lendemain. Un bataillon de charpentiers indonésiens vint la démonter. Le *lalang* et les broussailles surgis après la crue, le cabanon du poulailler, les vestiges du potager, le chemin gravillonné qui s'interrompait net là où s'étaient trouvées les marches, tous ces témoins de l'ancien décor dessinaient les contours d'un vide pesant qui avait la forme d'une maison. Comme les humains se souviennent d'autres humains, les choses ont une mémoire qui leur est propre, les démarcations entretiennent les souvenirs, puis les lignes s'estompent au fil du temps et tout se confond.

Je demandai plusieurs fois à Beevi ce qu'elle comptait faire du terrain. Chaque fois, elle répondait : « Tu verras bien », ce qui signifiait qu'elle avait une idée derrière la tête.

Au bout de deux mois, elle mobilisa une équipe de quatre ouvriers bangladais, détournés de l'usine dans mon dos, ce qui me plut moyennement vu que je les payais pour dénoyauter des litchis et empiler des conserves. Ils aplanirent le terrain, arrachèrent plantes et légumes, une jungle qui avait tout envahi depuis que Beevi n'y habitait plus. Puis, suivant ses instructions, ils répandirent du gravier, plantèrent deux poteaux et bétonnèrent le sol. Beevi avait fait construire un court de badminton.

UNE DEUXIÈME VIE, SUITE

Mary Anne ne cessait de nous surprendre. Parfois, je remarquais à peine sa présence dans la Grande Maison. Elle se faufilait, comme une petite souris, pour grignoter dans la cuisine. Beevi se plaignait qu'après l'école, elle passait de longs après-midi cachée dans un placard, à jouer avec ses objets fétiches. Rien de scabreux : des cartes de vœux, des peluches, sa précieuse collection de pin's, ses porte-mines et un bocal de galets blancs rapportés de notre excursion à la cascade. Elle donnait des copeaux de crayon à manger aux plumes qu'elle conservait entre les pages des livres. Je n'avais toujours pas élucidé pourquoi les plumes se nourrissaient de copeaux, ni comment, mais c'était là une de ses occupations. Quand elle était dehors, je la voyais souvent qui contemplait les minarets de la Grande Maison, perdue dans ses pensées.

« Le monde n'est pas tendre avec les filles comme elle, qui se cachent dans les placards, mâchonnent des crayons et passent leur temps devant un écran d'ordinateur. Elle aurait besoin qu'on la secoue un peu pour se forger le caractère. Je m'en serais chargée moi-même si je n'étais pas tout le temps débordée », disait Beevi.

Ou encore : « Des filles cachottières, j'en ai connu ! Comme cette Naïn, la folle aux sangsues. On était dans la même classe. Elle n'était pas très bavarde à l'école, et puis un jour elle a disparu. Vingt ans plus tard, la voilà qui réapparaît à Lubok Sayong avec une case en moins, si ce n'est deux. Soit elles deviennent foldingues, soit elles tombent sous la coupe d'un petit chef dans un bureau minable. T'as vu Mary Anne ? Il n'y a que son ordinateur qui compte. »

J'étais souvent tenté de répondre à Beevi que Mary Anne avait le caractère bien assez trempé comme ça. Elle était capable de se lancer dans des entreprises qui me dépassaient complètement. Elle avait convaincu Beevi d'acheter un ordinateur et d'installer la wifi. Elle tenait un blog et s'était inscrite sur un tas de sites où elle faisait activement la promotion de la Grande Maison. Elle vantait cette façon originale de plonger dans l'histoire du Perak, rédigeait des descriptifs pleins d'humour à propos des chambres et de Lubok Sayong.

Elle prenait aussi toutes sortes de photos dans la maison qui attiraient des touristes assez toqués pour faire la route de Penang ou Kuala Lumpur jusqu'à Lubok Sayong. En arrivant, ils réclamaient de voir ce ridicule pangolin empaillé, le téléviseur transformé en aquarium ou encore la chambre de Violette quand les rayons du soleil couchant transperçaient le vitrail.

Une des conséquences les plus cocasses de la dernière crue concernait les poteries d'Ismet que les eaux avaient emportées et déposées un peu partout en ville. Elles étaient comme les nains de jardin de Lubok Sayong, des repères fortuits venus se loger dans les arbres, sous les maisons et au bord des routes en lisière des plantations. On tombait dessus dans les lieux les plus incongrus. Quelqu'un avait eu l'idée d'organiser une sorte de chasse au trésor et comptabilisé pas moins de trente-neuf poteries dispersées aux quatre coins de Lubok Sayong. Dans certains cercles, on affirma que c'était de l'art, comme l'installation des catalogues Ikea dans une forêt en Suède ou la série d'animaux en cage à Kuala Lumpur.

Ismet, qui avait fait des études et à qui ce genre de discours n'était pas étranger, eut la perspicacité de se prêter au jeu. Un peu timide et rouillé au début, il accepta les demandes d'interviews et fit des déclarations aux journalistes, reprenant certains passages du discours préparé autrefois pour la visite de l'honorable ministre. Il ressortit son jargon universitaire, avec des termes comme « dispositif » et « dichotomie » et le tour fut joué. Après ce petit moment de gloire, il me confia qu'il se sentait tout de même en porte-à-faux. « Je suis un *artis kampong yang dihipokritkan*. Un artiste de village transformé en hypocrite », blagua-t-il.

Les poteries connurent des sorts divers. Avec le temps, certaines tombèrent des arbres ; ignorant qu'elles faisaient partie d'une œuvre d'art, des passants les ramenèrent chez eux. D'autres, portées par les eaux depuis l'atelier d'Ismet jusqu'à un village aux abords de la jungle, furent adoptées par des calaos qui y nichaient désormais. Ces grands oiseaux, qui vivaient depuis des années à la lisière de la forêt, s'étaient jusque-là montrés plutôt farouches. Mais les œuvres d'Ismet exercèrent une curieuse attraction sur les femelles qui s'aventurèrent dans l'enceinte du village pour bâtir leur nid dans les pots tandis que les mâles partaient en quête de nourriture. Avec leur long bec recourbé et leurs ailes noires qui contrastent avec le blanc des pattes, de la queue et du ventre, les mâles semblent porter un smoking à veste noire et pantalon blanc. La photo de l'un d'eux apportant à manger à sa compagne cachée dans une jarre fut jugée digne de figurer sur un poster. Mary Anne en fit la mascotte de Lubok Sayong, à la manière du panda du WWF. Cela aussi attirait du monde. On venait admirer ces majestueux oiseaux.

Il y eut également une épidémie de touristes curieux après l'affaire de Mr Miller et du poisson au lac de la Quatrième Épouse. Ils s'y rendaient avec des jumelles pour guetter le poisson-dragon mangeur d'hommes. Des femmes se livraient à des prières rituelles, jetant à l'eau de la nourriture en offrande dans l'espoir de guérir leurs maris de leur infidélité. De temps à autre, quelqu'un prétendait avoir aperçu le poisson ou que ses prières avaient été exaucées, si bien que de petits groupes continuaient de venir.

Grâce au blog de Mary Anne et ses annonces sur Internet, la clientèle de la Grande Maison augmenta ; Beevi avait besoin d'aide pour la cuisine et le ménage. Ce renfort arriva en la personne de Miss Boonsidik, moitié thaï et moitié malais, originaire de Bukit Kayu Hitam, une ville du nord à la frontière de la Thaïlande.

Miss Boonsidik me mettait mal à l'aise, une gêne qui me donnait le sentiment d'être vieux jeu et bourré de préjugés. Il flirtait avec les hommes sans s'en cacher, sauf moi, qu'il appelait Oncle. Je grimaçais à la vue de sa pomme d'Adam et de ses jambes musclées, mais je dois reconnaître que rien ne me faisait tant rire que de voir Miss Boonsidik flirter avec Ismet quand il venait me prêter main-forte pour les petites réparations.

« Mon chéri, Boon a un nouveau parfum ! *Mai ciumlah !* » lançait Miss Boonsidik, en jouant sur le double sens d'embrasser et de sentir.

« Bon appétit, mon chéri ! *Boon masak hot and spicy* ! » disait-il quand il servait à Ismet un bol de soupe pimentée, en se penchant pour laisser voir son soutien-gorge par l'échancrure. Il se faisait pousser les seins, les choyait comme ses bébés. Il consacrait sa paye aux injections d'hormones, et à chaque retour de congé sa poitrine était un peu plus développée. Ismet s'efforçait de ne pas regarder, tandis que Mary Anne et moi échangions des sourires en coin. Ismet était un adepte de sa soupe pimentée.

« Méfie-toi, lui dis-je. Miss Boonsidik pourrait bien y verser un filtre d'amour thaï. »

Mary Anne et Beevi étaient immédiatement tombées sous le charme de Miss Boonsidik. Mary Anne l'appelait Kak Boon, Sœur Boon, et leurs fous rires retentissaient dans la cuisine dès qu'ils étaient ensemble. Des conversations dont j'étais de fait exclu. Malgré tous mes préjugés à l'encontre de ce genre de personne, je dois reconnaître que Miss Boonsidik apportait un regain d'humour dans la Grande Maison.

Le court de badminton de Beevi obtint un franc succès auprès des jeunes. Miss Boonsidik faisait souvent équipe avec Mary Anne, il s'amusait à smasher le volant directement sur les garçons et guettait la moindre moquerie sur son nom ou son jeu. Il était doué et quand Ismet parvenait à surmonter sa gêne, ils formaient le meilleur double de Lubok Sayong, après ceux des clubs scolaires.

Le volant était fréquemment ballotté par le vent, emporté trop à droite ou trop à gauche ou au-delà de la ligne de fond de court. Cela donnait lieu à des discussions et des points annulés, jusqu'à ce qu'on adopte la règle suivante : le point serait rejoué dès lors que le vent avait agité le filet après le service.

Pas de deuxième chance en cas de calme plat. Cette règle donnait entière satisfaction. On voyait parfois des petits groupes de spectateurs gonfler les joues au bord du terrain pour tenter de faire bouger le filet et que le point soit rejoué.

Une fois, d'après Mary Anne, un aigle plongea, s'empara du volant et l'emporta. Elle ressemblait de plus en plus à Beevi, toujours une histoire à raconter.

Je m'autorisai moi aussi une partie, avec Wong Kam. Nos vieilles carcasses amnésiques finirent par retrouver tous les mouvements de bras et de jambes, le sauvetage en extension ou le fameux smash au service dont nous nous enorgueillissions qu'il ait été inventé par notre génération. J'eus mal partout pendant une semaine, des muscles dont j'avais oublié l'existence protestaient de douleur et mes genoux bloqués refusaient de plier, mais il n'y a rien de comparable à la beauté d'un ciel limpide quand vous vous élancez pour frapper un smash croisé.

Grâce à Miss Boonsidik, nous pûmes nous absenter brièvement, nous offrir en quelque sorte des vacances. À l'invitation de la *datin* Sabine, nous nous rendîmes au Monsoon Island Resort & Spa. Elle nous proposait de loger dans l'ancienne maison de Beevi, entièrement remontée sur place. Je trouvais cela très généreux de sa part. Sa proposition m'enchantait car il y avait longtemps que je n'étais pas sorti de Lubok Sayong, hormis quelques déplacements professionnels, le plus souvent à Kuala Lumpur pour renégocier les contrats avec les fournisseurs et les distributeurs de ma conserverie de litchis. Une petite virée dans une île, c'était la coupure dont nous avions tous besoin. Les deux années après la crue avaient été rudes, avec la mort d'Assunta, tous les ajustements qu'avait entraînés l'arrivée de Mary Anne et la gestion de plus en plus prenante de la Grande Maison.

J'eus une discussion avec *Cikgu* Teh et Wong Kam à propos de la dernière voiture qu'on achetait dans une vie. Fallait-il se lâcher, terminer en beauté ? La puissance du moteur compensait-elle une testostérone déclinante ?

« Au diable, les voitures ! décréta Wong Kam. Rien ne vaut une grosse Ducati et un blouson en cuir. On ne devine pas ton âge sous un casque intégral ! »

Cikgu Teh était partisan de la Myvi. « Pourquoi s'embêter avec une voiture de luxe. Mieux vaut épargner pour la maison de retraite. »

Malheureusement, tout cela n'était que paroles. Wong Kam circulait toujours sur une vieille Honda Cub, sans casque et chaussé de fausses Crocs d'un rouge pétant qui se repéraient à plus d'un kilomètre. *Cikgu* Teh, lui, bichonnait avec amour sa Proton Wira deuxième génération. Il l'avait équipée de jantes alu, de vitres fumées, d'un moteur Mitsubishi gonflé à bloc et d'un pot d'échappement de la taille d'un canon. Ce n'était pas pour une vulgaire Myvi qu'il accepterait de s'en séparer. Ma Volvo 740 avait quinze ans d'âge et j'espérais qu'à défaut de la conserver jusqu'au bout, elle tiendrait au moins pour un aller-retour à Lumut.

En vue de notre voyage dans l'île, je l'envoyai à l'entretien. Je la fis laver, cirer et aspirer par les garçons près de la cahute du vendeur de *laksa* au curry.

Nous partîmes, Beevi, Mary Anne et moi, un mardi matin car la *datin* Sabine avait précisé que les chambres étaient toutes occupées le week-end. Miss Boonsidik faisait grise mine. Faute de clients, il serait seul dans la Grande Maison. Mary Anne s'endormit sur la banquette arrière pendant que nous roulions sur l'ancienne route nationale en direction de Lumut. Elle avait entièrement surmonté son angoisse de la voiture provoquée par l'accident. J'admirais sa résilience. Moi-même, je n'étais toujours pas capable de retourner au lac.

Nous déjeunâmes à Lumut avant de prendre le bateau pour l'île de la Mousson. Nous faillîmes le rater parce que Beevi tenait à acheter des crevettes séchées, des *ikan bilis* et du poisson en saumure sur la jetée. « Ils ont les meilleurs anchois, ceux avec les yeux bleus. Ma mère en raffolait. Et du poisson en saumure qui fond dans la bouche. » Mary Anne lui suggéra de faire ses emplettes au retour, mais Beevi se débrouilla malgré tout pour en acheter quelques sachets avant que nous sautions dans le bateau.

Nous fîmes sensation en arrivant au Monsoon Island Resort & Spa, dont la clientèle, rien que des Blancs en maillot de bain, vaquait autour de la piscine. Beevi portait sa tenue de tous les jours – un *baju kurung pesak* de coton à motifs de petites fleurs. Ses cheveux, séparés par une stricte raie au milieu, là où ils commençaient à blanchir, lui tombaient dans le dos en une lourde natte huilée. J'avais gardé ma tenue de travail, une chemise et un pantalon en polyester (à pinces et poches arrière à bouton) commandé autrefois chez Robert Tailor, à Cheras. Mary Anne fermait la marche, l'allure de plus en plus exotique, malgré ou peut-être à cause de la cicatrice sur son visage. Elle avait des fossettes quand elle souriait, ce qui n'était pas fréquent. Jamais je ne la voyais dissimuler son visage ni afficher le moindre embarras. Elle briserait des cœurs et je savais que cette assurance féminine devait beaucoup à Miss Boonsidik.

Comme nous patientions, un jeune Malais en uniforme, les bras chargés de draps de bain à rayures, jeta un coup d'œil aux sachets d'anchois et de poisson séché de Beevi et lui indiqua poliment le bureau du directeur, si elle était là pour le poste de femme de ménage.

Beevi répondit que nous n'étions pas là pour le ménage. De là où nous nous tenions, on apercevait son ancienne maison. « C'est ma maison, lui dit-elle. Elle est occupée ? »

Le garçon répondit que c'était une période chargée, à l'approche des vacances d'été. Bientôt, tous les bungalows seraient occupés. Il nous salua et s'éclipsa promptement à l'arrivée des Bernelli.

Gian Carlo et Sabine étaient charmants. Ils nous firent visiter, heureux de nous montrer les maisons qu'ils avaient pu sauver. Ils me devenaient sympathiques, tellement ils étaient enthousiastes. Il y avait trois maisons du Kedah, quelques-unes de la côte est et plusieurs du Perak. Une chèvre apprivoisée baptisée Michelangelo déambulait ici et là. Ailleurs, des poules naines, poitrine gonflée, s'arrogeaient de minuscules royaumes en se lissant les plumes, perchées au sommet d'une souche rase ou d'un monticule. En apercevant un petit coq à crête rouge qui déployait ses ailes et les quatorze plumes de sa queue, pose digne d'un bodybuilder gonflant les biceps, je demandai s'il y avait des serpents. Ils raffolent des poules naines, la portion idéale en guise de dessert.

« C'est une île, répondit Sabine. Nous avons éliminé les serpents et tout ce dont nous ne voulions pas. »

Ils étaient fiers de l'écosystème qu'ils avaient recréé. Ils amorcèrent une petite dispute, à propos de l'introduction des tortues géantes de Madagascar, qui avait tout l'air d'un numéro bien rodé.

« Elles sont formidables, dit Sabine. Elles nous incitent à ralentir pour vivre vieux.

— Mais c'est une espèce menacée, objecta Gian Carlo, et qui n'est pas endémique. Nous devrions rester endémiques. Qu'en dites-vous, jeune demoiselle ?

— Un truc à fourrure, répondit Mary Anne. Il manque quelque chose de doux que les enfants pourraient caresser. »

Cela fit rire Sabine.

« Tu entends, Gian Carlo ? Un animal à fourrure. Pourquoi pas un couple de siamois, comme ça ils feraient des petits. Il suffira de les châtrer quand on en aura une vingtaine, un chat par maison.

— Dis donc, les siamois, ce n'est pas une espèce endémique… » me souffla Mary Anne.

Beevi la tança du regard. Nous poursuivîmes la promenade, écoutant Sabine et Gian Carlo se prenant pour Dieu sur leur île tropicale, mais ils étaient assez attachants pour qu'on ne leur en veuille pas.

« Vous savez quoi, l'an prochain, nous accueillons un couple royal. Pas royal de Malaisie, royal pour de vrai. Des gens absolument merveilleux. Ils ont réservé toute l'île pour être parfaitement tranquilles, pas comme en France et aux États-Unis où ils sont en permanence traqués par des paparazzi. Un couple royal… Ils viennent d'Europe. Mais pas un mot à tes copines », ajouta Sabine à l'intention de Mary Anne.

La maison de Beevi était située à l'écart de la piscine, en hauteur sur un terrain sablonneux parsemé de touffes d'herbe clairsemées et de plusieurs arbres du voyageur aux feuilles déchiquetées. Je n'aurais su dire si Beevi était contrariée de voir sa maison transplantée ailleurs. Elle ne laissa paraître aucune émotion et s'en tint à une réserve polie.

Il y avait une salle de bain à la place de la cuisine, un jacuzzi, une télé à écran plat quarante-huit pouces et une cafetière électrique. Les lits étaient protégés par des moustiquaires ; si les Bernelli avaient tenté d'éliminer ces maudites bestioles de leur écosystème, ils avaient dû échouer. Il y avait des coussins en batik de soie et des oreillers de plumes. À voir ces rideaux blancs agités par la brise, on avait peine à se remémorer la maison quand elle était envahie de poules et tapissée de boue après la crue.

Sabine prit congé. « Retrouvons-nous au coucher du soleil. » Elle joignit de nouveau les mains sous son menton et sourit. « Aujourd'hui, il y aura les fameux canapés de Gian Carlo et des cocktails. Vous devez absolument goûter ses boulettes d'agneau australien, accompagnées d'une sauce à la menthe et de biscotti. Nous faisons pousser notre menthe. Nous tenons vraiment à consommer local. »

Beevi laissa courir une main sur les panneaux des volets, le bois lasuré en gris argenté. Je remarquai certains détails qui m'avaient échappé quand la maison était encombrée des affaires de Beevi : les veines du bois, les motifs de soleil et de guirlande de fleurs en demi-lune au-dessus de la fenêtre, les herbes tressées qui isolaient la toiture, les barreaux arrondis et rouillés aux fenêtres.

Mary Anne demanda la permission d'aller sur la plage. Elle voulait ramasser des coquillages. Installés dans des chaises longues sur l'ancienne véranda transformée en terrasse, Beevi et moi l'observâmes qui empruntait la longue volée de marches jusqu'à l'immense plage. Le sable avait la couleur du beurre de cacahuète.

« Tu sais, dis-je à Beevi, ça aurait pu être pire.

— Oui.

— Mary Anne est une bénédiction.

— Je suis trop dure avec elle ?

— Parfois, Beevi. Elle n'a que treize ans.

— Peut-être. Je me demande ce qu'elle va devenir. Assunta aurait été bien plus douée que moi. Elle aurait fait une bonne mère. »

J'étendis mes jambes sur le transat et, malgré moi, n'écoutai plus Beevi que d'une oreille distraite. Peignés par le vent, les cocotiers bruissaient comme en un murmure de pluie. Leurs feuilles avaient des nervures jaunes et leur tronc des petites taches de mousse verte comme une peinture ancienne. Des mainates s'envolèrent en nuée dans un scintillement d'ailes. J'avais bien du mal à suivre Beevi qui me parlait de Mary Anne et des nombreuses tâches qui l'attendaient dans la Grande Maison à notre retour. Les trois heures de route sur la nationale, à doubler des camions, m'avaient donné une migraine qui me résonnait dans la narine gauche et me vrillait la pupille. Le bruit des vagues en arrière fond de la voix de Beevi me faisait somnoler.

À l'époque où j'habitais un studio donnant sur les voies de chemin de fer à Kuala Lumpur, je rêvais souvent d'un endroit où une fine langue de terre s'avançait dans la mer, tel un index pointé sur l'horizon. C'était à peine plus large qu'une route à deux voies. Les flancs étaient escarpés, étayés de rochers. Les cocotiers fidèles au poste, espacés comme des sentinelles. Il y avait là une maison, ouverte de tous côtés aux éléments, fouettée par le vent et la pluie à travers portes et fenêtres.

Mon esprit avait embelli le rêve. Une femme vivait dans la maison. Des mèches de cheveux, striées de blanc, s'échappaient d'un chignon. Je regardai Beevi. Elle n'était pas la femme du rêve – le cerveau vous joue parfois des tours.

Je m'interroge souvent à propos de cet endroit, l'ai-je vraiment rêvé, ou seulement imaginé à partir d'une photo dans un magazine, ou, pire encore, peut-être en ai-je effacé le souvenir après l'avoir vu réellement. Il était là, sous mes yeux ; le fait de me trouver au bord de la mer l'avait fait resurgir. Il semblait quasi réel. Je scrutai le paysage à la recherche d'une langue de terre. Je croyais à moitié à son existence en songeant que là-bas devait se trouver un autre rêveur pour qui je n'étais pas moins réel.

Je rêvai de minuscules bestioles dans les flaques laissées par la marée et d'une jeune Beevi que je n'avais jamais connue et qui disait : « Tu devrais les sauver, sinon le soleil les séchera avant la prochaine marée. » Je me précipitai ici et là, tentant d'attraper les petites créatures avec ma pelle avant que le soleil ne soit trop haut dans le ciel, une course contre la montre. La pelle était trop petite et les bestioles trop craintives. Peut-être n'avaient-elles nulle envie d'être sauvées par un homme armé d'une pelle alors que la mer était si proche.

Nous passâmes trois jours au Monsoon Island Resort & Spa. Il y régnait une beauté tranquille. Le restaurant disposait d'une terrasse en bois donnant sur un petit marais, côté terre. Le matin, une éclosion de fleurs pourpres, jacinthes d'eau et volubilis, envahissait toute la surface de l'eau, recouvrant même une barque abandonnée. Au loin, les collines étaient bleues. Le soir, le soleil se couchait sur les collines plutôt que sur la mer. Je n'avais jamais vu un paysage de marais aussi spectaculaire.

Ici, le soleil déclinait lentement, autre chose que cette flambée de dix secondes sur l'océan quand tout s'embrase avant que l'astre ne plonge à l'horizon comme un gros ballon de basket. Ici, le coucher du soleil durait une heure, d'abord dans une palette de tons orangés, avec parfois de minuscules coulures de rouge en avant-première, et des éclats dorés à l'extrémité des tiges de roseau. Les flancs des collines se coloraient ensuite de rose pâle. Au cours des quinze dernières minutes, l'éclat s'intensifiait, de l'or en fusion, tandis que le soleil disparaissait peu à peu derrière les collines. Une aigrette blanche se déplaçait délicatement, cherchant avec son bec une dernière friandise avant de s'envoler. Un ultime ruban de lumière reliait les collines au ciel avant de s'effacer. Un coucher de soleil comme une aube. Les guirlandes d'ampoules autour de la terrasse s'allumèrent à point nommé.

Beevi conversait avec des gens. Sabine l'avait présentée comme la propriétaire d'origine de la maison numéro neuf du Perak. Pendant le coucher de soleil, les clients avaient paru plus affables, baignés dans une douce lueur ambrée. On parlait à voix basse, on sirotait des cocktails en grignotant des petits-fours. Une fois la nuit tombée, l'assemblée se fit plus mordante et, l'alcool aidant, plus véhémente. L'ambiance n'avait plus rien de feutré. Beevi se retrouva prise dans une discussion qui avait dérivé sur l'immobilier, les affaires et l'argent.

Il était question de l'île de Penang. Un homme nous fut présenté, dont le nom aurait dû nous être familier, mais ce n'était pas le cas. Il soutenait que Kuala Lumpur n'avait plus aucun charme, plus aucune âme. « Penang a tout compris, dit-il. L'alliance du passé et de la modernité de nos différentes cultures. On y préserve les vieux bâtiments. L'île a conservé son âme. Le gouvernement local s'y prend beaucoup mieux pour défendre notre patrimoine que tous ces ministères avec leurs gros budgets. Enfin, chaque fois que j'y vais, je retrouve Penang vivante et pleine de fraîcheur. »

Beevi me surprit par la vivacité de sa réaction, je n'aurais pas cru que le sujet la passionnait. Je me souvins alors que sa mère, Jummah de Kochi, avait grandi à Penang. « Ce sont les gens comme vous qui ont tué KL, dit-elle. Vous n'avez pas arrêté d'y construire des magasins, des bureaux, des tours et des centres commerciaux. Vous accumulez les appartements de luxe et les bungalows, mais ça ne vous suffit pas. Vous élevez des immeubles toujours plus grands pour vendre plus de marchandises, vous exigez des chefs étrangers dans des restaurants chics qu'il faut redécorer tous les trois ans, vous construisez de nouvelles routes pour vos six voitures, histoire de ne pas transpirer dans le bus ou le métro. Et vous vous plaignez que la ville a perdu son charme ? »

Pris de court, l'homme eut vite fait de se ressaisir. Il avait escompté un acquiescement poli et une conversation aimable sur cette merveilleuse île de Penang, pas un débat. « Ce n'est pas vrai, dit-il. Regardez ces grandes villes développées que sont

Londres, New York et Paris. Leur âme est intacte. Leur caractère aussi. Avez-vous eu l'occasion d'y aller ? » Sa politesse obséquieuse ne trompait personne.

« Mon frère vit à Londres. Un quartier avec beaucoup de caractère, du caractère indien. Du poulet tikka à l'épicerie du coin, des Patel comme voisins, à droite et à gauche. Pour les gens comme vous, du caractère ça veut dire quelques rats dans les rues, des beaux bâtiments anciens. S'il y a une âme, c'est parce que des gens triment dans les échoppes pour gagner leur vie, à préparer cette charmante *street food* qui vous ravit. De la bonne nourriture et un faible taux de criminalité. C'est ça le caractère, quand on voyage en touriste. Voilà pourquoi vous trouvez qu'il y a une âme à Penang. KL était comme ça il y a trente, quarante ans. Vous avez tué l'âme de KL et maintenant vous vous jetez sur Penang comme des vautours. »

« Ça vous va bien de dire ça ! s'interposa une femme. C'est pourtant vous qui avez vendu votre maison pour le prix d'une voiture bas de gamme ?

— Oui, répondit calmement Beevi. Mais moi je ne joue pas la comédie. Je suis la première à dire "tope là" et je ne m'extasie pas sur l'âme des choses. »

Mary Anne restait silencieuse à côté de moi ; elle sirotait un verre de cidre, la première fois qu'elle buvait de l'alcool. Moi, je m'imprégnais du moindre détail, conscient que je ne reviendrais sans doute jamais au Monsoon Island Resort & Spa. Je me demandais si Beevi bluffait, ou si son frère vivait vraiment à Londres avec des Patel pour voisins. Avec elle, je ne savais jamais à quoi m'en tenir.

Mary Anne

Mami m'a rejointe près des rochers au bout de la plage de l'hôtel. Je l'ai regardée s'approcher, tenant d'une main le bas de son *baju kurung* et de l'autre ses mules. Le bas de sa jupe trempait dans l'eau, l'étoffe mouillée lui collait aux mollets. Quand je lui ai fait signe, elle a agité ses mules. Elle longeait le bord de mer, couvert de débris de coquillages.

« Où sont tes sandales ? m'a-t-elle demandé.

— Je les ai laissées à la maison.

— J'aurais dû faire pareil. C'est pas très malin. »

Elle a ramassé un beau coquillage et me l'a tendu. C'était une palourde, dans des coloris vanille et chocolat. Je l'ai remerciée et j'ai mis le coquillage dans mon sac en plastique, bien que j'en aie déjà cinq identiques. J'en avais aussi un blanc avec des petits trous en forme d'étoile. Je me suis dit que ça devait être un faux, jusqu'à ce que j'en aperçoive un deuxième. C'était mon préféré, on aurait dit une décoration de Noël. J'en ai aussi trouvé un torsadé, avec des pointes partout, et une conque avec des taches léopard, lisse comme du verre.

C'était la deuxième fois que je voyais la mer. La première fois, c'était lors d'une journée à Port Dickson avec St Mary, une sortie financée grâce aux dons d'une compagnie pétrolière. Dans le car, on portait toutes le même T-shirt qu'on nous avait offert. Le T-shirt était trop épais. Le sable était brûlant sous les pieds, le soleil tapait fort. Il y avait trop de monde. Les dames de la compagnie pétrolière ont organisé des jeux. Il faisait trop chaud, on se sentait poisseux et il y avait trop de bruit. Mary Claire, qui était encore bébé, pleurnichait en agitant les jambes, refusant qu'on la pose sur le sable. Là-bas, il n'y avait pas de coquillages.

Il faisait bon sur l'île de la Mousson ce jour-là. Mami et moi étions seules sur la plage. Un peu plus loin, il y avait un ponton aux piliers incrustés de bernacles. Trois garçons y pêchaient, ils avaient abandonné vélos et claquettes sur le sable. « Zombie, zombie, zombie, hé, hé, hé… » chantait l'un d'eux. Je ne pouvais pas le voir d'où je me trouvais, seule sa voix me parvenait.

« Où est Auyong ? ai-je demandé.

— À la maison. Il ronfle comme un sonneur. »

Il se réjouissait de ce voyage depuis des semaines et avait bichonné sa voiture avant le départ. À Lumut, il avait acheté un cerf-volant que nous comptions faire voler sur la plage. Il voulait aussi m'offrir des lunettes de soleil ridicules, mais j'ai refusé.

« Autrefois, a dit Mami, cette maison appartenait à la famille de ma belle-mère.

— Autrefois, dis-je. C'était une famille inconcevable.

— Non, en fait, la famille de Sarimah était plutôt très normale. Son père était le *penghulu,* le chef du village, à Kampung Kaki Bukit. Le village était bien situé, à proximité d'une rivière et sur de la bonne terre, mais les habitants étaient pauvres. Les cultures se faisaient au petit bonheur la chance, les jeunes étaient paresseux et préféraient s'amuser. Le père de Sarimah avait besoin d'argent pour construire une route jusqu'à l'ancienne grand-route, pour que leurs récoltes de fruits, des durians, des *petai* et des *duku*, puissent être transportées par camion. Mon père était usurier. Pas de quoi être fier, mais c'est comme ça qu'il a fait fortune. Nous ne savions pas grand-chose de ses affaires, seulement qu'il avait toute une clique d'hommes avec lui. C'est très mystérieux tout ça, le domaine des hommes. Le père de Sarimah, le *penghulu*, lui a emprunté de l'argent qu'il n'a pas pu rembourser, en échange il lui a donc donné sa fille. Sarimah est devenue la deuxième épouse de mon père. Elle ne semblait pas malheureuse de son sort. C'était une femme assez quelconque, facile à contenter, et ma mère n'avait rien à lui reprocher. Elle m'emmenait à son *kampong* à la saison des durians, je me souviens encore du goût des fruits. Des durians délicieux ! Rien à voir avec ceux qu'on importe de Thaïlande aujourd'hui. C'est Sarimah qui m'a appris à les cuisiner et à les servir au dîner, accompagnés de riz à la vapeur et de poisson en saumure. Parfois, les *Orang Asli* apportaient des variétés qui poussaient dans la jungle, mais on n'en trouve plus aujourd'hui. Une en particulier qu'on appelait *rasa pijat*.

— Beurk ! ai-je fait.

— De tout petits durians de la taille d'une mangue. *Memang rasa pijat.* »

Les *pijat* sont des punaises de lit dont les petites morsures vous démangent affreusement toute la nuit, pour disparaître comme par hasard au matin. Et si on en attrape une et qu'on l'écrase, ça laisse une sorte de puanteur verte sur les doigts qui ne part pas au savon, et on en a pour la journée. Je n'étais pas une grande fan des durians, mais j'étais dégoûtée rien que d'en imaginer au goût d'insecte.

« Mon père n'était pas amoureux de Sarimah. Elle était invisible dans la Grande Maison.

— Comme moi. »

Mami ne m'a pas entendue. Elle avait cet air absent que je lui voyais parfois, quand elle évoquait Jummah et Sarimah.

« Le père de Sarimah a fait transporter à Lubok Sayong une ancienne maison de Kampung Kaki Bukit, où sa fille pourrait s'installer de temps en temps pour s'évader de la Grande Maison. Il y avait des moments où mon père ne voulait plus la voir. Il ne l'appréciait pas beaucoup. Elle était un peu comme la cuisinière, mais il s'est montré équitable pour l'argent et la construction des quatre tours.

— Mei et Violette sont arrivées elles aussi en remboursement d'une dette ?

— Ah non, elles, c'est une autre histoire. Sarimah me cousait des *kebaya* et m'a appris la technique du chignon à la Audrey Hepburn. Quand j'ai été un peu plus âgée, elle m'a montré comment choisir les meilleures *ulam* et les cuisiner. Ce qu'on pouvait s'amuser dans la Grande Maison, en l'absence de mon père ! J'avais quatre mères, tu imagines ? »

Non, je pouvais déjà à peine imaginer en avoir une. Parfois, Mami ferait mieux de tourner sa langue dans sa bouche.

Elle a noué sa jupe autour de la taille. « Regarde-moi ça, complètement trempée. Je t'ai déjà raconté l'histoire de la femme au sari ? » J'ai secoué la tête. « C'était un sari inconcevable, très beau et très bling-bling, c'était son sari de mariée. Elle avait fait ajouter cinq mètres de dentelle pour obtenir une traîne qui partait des épaules. Elle s'est mariée la même année que Charles et Diana, ce genre de truc était à la mode.

Elle avait de l'allure, même si beaucoup de gens trouvaient qu'un sari devrait rester un sari. Elle en était tellement fière qu'elle voulait être photographiée dans son sari de mariée partout où elle allait. Elle le gardait dans une valise au fond du coffre de la voiture de son mari et dès qu'elle arrivait dans un bel endroit, elle l'enfilait et se faisait prendre en photo. La valise est restée dans le coffre des années. Un jour, ils sont arrivés à Lubok Sayong. On a sorti le sari sur la place de la vieille horloge, puis à la cascade. Madame tenait à ce que sa traîne flotte sur l'eau, avec la cascade en arrière-plan… comme elle avait les cheveux mouillés, on aurait l'impression qu'elle marchait sur l'eau. Tu sais comment c'est, il y a toujours de la bruine dans l'air, pas besoin d'être dans l'eau pour se faire arroser. Elle s'est placée tout près du bord, souriant pour une centième photo, la traîne déployée derrière elle, quand l'étoffe a été prise dans un remous et l'a entraînée sous l'eau. Pauvre mari. Il a eu beau tout tenter, il n'a pas pu la sauver : le sari était trop lourd. Des mètres et des mètres de tissu, plus les kilos qu'elle avait pris au fil des ans. À Lata Sayong, il y a parfois de l'écume sur l'eau, comme de la dentelle. C'est la femme au sari qui gît dans le fond.

— C'est triste, dis-je, mais il s'est passé exactement la même chose au Canada. Un fait divers que j'ai lu sur Internet la semaine dernière. Aux chutes du Niagara, une femme dans sa robe de mariée.

— Il se passe des choses ici, il s'en passe ailleurs. C'est partout pareil. »

Je soupçonnais Mami d'avoir inventé cette histoire après avoir lu le même article que moi. Elle avait appris à surfer sur Internet. Et sur notre page d'accueil Yahoo, il avait justement été question de la mariée noyée aux chutes du Niagara. La coïncidence me paraissait un peu grosse. Je savais que Beevi fouinait sur l'ordinateur pour voir ce que j'y fabriquais. Le journal que je tenais était dans un dossier caché, protégé par un mot de passe. J'avais créé un autre dossier avec un mot de passe évident, « Mary Matou », le nom de mon chat à St Mary, ce que Beevi savait parfaitement. Elle ne trouverait là que des travaux scolaires et des trucs inintéressants. L'autre dossier, bien caché, contenait mon journal et mon scénario de film. Avec un mot de passe que jamais personne ne devinerait : « Orchata ».

« Est-ce que St Mary te manque, Mary Anne ? m'a-t-elle demandé.

— Non, Mami.

— C'est vrai ? Tu ne réponds pas ça pour me faire plaisir ?

— Non, c'est la vérité. C'est Mary Beth qui me manque.

— J'en suis désolée, mais tu sais que j'avais raison pour ce qui s'est passé l'autre fois. » Mami avait eu une grosse dispute avec Mary Beth pendant son dernier séjour et depuis elles ne se parlaient plus. J'avais très peur que Mary Beth cesse de nous rendre visite, je m'étais même remise à prier.

« J'aurais bien aimé qu'elle soit ici avec nous », ai-je dit. J'ai attendu un signe d'acquiescement de la part de Mami, en vain. Ça m'apprendra.

LES LEÇONS D'AMOUR DE MARY BETH

Quand elle nous rend visite, Mary Beth prend toujours le train express de la KTM, qu'elle préfère même si c'est plus lent que le car. Elle n'aime pas la route. Elle dit qu'une route, on n'en voit pas la fin ; et puis, elle aurait trop peur que le chauffeur s'endorme au volant ou que les freins lâchent. Auyong et moi allions toujours la chercher à la gare. Nous l'attendions sur le quai, près des seaux de sable accrochés au mur de la cahute du chef de gare.

J'observais les crotons aux fleurs rose orangé, la grosse horloge en panne, les rails et leur régularité rassurante. Puis le sifflet a retenti, le chef de gare est sorti de sa cahute et Mary Beth est descendue de l'express de Senandung Pagi.

La première fois, Auyong lui a pris son sac et nous a emmenées manger un *asam laksa*. C'est devenu un rituel. Ni Mary Beth ni moi n'étions fans de *laksa* auparavant, mais on a pris goût à cette soupe de poisson un peu aqueuse préparée avec de larges pâtes de riz. Elle était servie dans un bol en verre, avec une fourchette et une cuiller en métal qui se tordait dès qu'on appuyait un peu fort. Le poisson bouilli s'émiettait comme des petits bouts de mouchoir en papier. Pour plaisanter, Auyong disait parfois que c'en était vraiment. J'aimais quand le jaune de l'œuf dur coupé en deux s'effritait dans le bouillon. J'adorais aussi le *kacang* glacé : des cacahuètes, de la muscade râpée, et des billes gélatineuses rouges et vertes, un monticule de glace pilée par-dessus, le tout arrosé de lait concentré et de sirop de palme, avec parfois une boule de glace à la vanille. Un vrai régal quand il fait chaud.

« Tu as grandi, a dit Mary Beth.

— Ouais. Toi aussi. »

Ses visites débutent toujours ainsi ; on est un peu gênées après six mois sans se voir, il faut retrouver la bonne longueur d'onde.

« Comment va Sœur Tan ? a demandé Auyong.

— Pas bien, a répondu Mary Beth. Elle est en musth. »

Auyong a haussé les sourcils.

« Pardon ?

— Elle est en musth, a-t-elle répété un peu plus fort.

— Je croyais que c'était réservé aux éléphants.

— Eh bien, elle se comporte comme si elle était en chaleur.

— C'est permis ? N'est-elle pas bonne sœur ? Cela dit, je ne trouve pas qu'elle ait le genre.

— C'est quoi ? ai-je demandé. Être en musc ?

— En *musth*, m'a corrigée Mary Beth. Avoir le diable au corps, idiote. Elle n'est pas du tout bonne sœur, Auyong. C'est juste que tout le monde à St Mary l'appelle Sœur Tan. »

Sœur Tan s'était trouvé un petit ami sur Internet, un avocat de Vancouver d'origine chinoise qui avait des faux airs du chanteur Jay Chou, à en juger d'après sa photo de profil sur Facebook. Quand Sœur Tan était en musth, selon Mary Beth, elle était toujours fourrée sur Internet. Elle dirigeait St Mary comme avant, mais tout le monde se doutait qu'elle était amoureuse.

« Comment peux-tu en être certaine, Mary Beth ? a demandé Auyong.

— Ça, je m'y connais. Demandez à Mary Anne. J'ai lu suffisamment de romans d'amour, Sœur Tan en a toute une collection dans son bureau. Son histoire ressemble comme deux gouttes d'eau à celle de *L'Amour en pièce jointe*, sauf que dans le roman, l'amoureux rencontré sur Internet n'est autre que le voisin de l'héroïne, dont il est amoureux depuis des années. Pendant quelque temps, Sœur Tan est devenue tout sourire et rayonnante. Mary Anne, tu te souviens qu'elle ne respirait pas le bonheur. Elle a renouvelé sa garde-robe et s'est mise à suivre un régime. »

Alors que Sœur Tan avait déjà pris rendez-vous pour se faire retoucher les paupières, l'avocat a évoqué un placement juteux qui leur rapporterait de quoi ouvrir un orphelinat pour garçons à Vancouver. Il proposait de l'appeler St Joseph. Il abandonnerait son activité d'avocat pour le gérer avec elle.

C'était entre Noël et le nouvel an chinois, la période où St Mary reçoit le plus de dons. Sœur Tan lui a envoyé de l'argent pour l'apport en vue d'acheter le bâtiment. Elle a reçu une photo et une requête de fonds supplémentaires pour financer le gros œuvre. Ensuite pour l'électricité, la plomberie, le double vitrage. Puis les lits, le mobilier, le personnel. Ça a duré des mois.

Un jour, il a annoncé à Sœur Tan qu'il lui envoyait un paquet par la poste : une bague de fiançailles et un aller simple pour Vancouver. Une femme, qui s'est présentée comme une employée des douanes, a appelé Sœur Tan en lui demandant de régler le montant des taxes, pour un solitaire d'un carat, un billet d'avion pour Vancouver, et une jolie somme en dollars. À ce moment-là, Sœur Tan a compris qu'il s'agissait d'une arnaque, mais elle a malgré tout sorti les derniers six mille ringgit du compte de St Mary, et attendu en désespoir de cause que la bague lui parvienne. Quand l'avocat a clôturé sa page Facebook, elle a porté plainte auprès de la police et de l'Association des Chinois de Malaisie.

Sœur Tan était anéantie, humiliée. L'affaire est sortie dans la presse. Elle en a pleuré pendant des jours. « Je l'entendais prier, a poursuivi Mary Beth. Elle disait : "C'est dur, mon Dieu. Je voulais simplement me sentir soutenue, avoir quelqu'un à mes côtés."

— Ç'a dû être difficile pour elle, a dit Auyong.

— Elle n'a qu'à s'en prendre à elle-même. Cet argent ne lui appartenait pas. »

Tant de dureté, c'était nouveau chez Mary Beth. C'était une conversation d'adultes, entre elle et Auyong, pas avec moi.

Grâce au soutien de quelques bienfaiteurs, St Mary a pu survivre pendant les trois mois où il n'y avait plus d'argent sur le compte. Une enquête a été ouverte, mais le conseil d'administration de l'église a choisi de pardonner à Sœur Tan et de ne pas engager de poursuites, au nom des enfants. Elle a conservé son poste, mais son salaire a été réduit de moitié et toutes les questions budgétaires devaient être soumises à un comité de trois personnes. La situation est redevenue à peu près normale, si ce n'est que St Mary est désormais connu comme l'orphelinat de Sœur Cougar.

« Elle a les yeux comme ça, depuis qu'elle les a fait refaire, m'a dit Mary Beth en soulevant ses paupières avec deux doigts. Je me demande comment elle peut se regarder dans une glace. Les petites ne sont au courant de rien, mais les plus âgées pensent comme moi qu'elle devrait partir. On va lancer une pétition pour qu'elle soit remplacée. »

Quand j'avais onze ans et Mary Beth quinze, on était comme des copines. Maintenant, à treize et dix-sept, l'écart se fait sentir. Au bout d'un ou deux jours, on s'est ajustées l'une à l'autre. Elle a baissé son âge de quelques crans et j'ai retrouvé la Mary Beth que je connais.

Je lui ai montré ce que j'avais déniché en farfouillant dans la maison. Quand Mami, Kak Boon et moi nous lancions dans le ménage de printemps, pas mal de vieilles affaires atterrissaient dans ma chambre. Mami prévoyait de faire le tri, sans jamais trouver le temps. Plusieurs cartons étaient stockés sous mon lit, dans l'ancienne chambre de Violette. Mary Beth et moi les avons sortis un soir pour en inspecter le contenu, espérant y découvrir le journal de Violette tout en priant pour ne pas tomber sur l'horrible cintre. Il y avait de vieilles robes, des cassettes, des livres et un tas de trucs inutiles. Je me suis déguisée, les robes m'allaient comme un gant. Trop forte des hanches, Mary Beth n'arrivait pas à les enfiler.

Entre les pages d'un livre, nous avons trouvé une lettre adressée à « Ma très chère V. » et signée « Avec mon meilleur souvenir, N. ». Mary Beth me l'a lue à voix haute parce que j'avais du mal à déchiffrer l'écriture. C'était une lettre d'adieu. N. lui disait combien elle était belle et talentueuse, lui souhaitait une vie meilleure, en espérant qu'elle et Assunta se soutiendraient.

« Quel dégonflé ! a dit Mary Beth. Il écrit sa lettre et il se casse. Un minable. »

Dans mon imagination, l'auteur de la missive était un jeune pianiste qui accompagnait Violette quand elle chantait, accoudée au quart-de-queue avec ses longs gants. Peut-être avait-elle les cheveux dénoués, peut-être dansaient-ils ensemble. En fait, je ne voyais pas vraiment où était le mal. Quand j'étais seule, il m'arrivait parfois de danser toute seule sous le vieux lustre dans ma chambre, en essayant d'imaginer ce que ça ferait d'être une jeune femme amoureuse. Si l'amour authentique n'était ni la passion contrariée des romans de Mary Beth ni le musth de Sœur Tan, j'en étais réduite à évoquer mon attachement pour Mary Matou, le goût du *kacang*, ou Fauzuli et son criquet Balkhis. Ou encore l'affection taquine que Boon réservait à Ismet, ou les rapports que je pouvais observer entre Auyong et Beevi, une sorte d'amour de vieux, tranquille et sans chichis. Je ne savais pas trop.

Au cours de sa dernière visite, Mary Beth a disparu quarante-huit heures avec Ismet. Juste avant, je les ai aperçus en pleine conversation devant l'ordinateur. Il se passait quelque chose. Miss Boonsidik et Auyong consacraient beaucoup de temps à la lecture des journaux. Auyong avait de longues discussions entre hommes. Un événement politique se préparait dans la capitale. Auyong a dit à Mami : « Cette année, ça va prendre une ampleur sans précédent. » Il a ajouté que les gens étaient prêts pour le changement. Mami a rétorqué que ces histoires lui passaient au-dessus de la tête, pourvu simplement qu'il n'y ait pas de morts.

Quand Mary Beth a disparu, j'en ai pleuré de dépit. Je croyais qu'elle avait épousé Ismet en cachette et je me sentais exclue, abandonnée. Je m'étais crue la plus chanceuse de nous deux, pour avoir été, en quelque sorte, adoptée et libérée de St Mary. C'était moi qui avais quitté Mary Beth, pas l'inverse. Je n'arrivais pas à croire qu'elle m'ait dissimulé son projet.

Kak Boon broyait du noir et semblait au bord des larmes. Elle avait un gros faible pour Ismet. Mami était livide. Je ne savais pas comment réagir, si ce n'est me faire discrète.

Auyong a appelé Ismet qui lui a annoncé qu'il avait emmené Mary Beth à Kuala Lumpur pour la manifestation. « Il y a une foule énorme, des milliers de gens rassemblés. Le pays n'a jamais rien connu de comparable, nous a dit Auyong. Il faut que j'appelle *Cikgu* Teh. On verra si pour lui c'est enfin de l'histoire avec un grand H. Je ne sais pas si on atteindra le million de manifestants, mais c'est historique.

— Je me fiche de la manifestation, a dit Mami. Pourquoi n'as-tu pas sermonné Ismet ? Tu aurais dû lui remonter les bretelles, emmener Mary Beth comme ça. Il fallait leur dire de rentrer sur-le-champ. Comment peux-tu bavarder avec lui l'air de rien, et vas-y que je te donne du "bro" ?

— Beevi, je suis sûr que Mary Beth l'a suivi de son plein gré. Je lui ai parlé, elle va bien. Elle est surexcitée, mais tout va bien. Ils ne risquent rien.

— Mary Beth est encore mineure. Ismet aurait dû réfléchir.

— Tout le monde a droit à son libre arbitre, Beevi. Même les filles de dix-sept ans.

— Attends un peu qu'ils s'attirent des ennuis ! On verra à quoi sert leur libre arbitre. Je pourrais te citer un tas d'exemples. »

Ils sont rentrés au bout de deux jours. Quand j'ai entendu la moto, j'ai écarté les rideaux pour regarder discrètement dehors. Mary Beth a dégagé ses bras de la taille d'Ismet. Elle a retiré son casque et agité ses cheveux, comme si c'était la centième fois qu'elle secouait la tête en descendant d'une moto conduite par un homme plus âgé. Ils sont restés là un instant, à parler d'un air très sérieux, en tenant le casque à quatre mains. Ismet avait un pied au sol, l'autre sur le cale-pied. Le jean de Mary Beth était plein de poussière. Elle a enlevé son coupe-vent trop grand pour elle et l'a rendu à Ismet. Dessous, elle portait un T-shirt jaune.

« Je vous la ramène saine et sauve ! » a lancé Ismet avant de démarrer en trombe.

Mary Beth lui a adressé un petit signe de la main, puis elle est rentrée en passant entre Mami et Kak Boon comme si de rien n'était. Il y a eu un silence embarrassé, Mami peinait à se contenir.

« Que se passe-t-il, Mary Beth ? a-t-elle fini par demander.

— Rien du tout.

— Tu crois que tu peux disparaître comme ça pendant des jours et revenir quand ça te chante ? »

Mary Beth n'a pas répondu.

« T'imagines si… ?

— Si j'avais été kidnappée, violée, droguée, tuée ou vendue à un réseau de prostitution ? a lâché Mary Beth d'un ton provocateur.

— Exactement. Tu te crois maligne, ça te jouera des tours.

— Mais le pire n'est pas arrivé. Au moins, moi j'étais là, avec tous ces gens qui se sentent impliqués et qui veulent faire bouger les choses. J'y étais !

— Et alors ? Qu'avez-vous obtenu avec votre sit-in ? Tu n'as même pas l'âge de voter.

— J'ai l'âge de comprendre.

— Que se passe-t-il avec Ismet ?

— Rien. Et entre vous et Auyong ? Vous n'en parlez pas non plus. De quel droit vous me posez des questions sur Ismet ? Vous n'êtes pas ma mère ! Mary Anne est peut-être votre chose, mais pas moi ! »

Mami s'est emparée de deux assiettes sur la table et les a jetées par terre où elles se sont fracassées. « Toi... Tu es une invitée sous mon toit ! a-t-elle crié. Pareil pour Auyong quand il vient ! Je vous accueille tous chez moi ! Faites preuve d'un minimum de respect, ou bien retournez tous là où vous croupissiez avant ! »

Mami a quitté la cuisine, furieuse. Kak Boon pestait et jurait en thaï. Je reconnaissais certains gros mots qu'elle m'avait appris. Je me demandais si elle était en pétard contre Mami ou Mary Beth, ou simplement pour les assiettes cassées. J'ai suivi Mary Beth dans notre chambre.

« Pourquoi tu ne m'as rien dit, Mary Beth ?

— Pour quoi faire ? On ne pouvait pas t'emmener.

— Vous avez dormi où ?

— Ismet a des potes à la fac. On a squatté par terre dans leur appart. Et on a passé la moitié d'une nuit au poste de police.

— Tu as eu peur ?

— La plupart du temps, non, mais il y a eu des moments angoissants quand quelqu'un a brisé la vitre d'une voiture et quand on a séparé les hommes et les femmes. J'ai aussi eu peur quand quelqu'un a crié que la police utilisait des gaz lacrymogènes, et que j'ai perdu Ismet dans la foule. Quand on nous a emmenés au poste, il y avait avec nous une fille à la tête d'un groupe. Elle n'arrêtait pas de plaisanter. Les policiers nous ont donné à manger, ils étaient sympas avec nous. Je n'ai pas été aspergée de gaz lacrymogène, on était trop loin. »

Elle m'a montré les photos sur son téléphone, une immense foule portant le même T-shirt jaune, des banderoles avec l'inscription « Bersih », Ismet et Mary Beth souriant, pouce levé, une fille enlaçant Mary Beth par la taille, des gens qui chantaient et jouaient du tambour et de la guitare, d'autres qui mangeaient des glaces ou tenaient un ballon jaune au bout d'un fil.

« Tu sais, Mary Anne, on a toujours été des laissées-pour-compte. À l'école, on était les pauvres orphelines sans famille. À St Mary, on se débrouillait grâce aux dons ou aux colis déposés par des inconnus. On dépendait de la générosité des entreprises, de leurs sacs de riz et de leurs caisses de boissons chocolatées. Les gens nous faisaient la charité. Et nous, on se contentait de leurs restes, leur menue monnaie. À votre bon cœur, comme on dit. Hier, quand j'étais dans la rue avec tous les manifestants, je comptais autant que la personne à côté de moi. On ne me faisait pas la charité. Je n'étais pas un prétexte à bonne conscience. J'étais pareille que tous les autres. Est-ce que tu te rends compte de ce que ça représente ? »

J'avais peur. Peur de perdre Mary Beth, qu'elle ne s'échappe vers un ailleurs qui me dépassait. Tout ce vécu qu'elle partageait avec Ismet et dont une enfant comme moi était exclue. En même temps, j'avais peur de grandir parce qu'il me faudrait prendre part à ces mystères qui m'échappaient encore. Je collectionnais les coquillages, mais sans comprendre ce qui donne sa forme à un coquillage. J'ai tout de même compris que quelque chose avait pris fin ce jour-là pour Mary Beth, et qu'un jour ce serait mon tour.

C'EST TOUJOURS MIEUX QUE D'ÉPLUCHER DES NOIX DE CAJOU

Son diplôme de fin d'études en poche, Mary Beth a quitté St Mary et a trouvé du travail, d'abord comme réceptionniste dans un hôtel, puis comme receveuse dans une cabine de péage, certainement l'un des deux boulots les plus chiants au monde. L'autre étant sans conteste l'épluchage des noix de cajou : une tâche solitaire et répétitive, des noix à n'en plus finir. J'ai vu un documentaire à la télé et je me suis dit que je deviendrais dingue si je devais gagner ma vie comme ça. Au moins, Mary Beth peut téléphoner à ses copines, écouter de la musique et saluer les automobilistes. Ce qui est absolument impossible quand on doit éplucher des noix de cajou, dans une salle avec des tables en enfilade comme dans une classe. J'espère que je m'en sortirai mieux que Mary Beth.

Elle partage avec une autre fille un trois pièces dans une rue commerçante, à cinq cents ringgit par mois. Quand elle m'a proposé de lui rendre visite à un moment où sa coloc serait absente, j'ai aussitôt accepté. Auyong s'est inventé des rendez-vous professionnels à KL et nous avons pris le car ensemble. Il nous a déposés à Puduraya et on a pris un taxi jusqu'à Kuchai Lama où habite Mary Beth. Pendant que le taxi patientait en bas, Auyong m'a accompagnée jusqu'à la porte de l'appartement, à l'étage d'une boutique. Mary Beth ne lui a pas proposé d'entrer.

« Je repasse te prendre dimanche, d'accord ? » J'ai hoché la tête et j'ai souri. « N'oublie pas de charger ton téléphone et ne sors jamais seule. » J'ai tenté de m'écarter quand il a tendu la main pour me caresser la tête.

« OK, j'ai dit. Ne t'inquiète pas. Je t'appellerai. »

Après le départ d'Auyong, Mary Beth m'a serrée dans ses bras.

« Bienvenue à KL. KL pour Kuchai Lama ou Kuala Lumpur. »

Je lui ai raconté ma grosse dispute, jusqu'aux larmes, avec Mami qui ne voulait pas que je vienne. Et comment Auyong avait arrangé le coup en proposant de m'accompagner.

L'appartement de Mary Beth était une explosion de couleurs. Les portes bleues et les rideaux jaunes avaient de quoi surprendre, sans compter l'horloge murale orange et le canapé rouge. Il y avait des restes sur la table et de la vaisselle sale dans l'évier. Je comprenais mieux pourquoi elle ne tenait pas à faire entrer Auyong.

« Tiens, voici ta chambre pour ces quelques jours, a-t-elle dit en ouvrant une porte. Manjula est d'accord, pourvu que tu ne touches à rien. »

Les murs étaient tapissés de photos et de posters. J'ai posé mon sac.

Ensuite elle a dit : « Viens, je vais te montrer ma chambre. » Dans la sienne, il y avait un arbre peint sur un mur dont les branches se prolongeaient jusqu'au plafond. Un crucifix était accroché sur le tronc, quasiment le même que celui que m'avait offert Sœur Tan à mon départ de St Mary. La peinture était inachevée, la pièce dépouillée. Il y avait quelques magazines, mais ni photos, ni peluches ni babioles, contrairement à la chambre de Manjula. Je me suis assise sur le lit, comme je faisais autrefois.

« C'est comment, ton boulot ?

— Super chiant. Passer ses journées dans une cabine de péage, ça doit être le boulot le plus débile de la terre.

— Pourquoi tu ne fais pas autre chose ?

— Comme quoi ? Vendeuse dans un magasin de chaussures ? Manucure ? C'est déjà mieux que quand je bossais à l'hôtel. Au moins, je peux rester assise et mon transport est pris en charge.

— Tu pourrais aller à la fac. Auyong t'aidera. Peut-être pas Mami, mais Auyong si, j'en suis sûre.

— C'est ta famille, Mary Anne, pas la mienne.

— Tu gagnes assez d'argent ?

— De quoi payer le loyer et la nourriture. Quand je fais des heures sup, je peux m'autoriser un petit extra et manger mieux. Je fais aussi des enquêtes téléphoniques pour une boîte de marketing, ça me fait un complément. Tant que j'ai du boulot, c'est bon. J'ai appris à gérer mon budget. Je verrai au fur et à mesure.

— Tu t'en contentes ? Enfin…

— Comment ça, je m'en contente ? Bien sûr que je m'en contente, Mary Anne. Ne joue pas les snobs et ne me fais pas la leçon ! Toi aussi, t'es une fille de St Mary. Tu aurais eu le même genre de vie si on ne t'avait pas tirée de là. »

Elle portait une curieuse robe, mini devant et longue derrière. Ses cheveux étaient très courts.

« J'ai quelqu'un à dîner ce soir. Un garçon, un copain. » Je l'ai dévisagée, ne sachant comment je devais le prendre. Faudrait-il que je reste enfermée dans ma chambre ? Devant mon air perplexe, elle a ajouté : « C'est bon, tu pourras dîner avec nous. Mais ne te mêle pas à la conversation. »

Elle a préparé des nouilles sautées comme à St

Mary, avec des ingrédients qui se conservent longtemps au frigo. Des pâtes aux œufs lyophilisées avec des boulettes de poisson surgelé coupées en deux, du chou et des piments rouges. Quand Fu, son ami, est arrivé, il s'est montré gentil avec moi, mais je n'avais pas oublié la consigne. Mary Beth l'a regardé manger, elle-même n'a rien pris. Je me suis servi une assiette et je me suis installée devant la télé, en leur tournant le dos. Ils discutaient en buvant du Coca ; Mary Beth en avait acheté une grosse bouteille. Je me suis retournée à un moment et j'ai vu Fu qui glissait la main sous la robe de Mary Beth, le long de sa cuisse. Elle s'est penchée par-dessus la table et l'a embrassé sur la bouche. Il a posé l'autre main sur son sein et s'est mis à bouger les doigts. J'étais choquée, figée de stupeur. J'ai de nouveau fait face au téléviseur, en regardant droit devant moi. Après ce qui m'a paru une éternité, ils se sont levés et ont disparu dans la chambre.

Au bout d'un moment, j'ai fait la vaisselle. Y compris les assiettes et les tasses qui traînaient. J'ai nettoyé la table, j'ai jeté les restes et j'ai frotté l'évier. J'ai trouvé une serpillière pour laver par terre. Ensuite, je me suis enfermée dans la chambre de Manjula et j'ai envoyé un texto à Mami pour lui dire que tout allait bien. En guise de réponse, elle m'a rappelé de ne sortir seule sous aucun prétexte. J'ai envoyé le même message à Kak Boon qui m'a répondu : « Tu me manques trop, ma biche ! xoxo » avec un smiley.

Je pivotais sur le tabouret de Manjula en m'efforçant de ne pas penser à Mary Beth et Fu dans la chambre d'à côté. J'ai fini par me glisser dans ce lit étranger. Je n'avais pas l'énergie de me brosser les dents ni de me mettre en pyjama. Je me suis endormie, seule et malheureuse, tant me manquait la Mary Beth qui me racontait des histoires et me confectionnait des cartes de vœux.

Le lendemain matin, j'ai été réveillée par du bruit dans la cuisine. Je suis sortie timidement, craignant de tomber sur Fu, mais il n'était pas dans les parages.

« Salut, ma puce, m'a dit Mary Beth. T'as bien dormi ? »

J'ai hoché la tête. Elle avait des plis de sommeil sur les bras et les joues.

« Fu, c'est ton copain, Mary Beth ?

— D'abord, arrête de m'appeler Mary Beth. J'ai laissé tomber le Mary. Je suis Beth, juste Beth. Ça ne te gonflait pas qu'on soit toutes des Mary quelque chose ? Même ton idiot de chat. Je n'ai pas encore décidé comment t'appeler, peut-être Anne ou Annie. Pourquoi pas Annette ? Ça sonne bien. Un vrai prénom. »

Moi, ça me plaît d'être Mary Anne. Tout le monde m'appelle comme ça. J'aime ces trois syllabes. Je peux deviner l'humeur de Mami à la manière dont elle les prononce. Quand elle dit mon nom rapidement, les trois syllabes roulées en une, c'est qu'elle est pressée et veut que j'aille lui chercher quelque chose. Lentement détachées et chacune d'un ton plus grave que la précédente, c'est signe de bonne humeur, alors qu'elle part dans les aigus quand elle est fâchée. Et j'aime aussi entendre Kak Boon répéter « Mary Anne, Mary Anne ! » de sa voix chantante. Je ne veux pas être juste Anne.

« Fu c'est mon copain, si on veut, a enchaîné Mary Beth. Je l'aime bien. Il bosse au supermarché Tesco.

— Et Ismet ?

— Ismet, c'était rien. Je voulais participer à la manif

et il m'a emmenée sur sa moto.

— Tout le monde était très fâché contre toi. Contre lui aussi.

— Libre à eux. Ça ne les regardait pas. De toute façon, c'est du passé. »

J'ai croqué dans la tartine au beurre de cacahuète qu'elle a posée devant moi.

« Jamais je ne retournerai à Lubok Sayong, Mary Anne, a-t-elle déclaré, oubliant que j'étais désormais Annette. Même s'il y a toi. C'est trop nul comme endroit. Un bled paumé, en train de crever. Je ne sais pas comment fait Ismet pour tenir. Comment tu fais toi. »

J'ai pensé aux écoliers turbulents, aux touristes venus du monde entier et à notre vie animée dans la Grande Maison, à la joyeuse bande du badminton, à nos mille occupations, à la conserverie d'Auyong. Lubok Sayong n'est pas sur le déclin. « Moi, je m'y plais. Les gens sont gentils avec moi... » J'ai marqué une hésitation. « Je m'y sens chez moi, tu sais.

— C'est parce que t'es trop stupide pour t'apercevoir qu'ils ne sont pas si gentils que ça et que tu n'y es pas vraiment chez toi. Tu as toujours la tête fourrée dans ton monde imaginaire. C'est du temporaire, tout ça. Ici, c'est la vraie vie, tu dois te battre seule. »

J'ai senti les larmes qui me piquaient les yeux. Elle était si dure, si cinglante.

« J'ai pris deux jours de congé pour te baby-sitter, a-t-elle dit. Je dois passer au salon de tatouage. Tu veux venir ? »

Dans la rue, on ne comptait plus les cafés, épiceries, cybercafés, salles de billard, karaokés, clubs de yoga, restaurants *mamak*, pubs, boulangeries et pâtisseries, McDo, vendeurs de *bubble tea*, boutiques de téléphonie mobile, banques, agences de voyage, dispensaires, dentistes, garagistes, salons de coiffure, de manucure, d'amaigrissement, de massage et de réflexologie…

« Il y a tout ici, a dit Mary Beth. Pas besoin d'aller dans le centre si j'en ai pas envie.

— C'est comme une petite ville.

— Pas du tout. Ici, tout le monde doit se battre et va à cent à l'heure, alors qu'à Lubok Sayong les gens sont shootés à l'ennui. »

Je ne comprenais pas pourquoi elle était à ce point remontée contre Lubok Sayong. On s'amusait bien quand elle y venait en vacances.

Nous sommes entrées chez Black Moth Tattoos. Le salon de tatouage partageait la boutique avec un marchand de journaux. « Te voilà de retour », a dit le gros type derrière le comptoir. Il jouait à un jeu sur son téléphone. « T'as fait ton choix ?

— J'aimerais revoir les photos, a dit Mary Beth.

— Faut se décider. Si tous les clients étaient comme toi, je n'aurais plus qu'à mettre la clé sous la porte. »

Il a sorti plusieurs classeurs remplis de photocopies et de photos en couleurs de caractères chinois, de motifs tribaux, de fleurs, d'animaux et autres modèles. J'en ai pris un pour le feuilleter. Nous nous sommes installées sur des tabourets de bar.

« Pourquoi pas une rose ? ai-je suggéré. Cette libellule, ça pourrait être cool, aussi.

— Non, je te laisse la rose, a-t-elle dit en secouant la tête. Fais-lui une rose, Joe.

— Viens, petite sœur, a dit Joe en se tournant vers moi. On va te la tatouer sur l'épaule, ça fera super sexy quand tu seras grande.

— Mary Beth… ai-je balbutié.

— Juste Beth, s'il te plaît, m'a-t-elle reprise sans détacher le regard des images.

— N'aie crainte, a insisté Joe. Tiens, je vais te montrer les aiguilles. »

Je suis descendue précipitamment du tabouret, paniquée, et ça les a bien fait rire.

« Ne t'amuse pas à lui faire peur, Joe. C'est un faux tatouage, Mary Anne. Il plaisante. Je n'ai pas les moyens de t'offrir un permanent. T'as qu'à lui mettre sur le bras, Joe. »

Il m'a appliqué une décalcomanie sur l'avant-bras gauche et a appuyé un linge humide dessus. Il avait des doigts boudinés. Quand il a retiré le papier, la rose noire s'était transférée sur ma peau. Enchantée, j'ai souri à Mary Beth.

« Pourquoi tu ne demandes pas à ton copain de venir t'aider à choisir ? a dit Joe. C'est lui qui va l'admirer.

— Pas de copain. Je préfère choisir moi-même. Je voudrais un arbre, un grand arbre dans mon dos, avec des centaines de feuilles. Il y a une peinture dans ma chambre, j'apporterai une photo la prochaine fois.

— Gros, ça veut dire cher.

— J'ajouterai les feuilles petit à petit, chaque fois que je voudrai me souvenir de quelqu'un.

— Est-ce que je serai une feuille sur ton arbre ? ai-je dit.

— Oui, tu seras la quatrième feuille. »

Je n'ai pas demandé pour qui étaient les trois premières.

En quittant le salon, Mary Beth m'a raconté l'histoire d'une fille qui s'est endormie chez un tatoueur. Elle avait demandé une étoile à huit branches au-dessus du sourcil, une sorte de rose des vents, mais elle s'est assoupie et à son réveil elle avait huit étoiles en travers du front. La fille a poursuivi le salon en justice parce qu'elle piquait une crise chaque fois qu'elle voyait le système solaire sur son front en se regardant dans la glace. Mary Beth trouvait ça hilarant.

« Elle roupille et se retrouve avec une putain de galaxie sur la tronche !

— Comment a-t-elle pu s'endormir ? Ça fait mal, non ?

— Elle était peut-être défoncée. Complètement shootée. »

Elle m'a ensuite raconté une autre histoire de tatouage, que je la soupçonne d'avoir inventée. Trois sportifs comparent leurs sponsors. Le coureur de demi-fond arbore son maillot et son short hyper classe, marqués du logo Nike. Le joueur de tennis se vante d'avoir obtenu un deal encore plus avantageux : Reebok lui verse deux millions pour figurer sur son caleçon. Le footballeur déclare qu'il est le mieux loti des trois. Lui touche dix millions et il est libre de porter ce qu'il veut. Il se déshabille entièrement et exhibe son pénis sur lequel est tatoué : AIDS. Comme les deux autres se marrent et le traitent d'idiot, il lance : « Quand je bande, ça devient ADIDAS ! »

C'était le genre de blague idiote et vulgaire que sortaient les garçons de ma classe. Je ne trouvais pas ça très drôle, mais je tâcherai de la retenir, pour le jour où j'aurai envie de choquer quelqu'un. Autrefois, Mary Beth et moi nous amusions avec Mr Bean, Calvin et Hobbes, ou des vidéos de bébés charmants et d'animaux se cassant la figure. Maintenant, j'étais censée rire à ses histoires de pénis tatoué et à ses grossièretés.

Après s'être beaucoup fait prier, Mary Beth a fini par accepter qu'on rende visite à Sœur Tan. En chemin, on est passées par le parc où on a donné à manger aux poissons. Mary Beth avait apporté un sac de pain dur, on s'est arrêtées sur un pont et on a lancé des morceaux dans l'eau. Ce qui a attiré les poissons. Ils étaient impressionnants, de gros poissons-chats se mêlaient aux carpes colorées. L'eau bouillonnait tant ils s'agitaient et nageaient les uns par-dessus les autres pour tenter d'atteindre la nourriture que nous leur jetions, leur bouche gobant dans le vide. Mary Beth était gentille avec moi. Je portais un T-shirt dont j'avais retroussé les manches pour montrer mon faux tatouage. Ça l'a fait rire. C'était comme avant, quand on faisait tout ensemble. Enfin, presque comme avant.

On a pris le bus jusqu'à Brickfields, puis un taxi. L'orphelinat St Mary est trop loin de l'arrêt pour y aller à pied. Le chauffeur de taxi était un bavard. Nous étions à peine montées qu'il a éteint la radio et s'est mis à parler.

Il accusait le gouvernement d'être le premier à encourager la discrimination. Pourquoi accuser les chauffeurs de taxi d'être des tricheurs et des vauriens quand ils faisaient payer plus cher les touristes, alors que les parcs et les musées avaient eux parfaitement le droit de pratiquer un tarif plus élevé pour les étrangers ? Apparemment, il avait toute une liste de récriminations.

« Nous n'avons pas de couverture sociale. Si je suis malade, je ne touche rien ! fulminait-il.

— Vous n'avez qu'à pas tomber malade, a rétorqué Mary Beth.

— Facile à dire, jeune demoiselle. Faudra m'expliquer pourquoi on accorde des licences de taxi aux retraités ! Les retraités, ils le font juste pour mettre du beurre dans les épinards. Ils sortent aux heures de pointe et font de la concurrence à ceux qui ont besoin de gagner leur croûte pour envoyer leurs gosses à l'université ! En attendant, il y a toujours pénurie de taxis aux heures creuses. Les femmes attendent en vain le soir et se font arracher leur sac. Elles se font détrousser ou enlever. Voilà ce qui arrive quand on accorde des licences aux retraités ! La criminalité augmente.

— L'école est gratuite pour vos enfants, a souligné Mary Beth. Les manuels aussi.

— Qu'est-ce que vous en savez, mademoiselle ? Quand quatre enfants tombent malade en même temps, ce ne sont pas les manuels gratuits qui règlent les factures !

— Les soins sont gratuits dans les hôpitaux publics.

— Vous feriez confiance à un de ces médecins pour soigner votre bébé ? On se demande parfois s'ils ont des diplômes ! Vous avez déjà vu un jeune médecin faire une prise de sang ? Ça vous pique partout, pas fichu de trouver la veine. Ou bien ça renverse le sang par terre en voulant le transvaser. »

J'ai dit à Mary Beth : « Moi, je suis allée dans un hôpital public où on m'a fait des piqûres. Je n'en suis pas morte. »

Le chauffeur ne semblait pas s'offusquer qu'on

lui réponde.

« Heureusement pour moi, je connais les coins sympas où emmener les touristes, ça paye mieux. Ils aiment les trucs qui sortent de l'ordinaire, pas juste le shopping et rester à l'hôtel. S'ils ont envie de voir des orangs-outans, je les emmène à Bukit Merah, inutile d'aller jusqu'au Sarawak. Pour les éléphants, à Kuala Gandah. Je fais aussi les grottes de Batu et les sources chaudes. Malacca et les Cameron Highlands, c'est bien aussi. Les gratte-ciel, les parcs d'attractions et les centres commerciaux, ça va un temps.

— Vous pourriez les emmener à Lubok Sayong, ai-je suggéré. Il y a des calaos.

— Où ça, vous dites ? Lubok Sayong ?

— C'est près de Kuala Kangsar. Vous devez connaître.

— Oh, je connais ! On y vend un *laksa* très laxatif ! J'ai été malade une fois. Comment voulez-vous y attirer les touristes ? Ils apprécient la nature et les trucs écolo, mais dès l'instant que ça attrape une petite tourista, la Malaisie devient le pays le plus arriéré du monde ! Le vrai tiers-monde ! J'ai toujours de l'eau minérale, deux caisses dans le coffre. »

Mary Beth a réglé la course et j'ai laissé au chauffeur la carte de la Grande Maison, en lui expliquant que nous proposions des chambres chez l'habitant et qu'il pouvait nous amener ses clients.

Nous avons franchi le portail de St Mary. L'odeur dans le couloir menant au bureau de Sœur Tan, tellement particulière, m'a figée sur place. « Tu reconnais cette odeur, Mary Beth ? » C'était un mélange de vieux journaux et de détergent, et des chaussures pour l'école alignées contre le mur.

« Dégoûtant, a dit Mary Beth. L'odeur du désespoir. »

On a frappé à la porte de Sœur Tan. Elle nous a serrées dans ses bras, l'une après l'autre. Mary Beth n'avait pas menti, elle avait les paupières moins tombantes. Je lui ai offert une boîte à bijoux décorée de coquillages que j'avais achetée sur l'île de la Mousson. La boîte était vide. Pourvu que ça ne lui rappelle pas la bague de fiançailles. J'ai répondu poliment à ses questions. Elle m'a interrogée sur mon école à Lubok Sayong et ma vie là-bas. Elle n'a rien demandé à Mary Beth et celle-ci n'a pas desserré les lèvres. Il avait dû se passer quelque chose entre elles avant le départ de Mary Beth. Au moment de se quitter, Sœur Tan m'a dit : « Il faudra repasser à un moment où les filles sont là. »

J'ai cherché à apercevoir Mary Matou, mais je n'ai pas vu de chat.

Mary Beth a marmonné entre ses dents : « Jamais je ne remettrai les pieds ici. Jamais. »

Fu, le petit ami de Mary Beth, est passé dans la soirée avec trois portions de riz au poulet pour le dîner. Il avait la démarche désarticulée d'une girafe, et une expression distante et endormie qui me donnait envie de tout sauf de l'écouter. Il avait le curieux tic de prononcer d'une voix traînante le son « oi » : « moi » devenait *moa*, pareil pour « toi » ou « quoi ». À chaque fois, ça me sautait aux oreilles.

Cette fois-ci, nous avons mangé tous ensemble à table, Mary Beth ne m'a pas dit de m'en aller ni de me taire.

« Alors, vous avez fait *quoa* aujourd'hui ? » a demandé Fu.

Mary Beth lui a raconté la journée en détail. Sans rien omettre, sauf le salon de tatouage et l'odeur à St Mary. Il l'a écoutée sans l'interrompre.

« Tu sais comment on s'est rencontrés, *moa* et ta sœur ? » m'a demandé Fu.

J'ai répondu que non. Il a souri et m'a proposé de deviner.

« À ton avis ? Je te laisse *troas* chances.

— Hum… au McDo ? Non ? Au salon de tatouage, peut-être ?

— Un salon de tatouage ? De quoi tu parles !? »

Il a lancé un regard interloqué à Mary Beth.

« Je donne ma langue au chat.

—Au péage, qu'est-ce que tu *croas* ! J'y passe tous les matins en allant au boulot. Je pars super tôt, je suis au volant avant même que les oiseaux se réveillent. Chaque matin, elle tend la main pour recevoir ma pièce de un ringgit. D'un coup, j'ai réalisé : "Tiens, pourquoi elle porte pas de gant ? Les musulmanes elles ont toujours des gants blancs." *Voalà* comment ça a commencé. Je lui donnais un ringgit et elle me souriait. Ça fait plaisir à voir, à cinq heures du matin. Au bout de quinze jours, j'ai agrippé sa main jusqu'à ce que le type derrière *moa* se mette à klaxonner.

—Et ça continue ? Tu passes à son péage tous les matins ?

—Demande à ta sœur. Si j'avais le télépéage, je l'aurais jamais rencontrée. »

Ça me plaisait qu'il dise « ta sœur » en parlant de Mary Beth. Pendant qu'elle se douchait après le dîner, il m'a parlé de ses poissons combattants. Il m'a expliqué qu'il louait une chambre parce qu'il n'avait pas d'amis avec qui prendre une colocation. Il avait un poisson combattant baptisé Rocky, dans un bocal. « Un betta. C'est le nom scientifique. »

Il y avait eu une période où Rocky allait mal. Fu s'en était rendu compte parce que le poisson ne réagissait plus quand il approchait un miroir du bocal, alors que d'habitude il explosait aussitôt, la queue et les nageoires déployées comme des flammes bleues, prêt à attaquer son reflet. Quand ça n'allait pas, il restait immobile, apathique. Il ne réagissait même pas quand Fu tapotait le verre. Et s'il faisait tourner le bocal, Rocky se laissait mollement flotter.

« Je ne voulais pas le relâcher dans une rivière. À l'état sauvage, les bettas vivent dans les rizières et les canaux d'irrigation, mais il n'y en a pas à Kuala

Lumpur. Comment soigner un poisson déprimé? D'autant plus que j'étais à peu près dans le même état, enfermé dans ma chambre. Des fois, j'avais tellement la nostalgie de Kuching que je passais des nuits entières sur Google Maps, à contempler ma maison, mon école et les endroit où j'aimais traîner. »

Il avait fini par acheter un autre betta mâle, orange et violet, qu'il avait baptisé Tyson. Rocky n'était pas mort. Fu avait placé un carton entre les deux bocaux et il n'avait qu'à le retirer pour que les deux poissons s'enflamment et deviennent d'un bleu et d'un orange éclatants, impatients d'en découdre.

« Rocky est tout requinqué maintenant qu'il a un adversaire. Je me demande ce qui se passerait si j'achetais une femelle, mais je vais garder ça pour le jour où ils auront tous les deux le blues, ce qui ne manquera pas d'arriver à force d'être enfermés dans un bocal.

— Y a-t-il une morale à cette histoire? » ai-je demandé.

Il a fait non de la tête. « *Pourquoa* ? Il devrait y en avoir une? »

J'ai secoué la tête à mon tour et j'ai failli lui parler du poisson de Mami, vu qu'on parlait poissons, mais c'était plus amusant de laisser venir avec quelqu'un d'aussi fantasque que Fu.

« Vous avez quelque chose de prévu demain? a-t-il demandé. On pourrait aller au ciné. »

J'ai répondu que je ne pouvais pas parce que je rentrais le lendemain. « Mary Anne a toujours été dingue de cinéma. Elle regarde tous les films qui passent à la télé », a ajouté Mary Beth.

C'est vrai. Je croyais autrefois que ma mère m'avait abandonnée à trois ans parce qu'elle était trop belle pour me garder. Je pensais me souvenir de sa voix, une voix d'ange légère et délicate, comme celle de ces chanteuses blondes qui s'accompagnent à la guitare. J'étais persuadée que je la verrais un jour dans un film et là je saurais que c'est elle. Je reconnaîtrais un trait à moi sur son visage et je saurais.

Mary Beth disait qu'elle m'enviait d'avoir une direction dans laquelle commencer à chercher. J'avais cru un temps tenir une candidate prometteuse, une journaliste de la RTM qui avait un petit quelque chose dans les pommettes, avant d'apprendre qu'elle était mariée avec des enfants. J'étais convaincue de retrouver un jour ma mère à condition de regarder tous les films jamais tournés. Tous ces films me rendaient triste, parfois, mais ma mère restait belle.

Mary Beth m'a dit une fois, une seule fois, que sa mère était une épave, aussi misérable que le whisky qu'elle buvait avec ses clients. Elle détestait sa mère. Moi, au moins, je ne détestais pas la mienne. Comment détester une star de cinéma ? Les actrices sont tellement belles, tout le monde aime la beauté. Moi aussi j'aurais pu être belle, s'il n'y avait pas eu l'accident.

Une fille est arrivée, en traînant un gros sac derrière elle.

« Salut, Manju ! a dit Fu. Tu reviens d'où ? Athènes ?

— Non, chez moi à Langkawi », a-t-elle répondu. C'était la coloc de Mary Beth. « J'ai fait une folie, deux bouteilles du vin le moins cher du duty free de l'aéroport. Deux pour le prix d'une. »

Mary Beth a applaudi. Elle était d'humeur joyeuse, avait les jambes posées sur les genoux de Fu. « Ne la lance pas sur le sujet, Fu ! Elle va nous bassiner avec Athènes toute la soirée ! »

Manjula avait une passion pour Athènes. Sa chambre débordait de photos, de cartes et d'articles de journaux.

« Ta sœur n'a pas encore entendu Manjula parler de son plan pour Athènes, a dit Fu. C'est sympa quelqu'un qui fantasme quand on a à boire. On se les fait ce soir, les bouteilles ?

— On peut en ouvrir une, a dit Manjula. J'aimerais bien garder l'autre pour mon anniversaire. »

L'Athènes rêvée de Manjula, c'était une vue éblouissante de bâtiments blanchis à la chaux se détachant sur un ciel plus bleu que bleu. « Un blanc d'une telle blancheur qu'on en a mal aux yeux, a-t-elle dit. Un bleu inoubliable, le bleu azur. » Sur les photos, la mer scintillait comme si les flots charriaient des diamants.

Elle avait préparé son itinéraire jusqu'à Athènes grâce à un vieux Lonely Planet Europe acheté d'occasion sur eBay. Elle vérifiait les tarifs tous les mois, était toujours au courant du vol le moins cher entre Kuala Lumpur et Londres. Elle prendrait ensuite le train jusqu'à Douvres, puis le ferry.

« Pourquoi tu ne resterais pas un peu à Londres ? a suggéré Mary Beth. Tu pourrais te faire un kebab, un fish and chips, et aller chez Madame Tussauds. Ils ont Lady Gaga et Kate Middleton. »

Manjula a répondu qu'elle ne voulait pas se disperser. L'objectif était Athènes, pas des frites et des mannequins en cire. « Et puis, pour les kebabs et les fish and chips, il y a Bob, juste en bas. »

Ensuite, elle traverserait la France à pied et en stop, puis l'Italie jusqu'au talon de la botte. De là, elle franchirait l'Adriatique, cette étendue de mer azur, et poserait le pied sur le sol grec.

« Ce sera fabuleux, a-t-elle dit.

— Tu seras violée, assassinée ou kidnappée et vendue à un réseau de prostitution par des méchants Grecs, a dit Mary Beth. Pourquoi tu fais une fixette sur la Grèce, d'ailleurs ?

— Je sais pas. Ce n'est pas mon boulot de secrétaire chez Jaya Kim Seng Plomberie qui va me faire fantasmer. Ça respire pas la magie ! »

Fu a servi le vin dans des mugs. J'en ai pris moi aussi, une larme avec des glaçons et beaucoup de Sprite. C'était la première fois que je buvais du vin, je l'ai siroté doucement en me délectant.

« Tout le monde fait ça, a dit Manjula. Les gens voyagent, escaladent des montagnes, sautent d'une falaise, lâchent leur boulot, se marient sur un coup de tête, bouffent des insectes et... je ne sais pas. Alors que nous, on est des vraies poules mouillées. Tout nous fait peur : les fantômes, les hommes, les professeurs, les comptes en banque, les patrons, les cafards. On est comme des souris dans leur trou.

— Ou plutôt des grenouilles sous une coque de noix de coco, non ?

— Les souris c'est plus mignon.

— Je partirai de chez moi, tout innocente. Mes parents verseront une larme à l'aéroport. Mon père dira, Ma petite chérie a bien grandi. Maman me glissera des vitamines C et du paracétamol dans la poche, et me rappellera de ne boire que de l'eau en bouteille. Avant d'en arriver là, il aura fallu leur tenir tête pendant des mois, résister à leur pression pour que je laisse tomber, jusqu'à ce qu'ils finissent par comprendre que rien n'arrêtera leur fille déterminée. C'est comme si j'y étais déjà, a dit Manjula en écartant les mains. Quand j'arriverai à Athènes, j'aurai beaucoup mûri, je serai une voyageuse aguerrie et bronzée, le carnet rempli d'adresses e-mail d'autres routards et les poches pleines de pièces de tous les pays. C'est génial.

— Une citoyenne du monde. Génial.

— À la rencontre des montagnes et des gens.

— Hors des sentiers battus.

— À l'aventure, sans papier toilette.

— C'est génial ! avons-nous repris en chœur en trinquant.

— Sans shampoing ni eau chaude ? a demandé Fu. Ni de toilettes propres ?

— Quand je serai en Grèce, sac au dos sur les sentiers de randonnée en direction d'Athènes, je n'aurai pas le temps de m'occuper de mes cheveux. Je discuterai avec des gardiens de chèvres et des vieilles femmes dans les oliveraies, je serai crasseuse et burinée par le soleil, une vraie voyageuse qui a les cheveux courts faute de pouvoir les laver.

— Patrick t'aime avec les cheveux longs.

— Patrick, il attendra. Je tomberai amoureuse, juste un temps, d'un beau garçon grec aux boucles noires et aux yeux azur, qui ne parlera pas un mot d'anglais.

— Ça, c'est nouveau. Petite coquine, Patrick risque de ne pas apprécier !

— Ne lui dis pas. De toute manière, avec ses grosses lunettes, Patrick peut pas concurrencer mon petit dieu grec ! Je paierai ma traversée de l'Europe en faisant des petits boulots, la cueillette des fruits, serveuse ou plongeuse dans un restaurant, tout ce que font les étudiants pour gagner un peu d'argent. J'aurai des fruits et des repas gratuits. Et ça me fera même de beaux biceps ! J'ai lu un tas de blogs de gens qui l'ont fait. Partout dans le monde, il y a toujours un restau chinois.

— Je t'imagine mal faisant la cueillette, a dit Mary Beth, et tu détestes faire la vaisselle.

— OK, juste la cueillette, *lah*. J'ai de l'expérience, tu sais. La cueillette des ramboutans.

— T'es surtout douée pour les manger.

— Je prendrai des photos époustouflantes. Je serai photo-reporter, je sillonnerai la campagne grecque à vélo, en direction d'Athènes, et les gens me dévoileront leur vie secrète. À l'aventure ! Je devrais peut-être passer mon permis, au cas où. Ça doit être amusant de conduire sur les petites routes, dans une vieille bagnole dont le capot ferme mal. Je m'arrêterai pour prendre des paysannes avec leurs poules ou des jeunes qui vont à une fête en ville. Je ferai des croquis au fusain incroyables, avec des petits commentaires au crayon. Ce sera trop classe, peut-être que je les exposerai sur un chevalet pour les proposer aux touristes en échange d'un repas. Je porterai un béret rose… ou plutôt noir.

— T'es nulle en dessin. Tu sais à peine tenir un crayon. Tu perds toujours au Pictionary.

— C'est pour ça que je suis secrétaire, je classe des factures et je prends des commandes pour des cuvettes de WC. Quel modèle, madame ? Chasse double ? Bidet à la japonaise ? Nous l'avons en blanc classique, beige tropical ou gris anthracite. Ce n'est pas ça qui me retiendra ici, tous ces types prétentieux et leur mobilier de salle de bain. Le monde est à moi, ses merveilles ne demandent qu'à être découvertes !

— Oui, c'est ça. Raconte-nous ce qui s'est passé le jour où tu t'es fait voler ton sac en allant au travail ? a lancé Mary Beth.

— Je suis restée au bord de la route, en larmes, jusqu'à ce que vous veniez me chercher.

— Eh oui, madame l'exploratrice ! Tu ferais mieux de rester en terrain connu en attendant d'avoir un peu plus de cran. Sinon…

— Oui, oui. Détroussée, violée, assassinée ou kidnappée et vendue à un réseau de prostitution.

— La Grèce, rien que la Grèce ! Vous croyez qu'en Grèce les femmes ont beaucoup de graisse ? » a demandé Fu.

Manjula et Mary Beth lui ont lancé des coussins.

« Fu, c'est quoi la racine carrée de neuf ? ai-je demandé.

— *Troas. Pourquoa ?* »

Yes ! J'avais gagné. Je lui avais tendu la perche pour qu'il dise deux mots de suite en « oa » et ça avait marché.

« Pour rien. Juste pour vérifier si t'écoutais. »

J'étais vraiment heureuse ce soir-là.

Auyong

Je déposai Mary Anne au minuscule appartement de Mary Beth à Kuchai Lama, un quartier que je n'avais guère fréquenté du temps où je travaillais dans la capitale. Tandis que KL était prise dans les affres d'une complète mutation, malaxée, bousculée, défigurée parfois, et enfiévrée par les hauteurs, Kuchai Lama était restée à l'écart, loin des feux de la rampe. J'ignorais tout de ce quartier. Le nom m'était connu parce qu'une usine de glutamate y était installée et que certaines de mes connaissances y faisaient réparer leur voiture chez des garagistes chinois. Découvrant le quartier pour la première fois, j'étais incapable d'imaginer à quoi il ressemblait avant que n'y pousse ce quadrillage d'immeubles, attirant une nouvelle génération comme celle de Mary Beth.

Kuchai Lama, une renaissance immobilière qui s'encrassait déjà. Je m'y sentis mal à l'aise et ne m'attardai pas, même pour un café. Je voulais échapper à la sensation de vide qu'avait laissée Mary Anne à mes côtés.

Je décidai de rendre visite à mon ancien coiffeur, dans mon ancien quartier, un homme qui s'était choisi le surnom de Winner D. Dans son salon trônait un énorme téléviseur flambant neuf diffusant des clips de Bollywood, des hommes en costume blanc et des femmes drapées de *choli* à paillettes qui tournoyaient avec entrain. Les séquences de danse étaient entrecoupées de gros plans sur un nombril, une gorge nue, tête rejetée en arrière, et des silhouettes en contre-jour sur fond de fausse pluie. Je n'étais pas le seul à regarder : un client à qui l'on coupait les poils du nez avait les yeux rivés à l'écran, si bien que je n'en voyais plus que le blanc.

« Salut, Winner ! ai-je lancé au coiffeur qui ajustait à la tondeuse la coupe d'un autre client.

— Mon ami ! Ça fait un bail, vieille canaille ! »

Un large sourire éclaira son visage. Nul n'égalait Winner D. pour la chaleur de l'accueil. Je souris à mon tour. Il arborait un bouc soigneusement taillé et une chaîne en or aussi large que mon bracelet de montre.

« Tu es là pour une coupe ? Numéro 3, comme d'habitude ? C'est quoi cette queue-de-cheval ? Tu vis dans la jungle maintenant ?

Avec une serviette blanche, il épousseta les poils sur le cou du client. Puis il lui appliqua du talc sur la nuque avec une houppe à poudre.

Je ris de bon cœur.

« Je n'ai plus assez de cheveux pour un Numéro 3, mais j'ai du temps. On va boire quelque chose ?

— J'ai toujours le temps de prendre un verre avec un vieux copain, surtout quand on m'invite ! »

Il y avait un café à deux pas du salon. Je trouvais que c'était une bonne idée de diffuser des clips.

« Comme ça, les clients patientent tranquille. Dès lors qu'ils peuvent mater des filles de Bollywood qui secouent leur derrière, ils ne se plaignent pas ! Mais j'ai dû augmenter mes tarifs, les lames de rasoir sont devenues hors de prix. »

Il commanda une boisson énergisante tandis que j'optai pour la suggestion du sticker sur la table, un

« thé triple couche ». Quand on me l'apporta, Winner explosa : « Regarde-moi ça ! Quel connard a inventé ça ? C'est raciste ! Regarde : noir en bas, jaune au milieu et marron en haut.

— Qu'est-ce que tu racontes, Winner ! »

Ce n'était qu'une boisson fantaisie avec du sirop de palme au fond, du lait au milieu et du thé par-dessus.

« C'est toujours les Noirs en bas de l'échelle ; nous les Indiens, en bas, les Malais au sommet, et vous les Chinois au milieu, à jouer sur les deux tableaux. Le pire, c'est que ces idiots de cafetiers *mamak* sont fiers de mettre ce truc à leur carte ! Ils feraient mieux de se regarder dans un miroir !

— Tu dis n'importe quoi, Winner. C'est juste du thé.

— De nos jours, tout est politique, l'ami. N'oublie jamais ça. »

Je mélangeai mon thé et les trois couches se fondirent en une teinte moka.

« Comme ça, c'est déjà moins politique, non ?

— On touille un peu et on fait comme si tout le monde vivait en harmonie. On n'est pas dans une chanson de John Lennon, l'ami. Regarde, c'est devenu tout marron. Où sont passés le noir et le jaune ? Ce n'est pas de l'harmonie, c'est une OPA hostile. Et je dis ça gentiment. »

J'étais persuadé que Winner tenait un discours différent à ses autres clients, une version politiquement correcte de son laïus sur le thé triple couche, dans l'esprit « unité nationale » des publicités de la compagnie pétrolière Petronas. Le jeu du coiffeur s'adaptait au gré des clients, ses allégeances politiques fluctuant sans effort du centre-droit à l'extrême gauche.

Winner s'appelait en fait Kathirvellu Doraisamy. Il

tirait une certaine gloire d'avoir été le coiffeur à domicile d'un ancien Premier ministre. Une photo encadrée figurait en bonne place dans son salon, Winner très chic dans un costume Nehru, sa chaîne en or soigneusement dissimulée, échangeant une poignée de main avec le politicien.

« Si j'avais su que ça te mettrait dans cet état, j'aurais commandé un café avec du lait concentré à part. Sans les mélanger !

— Le lait concentré, c'est une saloperie ! Ne prends jamais de lait concentré. Tu sais que ce n'est même pas du lait ? »

Un attroupement s'était formé dehors, quelques clients sortirent voir ce qui se passait. Il y avait là des grandes jeunes filles d'allure étrangère, qui ressemblaient à des cigognes avec leurs longues jambes. Les gens regardaient tous en l'air un même point au-dessus de leur tête. Nous aperçûmes une fille suspendue à mi-hauteur sur la façade d'un immeuble. On voyait sous sa jupe.

« On aura une meilleure vue d'en face », dit Winner.

Un photographe criait : « Superbe ! Parfait ! Encore une… Allez, une autre… Plus de peps… C'est bien ! » Le ciel était menaçant, parcouru de nuages sombres, la fille portait une robe pourpre bouffante et compliquée. Ses bras étaient maigres, des câbles la maintenaient perpendiculaire à la façade. Elle donnait l'impression de marcher sur la paroi en robe longue et talons aiguilles, le dos parfaitement cambré. Parfois, elle manquait le mur de peu, et son pas tombait dans le vide.

Au bout d'un quart d'heure, l'équipe postée sur le toit la redescendit au sol. Elle s'affaissa parmi les pans d'étoffe, telle une marionnette, et fondit en larmes en perdant toute sa morgue de mannequin. Les autres filles se précipitèrent à ses côtés. L'une d'elles se détacha du groupe et vint vers nous. Ses talons étaient vraiment très, très hauts, elle avait l'air vaguement menaçante. « Vous avez du feu ? » demanda-t-elle en brandissant une cigarette. Winner sortit un briquet jetable et l'agita. Elle se pencha, il leva le bras. Avec ses talons, elle mesurait pas loin d'un mètre quatre-vingt-dix. Puis elle repartit avec sa cigarette, d'un pas déhanché, vers sa collègue en larmes.

« T'en penses quoi ? dis-je à Winner.

— Trop grande pour moi. Une Russe… On en voit beaucoup, ces temps-ci. »

Nous nous attardâmes un moment.

« Ça pourrait être intéressant, dis-je.

— Le truc, c'est de pêcher là où ça mord. »

Je méditai cette perle de sagesse de mon coiffeur. Winner émaillait toujours ses conversations de petites formules de ce genre. Sans qu'on sache si elles étaient vraiment de lui. Ces filles avaient des cils comme des ailes noires. Assises par terre autour de celle qui avait escaladé l'immeuble, elles avaient toutes l'air d'araignées avec leurs longues pattes repliées.

« Comment va la famille ? demandai-je.

— Des petits *winners*, mon ami. De vrais *winners*. Mon fils est à l'université. Boursier en première année de médecine dentaire. Ma fille travaille dans une banque.

— Et ta femme ?

— À la maison. Elle a eu un cancer du sein l'an dernier. On a fait une chimio et tout le bazar, ça va mieux. On croise les doigts, on prend la vie au jour le jour. Il n'y a que ça à faire. »

Si jamais j'ai besoin d'une thérapie, je m'installerai

dans un fauteuil du salon de Winner, avec en prime les clips de Bollywood.

Quand je lui dis : « Passe me voir à l'occasion, Lubok Sayong est un petit coin sympa », cela sonna prétentieux, comme si je lui proposais quelque chose dont il était privé. Loin de moi cette idée, j'étais navré de n'avoir pas su mieux m'exprimer.

Après ma visite à Winner, je pris une chambre dans un petit hôtel à proximité de mon ancien travail. Ce quartier m'était familier, je ne m'y sentirais pas étranger. Il y avait des commerçants à deux pas, et c'était mon ancienne zone de chasse du temps de l'hypermarché : boutiques, entrepôts, et tours d'appartements pour classes moyennes peintes en blanc et rose. Je connaissais les bonnes adresses et quel plat y commander.

C'était un hôtel correct, dans un style hétéroclite qui mêlait néo-renaissance et balinais, le mobilier en tek voisinant avec les colonnes corinthiennes et les lustres en cristal. Ma chambre sentait le propre, draps blancs bien frais comme j'aime. Au quatrième étage, se trouvait le Blue Pineapple, un spa où se cueillait parfois le fruit défendu.

Le Blue Pineapple était un havre de détente et de relaxation. Penser à ces filles inconnues suscite toujours une secrète excitation. On ne se refait pas, pourtant ces derniers temps l'idée ne m'enthousiasmait guère. Je n'ai jamais craché sur ce genre de petits plaisirs, mais ça commençait à dater.

Je redressai les deux oreillers, m'installai sur le lit bien ferme, une bouteille d'eau minérale à portée de main sur la table de chevet, et sortis mon journal. Je l'avais déjà épluché de la première à la dernière page, y compris les annonces immobilières. Quand j'étais à Kuala Lumpur, je caressais parfois le projet d'acheter une maison dans le quartier de mon enfance. Comme une sorte de dernier chapitre à mon existence, au cas où Lubok Sayong me ferait un jour sentir que je n'y étais plus le bienvenu.

Avant de quitter Kuala Lumpur, je n'attendais pas grand-chose de mon installation à Lubok Sayong. C'était un changement de décor et un boulot pour occuper mes journées, rien de plus. Tout compte fait, j'y avais trouvé bien plus qu'un travail. Je me répétais souvent de ne pas trop me laisser prendre aux douceurs de la ville et de ses habitants comme si c'était un dû, au cas où cela tarirait. Au cas où Lubok Sayong me signifiait un jour : « Désolé, monsieur. C'est terminé. Votre crédit chez nous est épuisé, votre compte a été clôturé. »

Je repérai une annonce sur Jalan Carey, à l'adresse même où mes parents louaient une petite maison à un étage quand je suis né. Mon cœur s'emballa, mais c'était une nostalgie passagère, un sentiment illusoire qui ne tenait pas compte de la marche du monde. Moi seul avais vacillé, le temps d'une simple secousse dans le grand mouvement giratoire de la vie.

J'appelai l'agent immobilier, une certaine Xindy, avec un X. À quelques centimètres de Xindy, dans la même colonne de petites annonces, figuraient une Precious Tan, une Viva Koi et une Zen Tong. Des noms évocateurs, faciles à retenir, aucun risque d'oublier qui vous aviez contacté dans votre quête d'un logement. Moi, c'était donc Xindy, avec un X. Rendez-vous fut pris. Elle passerait me chercher à l'hôtel pour m'emmener visiter la maison. C'était courageux de sa part de faire monter un inconnu dans sa voiture, mais elle ne vint pas seule.

Une collègue l'accompagnait. Elison, avec un E, avait le même nom de famille que moi, peut-être étions-nous parents du côté de mon père. Cela faisait longtemps que je ne me souciais plus de retrouver d'éventuels cousins, ce qui d'ailleurs n'avait jamais été une obsession, mais j'eus un choc devant cette Elison Auyong. Deux coïncidences le même jour, cela devait signifier quelque chose, peut-être était-ce un présage.

Je n'avais jamais rencontré cette Elison, ni même entendu parler d'elle, mais ses parents ne l'appelaient probablement pas Elison. La famille, c'est comme les fourmis. On peut suivre la colonne, mais dès qu'il y en a trop, tout le monde se ressemble, une masse indistincte dans le nid. Il arrive qu'un individu s'éloigne du groupe, il s'affole et court dans tous les sens jusqu'à ce qu'il retrouve la colonne, mais on n'est jamais certain d'avoir réintégré la bonne. Et dès qu'il y a de la nourriture, du sucre ou un cafard mort, du gros butin, ça fourmille de partout.

Qui faisait quoi, qui habitait où, qui était marié avec qui, tout ça m'embrouillait. Le dernier Auyong que j'avais bien connu était un cousin du côté de mon père, mais après la mort de mes parents ils avaient tous disparu de mon univers et moi du leur. La dernière fois, c'était à la veillée funèbre de ma mère. Comme si le rituel des funérailles servait aussi à couper ces liens familiaux ténus : finies les interminables visites de courtoisie du nouvel an chinois, finies les conversations oiseuses des mariages et des enterrements, finies les visites obligées à l'hôpital. Une fois ma mère partie, le dernier pilier, plus personne n'était suffisamment attaché à la famille pour maintenir les faux-semblants.

« Vous êtes de Telok Intan ? » me demanda Elison

très poliment, en demoiselle Auyong bien élevée, au cas où je connaîtrais les siens.

Mais ce fut en vain qu'elle m'interrogea. Nous n'avions aucun Auyong en commun, et elle semblait pourtant en connaître un paquet. Nos fils dévidés ne se rejoignaient pas. J'étais un égaré, le dernier Auyong sans attaches. Je lui souris en secouant la tête. Je n'étais qu'une fibre flottante, arrachée de sa tige et emportée par le vent.

Peut-être perçut-elle ma déception, en commerciale perspicace. Peut-être s'évertuait-elle juste à vendre des maisons. Elle persévéra et mentionna une grand-tante qui avait une imprimerie, et cela me revint soudain : les grosses machines allemandes, si impressionnantes aux yeux d'un enfant, le mot « Heidelberg » ou « Gutenberg » sur une plaque métallique, l'odeur de l'encre et le sol maculé de noir. J'y étais allé quand j'étais petit.

Je me rappelais l'escalier en bois menant aux pièces à l'étage, des marches tellement raides que je les avais descendues sur les fesses. Les cabinets au fond du jardin, le parapluie accroché à la porte en cas d'averse. Aussi l'énorme guillotine actionnée par un volant, avec une lame redoutable qui tranchait les blocs de grandes feuilles empilées. Et le meilleur, les restes de papier, chutes et rognures aux tons pastel qui bruissaient dans leurs sacs de jute comme dans d'énormes nids. Les talons les plus épais, parfaits pour dessiner des *flip books*, avec un bonhomme qui se met à danser ou faire la roue. Il y avait aussi le bureau où des filles travaillaient à la composition, disposant les minuscules lettres et idéogrammes de la taille d'un caractère de machine à écrire qu'elles piochaient dans des cases.

J'avais dormi dans une chambre dont la fenêtre

donnait sur les lignes électriques où se postaient les martinets. Au matin, ils avaient fait un boucan d'enfer avec leurs cris perçants.

« Elle a fermé l'imprimerie pour rejoindre mes tantes en Australie », dit Elison.

Je me rappelai les martinets, mais la femme pas du tout.

« Nous y voici. Numéro 17 », annonça Xindy.

Son nom et son numéro de téléphone figuraient sur une bannière accrochée au portail. J'avais vécu ici même. Au 17, Jalan Carey.

C'était devenu une maison de trois étages, peinte en crème et gris, parée de balcons en verre, intransigeante et rigoureuse, moderne et belle. Un mur était tapissé de plantes grimpantes, impeccablement taillées comme un gazon à la verticale. Un bougainvillier tortueux, planté en pleine terre, déversait ses fleurs rouges par-dessus la grille, l'unique touche aléatoire tolérée par l'esthétique en vigueur. La petite maison en brique de mes parents, basse et modeste, avec sa véranda au toit étayé par des tuyaux de plomb remplis de ciment, aurait tenu sur le parking de cette villa. L'arrière-cour, où poussaient en pagaille mauvaises herbes, fleurs sauvages et aromates, où avait vécu Lucky, une chienne que nous avions gardée un temps et qui avait eu sept chiots, avait disparu.

« Si on faisait un tour à l'intérieur ? proposa Elison. Toutes les chambres ont leur propre salle de bain, tout a été fait avec beaucoup de goût. Le propriétaire a investi trois cent mille ringgit dans la rénovation. Ils s'installent à l'étranger.

— Non, dis-je. Je crois que ça dépasse mes moyens. »

Je caressai le tronc noueux du bougainvillier, navré.

« Quel est votre budget ? demanda Xindy.

— Je ne sais pas. Je n'ai pas de budget. Je cherche quelque chose de différent. »

Je tentai de convaincre les deux femmes de dîner avec moi, mais c'était trop tard. Si j'avais voulu profiter plus longtemps de leur compagnie, j'aurais dû feindre davantage d'intérêt pour la maison. « J'aimerais bien en savoir un peu plus sur votre famille », dis-je à Elison, mais elle déclina avec tact. Elle me remit sa carte de visite des deux mains comme s'il s'agissait d'un présent, et m'invita à l'appeler si je souhaitais retrouver la trace de quelqu'un. Elle se ferait un plaisir de m'aider.

Tandis que je regardais leur voiture s'éloigner, je songeai un instant à me consoler au Blue Pineapple, mais mon esprit s'échappa vers Lubok Sayong. Je me demandai comment réagirait Beevi si j'offrais à Mary Anne un chiot baptisé Lucky. La réponse allait de soi. Elle serait furieuse.

Mary Anne me faisait souvent des appels du pied pour que j'embauche un certain Fu, un copain de Mary Beth que je n'avais même pas rencontré. Je me prenais à envisager la chose, tout en m'interrogeant sur la confiance que je pouvais porter aux manigances d'une adolescente. Cela dit, la conserverie aurait bien eu besoin d'un petit vent de fraîcheur et d'un esprit plus jeune, plus proche des gens que j'employais.

Quelques femmes travaillaient à l'usine. En temps normal, elles n'étaient pas affectées aux équipes de nuit. Il y a une disposition dans la loi qui l'interdit ou le rend compliqué, et bien que Lubok Sayong soit à bonne distance de l'inspection du travail, le respect de la loi est trop bien ancré en moi pour que je puisse m'en défaire aisément. Je n'avais jamais demandé à une femme de travailler de nuit, sauf une fois.

C'était un cas d'absolue nécessité. J'avais un conteneur à embarquer le lendemain. Soit nous parvenions à le remplir, soit il partait à moitié vide, ce qui représentait une perte d'argent et une commande non honorée. J'avais un gars en moins à cause de la finale olympique du simple messieurs en badminton – la plupart n'auraient raté pour rien au monde la rencontre entre notre Lee Chong Wei et le Chinois Lin Dan, même pour des heures payées double. Nous espérions ardemment décrocher à Londres notre toute première médaille d'or. C'était bien plus important que de savoir quel coureur noir prétentieux remporterait le cent mètres ou quel géant blanc serait le plus rapide à la nage papillon. Et en cas de victoire, un jour férié serait probablement décrété.

Je demandai à Rohaya, une Malaise qui ne s'intéressait pas au sport, de compléter l'équipe du soir. C'était une fille sérieuse, grassouillette, et plutôt du genre à faire tapisserie, pas très causante et bien contente de ramener un salaire de plus chez elle.

« Pas de problème, monsieur », me répondit-elle.

Je pouvais compter sur elle pour se présenter à l'embauche du soir. Satisfait d'avoir réglé mon problème, je rejoignis la foule réunie au café de Wong Kam pour regarder la finale. Beaucoup des gars de l'usine étaient déjà là.

Wong Kam possédait le plus grand téléviseur de la ville, un écran cinquante pouces, qui passait la plupart du temps des séries chinoises. Il lui fallait bien un écran de cette taille parce qu'il ne quittait jamais son comptoir, à l'avant, où il encaissait les consommations, alors que la télé était accrochée sur le mur du fond. Il avait fait installer un grand miroir devant son comptoir, ce qui lui permettait de tout suivre même si c'était en image inversée.

Pour les grandes occasions, comme cette finale de badminton, il empruntait un projecteur à l'école de *Cikgu* Teh et déployait un drap blanc sur une vieille table de ping-pong, un dispositif plutôt réussi. Nous avions regardé ainsi la finale de la coupe du monde et la cérémonie d'ouverture des jeux Olympiques de Pékin.

Je me réjouissais de cette soirée. Jamais nous n'avions été si près d'une médaille d'or olympique. Cela débuta dans la ferveur, après quoi, il nous fallut assister à l'inéluctable défaite de notre vaillant champion : le joueur Chinois remportait point sur point. Nous étions sur les dents chaque fois que le volant atterrissait dehors à l'avantage de l'adversaire et totalement abattus quand Lee Chong Wei dut finalement se contenter de l'argent.

Wong Kam offrit une tournée de *kopi-o* et fit passer des biscuits à la crème dans une grosse boîte en fer-blanc, mais il aurait fallu bien plus que des gâteaux trempés dans un épais café noir pour nous remonter le moral. Le film qu'il diffusa après le match pour les quelques personnes encore présentes n'eut pas plus d'effet. Nous étions hébétés. Le court que Beevi avait fait construire fut délaissé les quinze jours suivants. Les champions du cru restèrent cloîtrés chez eux, en deuil.

Le lendemain matin, je trouvai Rohaya en train de m'attendre devant les bureaux. J'étais en retard et un peu honteux, après tous mes sermons à mes équipes sur les vertus de la ponctualité. Je mis ma négligence sur le compte de l'âge et de la déception sportive.

« Je peux vous parler, monsieur ?

— Mr Thomas n'a pas pu vous répondre ? »

C'était le contremaître.

« C'est à vous que je souhaite parler.

— Bien. »

Je pris place à mon bureau. Nous étions dans un open space sans aucune cloison. Razak, le responsable des achats, occupait le bureau voisin. Il était en pleine conversation téléphonique.

« En privé, s'il vous plaît », ajouta Rohaya assez fort.

Razak me regarda en dressant les sourcils. Apparemment, sa conversation ne l'empêchait pas de nous écouter d'une oreille.

« D'accord », dis-je.

Nous nous rendîmes dans la petite salle de réunion qui servait pour les conversations plus privées. À part les toilettes et le stock des pièces détachées, c'était l'unique pièce avec une porte. Le temps que j'allume la lumière et que je mette en route le climatiseur, Rohaya s'était installée dans le fauteuil directorial, en bout de table. Elle pouvait le faire sans scrupules, n'ayant jamais assisté à la moindre réunion auparavant.

Je m'attendais à une plainte concernant le contremaître ou une demande d'avance, les motifs habituels pour lesquels un employé requérait un entretien en court-circuitant la hiérarchie.

« Je ne sais pas par où commencer... » dit-elle. Comme je patientais, elle poursuivit : « Hier soir, j'ai travaillé en équipe de nuit. Vous vous souvenez ? C'est vous qui me l'avez demandé. Il s'est passé quelque chose.

— Quoi donc ?

— Des garçons m'ont fait un truc. »

Merde! pensai-je. Une jeune femme seule toute la nuit avec dix gars, que lui avaient-ils fait subir ? Je n'aurais jamais dû lui demander de travailler de nuit. Je l'observai, avec son foulard bleu baissé sur le front, ses joues marquées d'acné, son air stoïque. J'avais manqué de jugement. Avec une jolie fille, j'aurais été plus circonspect, je ne lui aurais jamais proposé l'équipe de nuit, alors que je ne m'étais pas du tout posé la question pour Rohaya tellement elle avait l'air quelconque. J'avais honte.

« Que vous ont-ils fait ? demandai-je.

— L'un d'eux m'a montré son machin.

— Quel machin ?

— Vous savez... il a baissé sa braguette et il m'a montré son machin. C'est trop gênant à dire... »

Elle pointa vaguement en direction de mon abdomen.

Je fus tenté de rire de soulagement. Ce n'était pas aussi grave que je le craignais. Je songeai au code de conduite des employés qui prohibait de voler des fournitures, surfer sur Internet ou avoir les cheveux longs pour les hommes, mais pas d'exhiber son « machin ».

« Qui a fait ça ?

— Muru. Siva et Nathan étaient là aussi. Ils m'attendaient en rang quand je suis sortie des toilettes. Muru avait la braguette ouverte, il tenait son machin à la main et ils rigolaient tous. Ils m'ont demandé si je savais ce que c'était.

— Pourquoi ?

— Je ne sais pas. Ils voulaient savoir si j'avais déjà vu le machin d'un homme.

— Ont-ils fait autre chose ?

— Non, ils disaient des idioties et Muru agitait son machin, pour faire le clown. »

Elle me décrivit par le détail ce qu'elle avait vu. Elle m'expliqua qu'elle avait songé à demander à ses frères de les tabasser.

Elle ne paraissait ni traumatisée ni vraiment fâchée. Elle voulait juste que son patron fasse quelque chose, mais quoi exactement, je n'en avais pas la moindre idée. J'avais déjà été confronté à des bagarres, à des vols, des grèves, des menaces, mais jamais à un exhibitionniste. Je dis à Rohaya qu'elle pouvait rentrer chez elle et je m'assis à mon bureau pour rédiger une note où figuraient des termes comme « poils pubiens » et « parties génitales ». Moi qui pensais avoir tout vécu en matière professionnelle, c'était là une première.

Je convoquai le premier garçon. Muru, le principal accusé, certifia qu'il n'avait rien fait et joua les innocents. Il m'expliqua qu'il avait juste montré à ses amis des rougeurs qu'il avait sur le ventre. Je demandai ensuite à voir Siva qui n'arriva qu'au bout de dix minutes. Mon erreur m'apparut aussitôt : je n'avais pas pensé à isoler les deux complices. Diviser pour régner, telle aurait dû être ma stratégie. Maintenant, ils avaient certainement accordé leurs violons. J'étais moins sagace qu'autrefois.

Effectivement, Siva m'expliqua que Muru avait des rougeurs sur le ventre. Tous trois discutaient simplement devant les toilettes, et Muru avait soulevé sa chemise pour leur montrer son ventre. Ils ne faisaient que ça, rien d'autre, quand Rohaya était sortie des toilettes. Ils n'avaient rien fait, c'était elle qui avait engagé la conversation.

Quand Nathan, le troisième garçon, se présenta à son tour, l'histoire s'était étoffée. Muru avait des rougeurs. Il était en train de leur montrer son ventre quand Rohaya était sortie des toilettes. Nathan précisa que Muru avait le ventre poilu, peut-être que Rohaya s'était méprise. Muru était gros, sans doute avait-elle aussi confondu sa bedaine avec autre chose, lâcha-t-il en souriant. Comme preuve supplémentaire, il précisa que Muru s'était rendu le matin même chez le médecin pour ses rougeurs.

Quand j'en eus terminé avec eux, c'était l'heure du déjeuner. J'avais faim, je regrettais amèrement de ne pas avoir un chef du personnel sur qui me défausser du problème. Mr Thomas, mon contremaître, ne m'était d'aucun secours. Il ne prenait jamais la moindre décision et se contentait de dire : « À vous de voir, patron. »

J'achevai ma note. Garder les trois jeunes gens, ce serait cautionner leur comportement. Je me devais de trancher l'affaire équitablement, mais où se situait la justice en l'espèce ? Devais-je me séparer des trois garçons ? Et si Rohaya mentait ? Peut-être était-elle moins honnête qu'il n'y paraissait. Peut-être que cela cachait d'autres manigances. Je me sentais aussi responsable d'avoir fait appel à Rohaya en équipe de nuit pour optimiser les frais de transport.

Les trois garçons reprirent le travail. Rien qu'à leur dégaine assurée, j'eus la confirmation qu'ils étaient coupables. Rohaya, elle, revint travailler le visage fermé. Je pris conscience que le problème pouvait être plus grave. Dans l'usine, il y avait des groupes bien définis. Les Indiens et les Malais ne se mélangeaient pas. Les Chinois, quant à eux, étaient pour la plupart mécaniciens et ne se sentaient redevables à personne. Il n'y avait pas de tension particulière, il leur arrivait même de jouer au foot ensemble, mais la réalité est ce qu'elle est. Si le bruit courait que trois Indiens avaient harcelé une Malaise, je risquais de me retrouver avec un sérieux conflit entre les deux camps. Qui pouvait très mal tourner si on s'avisait de souffler sur les braises, et ça ne risquait pas de s'arranger avec les ragots.

Je proposai à *Cikgu* Teh d'aller prendre un thé pour lui soumettre mon problème. Presque aussitôt, il releva un détail qui m'avait échappé. « Redis-moi ça ? Il avait des rougeurs et il est allé chez le médecin ? » Il me conseilla d'appeler pour vérifier.

Ce que je fis illico. Il n'y avait que deux médecins à Lubok Sayong et je les connaissais suffisamment pour qu'ils ne risquent pas de m'opposer le secret médical. L'un d'eux me confirma que Muru l'avait consulté, mais pour des maux de tête et non des rougeurs.

« Tu es rusé comme un serpent ! » dis-je à *Cikgu* Teh.

Il sourit. « J'ai l'habitude avec les gamins. Au collège, ils racontent des bobards et plus tard dans leur boulot, ils font pareil. Ils ne cherchent même pas à assurer leurs arrières. Ceux qui le font deviennent chefs d'entreprise et millionnaires. »

Je convoquai Muru de nouveau.

« Raconte-moi ton histoire encore une fois.

— On était en train de discuter. Rohaya nous a rejoints et je lui ai montré mes rougeurs.

— Tu es sûr que tu avais des rougeurs ? Montre-moi ça.

— Elles ont disparu. Ça me grattait horriblement, mais le docteur m'a donné un médicament et c'est guéri. »

Muru venait de sceller son propre sort.

Je lui dis qu'il pouvait disposer et convoquai Rohaya. J'étais soucieux. Lubok Sayong est une petite ville. Si je mettais Muru à la porte, les autres chercheraient peut-être à se venger et qui sait ce qu'une bande de jeunes gars serait capable de faire subir à une fille timide comme Rohaya. Et si elle demandait à ses frères de les passer à tabac en représailles, ça risquait de s'envenimer et de dégénérer.

« Souhaites-tu porter plainte, Rohaya ? lui proposai-je. Je peux appeler le surintendant adjoint Sevaraja.

— Je ne veux pas porter plainte, mais demandez-lui de venir, s'il vous plaît. Et s'il peut être en uniforme et apporter son arme. »

Sevaraja fut là très vite. Je lui avais promis un verre au Hemingway dans la foulée. Je convoquai à nouveau Muru, et Rohaya prit place dans le fauteuil directorial, comme la première fois. Muru se présenta, content de lui, mais il perdit son sourire en découvrant le policier. Il resta planté là, en jetant des coups d'œil à Rohaya au bout de la table. Je refermai la porte.

« Montre-moi encore, comme tu as fait l'autre jour, lui demanda-t-elle.

— Patron… » balbutia Muru en se tournant vers moi.

Sevaraja était assis sur le bord de la table, son revolver à la ceinture. Il tapotait sa matraque dans sa paume.

« Muru, tu ferais mieux de faire ce que te demande cette jeune dame. Sinon, tu vas me suivre au poste. L'exhibitionnisme est un délit.

— Je n'ai rien fait ! protesta Muru. Elle ment. C'est injuste.

— Tu n'avais pas de rougeurs, Muru, dis-je. J'ai appelé le cabinet du Dr Vijay, nous savons qui ment. Tu ferais mieux d'écouter le surintendant adjoint Sevaraja. Tu avais des maux de tête, pas des rougeurs. La tête, Muru, ça se trouve au bout du cou.

— Allez, dit Sevaraja. En piste. »

Muru baissa sa braguette. Sans se démonter, Rohaya sortit son téléphone et le prit en photo. Elle lui brandit l'écran sous le nez et dit :

« *Cantik ke ?* C'est beau ?

— Non, répondit Muru.

— Alors pourquoi tu l'exhibes comme ça ? Montre-moi plutôt la photo d'une rose, ou mieux, d'un acteur de cinéma. »

Elle exigea des excuses.

Il s'excusa, penaud, son machin flasque à l'air. Je peinais à garder mon sérieux. La moustache frétillante, Sevaraja se retenait de sourire. Quand elle eut pris six ou sept photos, Rohaya demanda à Muru le numéro de portable de sa mère.

« Elle a quoi comme téléphone ? Elle reçoit les MMS ?

— *Aiyo*, Rohaya, tu vas pas faire ça… »

Elle agita son téléphone, l'air redoutable. « Quel genre de portable ? » Sevaraja tendit le cou pour tenter de distinguer la photo qu'elle menaçait d'envoyer à la mère de Muru.

« Un Nokia. Un vieux modèle, avec un écran noir et blanc. Elle peut pas recevoir de MMS, *lah*. Fais pas ça, Rohaya. Je me suis excusé.

— Estime-toi heureux, pour cette fois. Ne vous avisez pas de recommencer à m'embêter. Je te la couperai, et je la hacherai menu pour mon chat ! *Aku cincang cukup-cukup !* »

Puis elle s'en alla.

Muru rangea son machin, intact et entier, et marmonna :

« Désolé, patron.

— N'oublie pas, mon garçon, dit Sevaraja. Le cinéma et les roses en premier. Avec les femmes, pas de raccourci, sinon tu finis en pâtée pour chat !

— Oui, monsieur. Merci, monsieur. »

Je le renvoyai travailler.

« Grandiose, une vraie leçon ! gloussa Sevaraja. La justice a prévalu aux yeux de la victime. À des moments pareils, Auyong, j'adore mon métier ! »

Comment lui donner tort ? Si seulement les choses pouvaient toujours être aussi simples, et les problèmes se résoudre avec un regard sévère du surintendant adjoint Sevaraja dans son bel uniforme, un téléphone portable et la menace de tout révéler à la mère du coupable. Malheureusement, il est des crimes qui laissent des traces plus profondes, même dans un coin perdu aussi tranquille que le nôtre.

Pendant les vacances scolaires, les deux pensionnats de Lubok Sayong fermaient et les élèves rentraient dans leur famille. Le reste du temps, leur présence se faisait peu sentir dans la vie des habitants. On ne les voyait jamais, excepté le samedi quand ils avaient quartier libre. On les apercevait au cinéma par petits groupes, les garçons en pantalon vert olive et les filles en *tudung* blanc et *baju kurung* à jupe bleu turquoise. Le règlement scolaire prescrivait que le vert olive et le bleu turquoise ne devaient pas se mélanger en public, et si ces jeunes gens flirtaient, c'était à des tables séparées au Kentucky Fried Chicken.

Notre curiosité fut donc piquée quand des jeunes gens sans uniforme firent leur apparition en ville pendant les vacances. Ils étaient arrivés dans deux cars et occupaient le pensionnat proche de la Grande Maison. Il s'agissait d'une sorte de camp d'entraînement, dont la nature se précisa quand nous les vîmes arpenter la colline, en courant ou en marchant au pas, tous les matins et tous les soirs. La première fois que Miss Boonsidik les croisa, il pensa qu'il s'agissait d'une bande hétéroclite de gringalets qui se traînaient, à bout de souffle, derrière leur instructeur. Il parvint à les distinguer un peu mieux le lendemain, constata que c'étaient des garçons entre quatorze et dix-sept ans, avec les cheveux coupés ras. Mais leur aspect fragile lui mit tout de même la puce à l'oreille. « On dirait qu'ils sortent d'un cancer ou d'un truc du genre », confia-t-il à Beevi.

Miss Boonsidik flairait quelque chose de bizarre. Il avait consacré beaucoup de temps à admirer la virilité en herbe des adolescents de cet âge-là. « Ils devraient être comme des fruits sur l'arbre, mûrissant de jour en jour. Ces garçons donnent l'impression d'avoir été taillés trop tôt. »

Le lendemain, il se posta sur leur circuit et vit ses doutes confirmés. Bon nombre d'entre eux avaient les sourcils épilés, des manières douces et une démarche au déhanchement prononcé. Leur coupe en brosse ne pouvait pas dissimuler ce qu'ils étaient.

C'étaient là des lady-boys, rassemblés par les autorités pour les purger de leur côté féminin à force de prêches religieux et d'exercice physique. Des garçons qui ne rechignaient pas à se mettre une touche d'eye-liner ou de fond de teint, qui deviendraient peut-être vendeurs au rayon cosmétique ou parfumerie d'un grand magasin, maquilleurs dans le cinéma ou étalagistes flamboyants. Quelques-uns connaîtraient le succès comme créateurs de mode, comédiens ou organisateurs de mariages haut de gamme. La plupart peineraient à s'épanouir dans des métiers où cette sororité est absente, sans amis susceptibles de comprendre l'attrait des joies féminines.

Miss Boonsidik voulut s'entretenir avec les garçons, mais leur instructeur, treillis et moustache en brosse, était là en permanence, à les exhorter. « Gauche… gauche… gauche-droite-gauche ! *Kiri… kiri… kiri-kanan-kiri !* Allons, marchez comme des hommes, pas des *bapok !* On n'est pas des pédés ! » ordonnait-il en bandant les pectoraux sous son T-shirt à col en V.

La nouvelle de la présence des lady-boys se répandit à Lubok Sayong.

Fatimah, qui approvisionnait la cantine du pensionnat, révéla combien les garçons étaient malheureux. « Les pauvres. Ils ne sont ni fille ni garçon, mais on leur répète à longueur de journée qu'ils sont en tort. » Elle nous confia qu'on les obligeait tous les soirs à regarder des films porno pour stimuler leurs hormones mâles.

« Des vidéos indonésiennes, le genre avec des *awek tetek besar*. Les instructeurs s'imaginent qu'il suffit de gros seins et de religion pour que le reste suive. Si seulement c'était aussi simple ! » soupira Fatimah en soulevant son imposante poitrine pour la poser sur la table que nous occupions. « Mon mari serait le plus heureux des hommes. » Son mari était un homme falot mais austère, qui enseignait la religion à l'école coranique.

Miss Boonsidik était indigné. Il convainquit Fatimah de l'emmener avec elle au pensionnat pour la seconder. Il servait le riz, le poisson, les légumes, deux *pisang emas* par personne. Il venait aussi souvent que possible. Au goûter, il distribuait du Nescafé au lait et les petits choux au curry de Fatimah, farcis d'une préparation à base de pomme de terre qui remuait à l'intérieur quand vous les agitiez. Il lançait des plaisanteries équivoques qui faisaient sourire les garçons. Quand il eut bien cerné les habitudes de l'instructeur, il s'introduisit dans les dortoirs après l'extinction des feux, avec des robes et du maquillage. Ils s'amusaient, se photographiaient dans des pauses excentriques avec robe, boucles d'oreilles et coupe en brosse.

Miss Boonsidik leur dit : « Dieu nous a faites belles, il ne nous a pas faites ainsi pour être réformées par des rustres en T-shirt moulant qui aboient des ordres ! Nous ne sommes pas des garçons, nous sommes des sœurs. Nous sommes des femmes, nous avons une âme de femme emprisonnée dans un corps d'homme, et nous pouvons faire quelque chose. C'est un problème physiologique, pas psychologique, contrairement à ce qu'ils prétendent. Ne croyez pas ce qu'on vous dit. On peut recourir à la médecine. C'est notre corps qu'il faut soigner, pas notre esprit. Ne les laissez pas vous traiter d'homosexuels. Vous ne l'êtes pas. Vous êtes des femmes et le jour viendra, si Dieu le veut, où vous serez pleinement femme. Des femmes fabuleuses, magnifiques. »

L'un d'eux lui raconta, les joues ruisselantes de larmes, qu'avant il avait les cheveux longs jusqu'à la taille. Il les avait laissés pousser pendant cinq ans, puis son père l'avait envoyé dans ce camp où on l'avait rasé. Le lendemain, Miss Boonsidik lui apporta une de ses perruques. Ils discutaient tard dans la nuit des aspirations des uns et des autres. L'un d'eux voulait faire de l'animation, faire bouger sur l'écran les mains et les visages des personnages qu'il dessinait.

Miss Boonsidik leur répétait : « Vous n'êtes pas des garçons qui aimez les garçons. Vous êtes des filles nées avec le mauvais corps. » Il leur parlait des opérations et des traitements hormonaux. Il leur montrait des photos de transsexuels dans des concours de beauté ou devenues actrices, des femmes encore plus belles et plus féminines que celles qui l'étaient de naissance. « Si la science peut transformer du charbon en diamant sans qu'on attende des siècles pour que ça se fasse naturellement, qu'est-ce qui nous retient ? »

Il rentrait tard chaque soir et nous racontait en détail tout ce qu'il avait fait. Miss Boonsidik était enflammé, brûlant d'ardeur dans cette bataille contre le traitement auquel les institutions soumettaient les lady-boys. Peut-être s'ennuyait-il à la Grande Maison, l'étincelle était arrivée à point nommé. Sa ferveur me paraissait inoffensive, mais j'avais tort. Malgré leur jeune âge, il y avait parmi eux une taupe qui voulait s'attirer les bonnes grâces des instructeurs.

Un soir, Miss Boonsidik annonça qu'il allait apprendre aux garçons à danser le cha-cha-cha et le poco-poco. Peut-être que la taupe avait vendu la mèche, à moins qu'ils n'aient été trahis par leurs éclats de rire. L'instructeur en chef débarqua et les surprit qui s'amusaient en pleine nuit, Miss Boonsidik menant la danse.

Ce soir-là, Ismet et moi étions assis au bord de la route en face du pensionnat, parce que le vendeur de cacahuètes à l'étouffée y avait garé sa carriole. Il soufflait sur la colline une brise qui dispersait la vapeur salée s'élevant des arachides. Le vendeur se servait d'une barre plate en métal pour bien les étaler. Ismet et moi dégustions nos cacahuètes, perçant la coque pour aspirer la chair moelleuse baignée d'eau salée. Nous discutions tous les trois d'une ministre de passage en ville, celle-là même qui nous avait fait faux bond trois ans auparavant pour l'inauguration de la sculpture et le baptême du rond-point, et à qui Ismet gardait encore rancune.

J'aperçus Miss Boonsidik émerger lentement du pensionnat. Je me souviens de m'être fait la réflexion qu'il était plus tôt que d'habitude. Quand il s'approcha, je vis qu'il… qu'elle avait le visage bouffi et couvert de larmes.

« Auyong, me dit-elle, ce sont des bêtes. Ils ne méritent pas d'être qualifiés d'humains. »

L'instructeur en chef et ses deux adjoints avaient surpris Miss Boonsidik et les garçons en pleine fête. En allumant la lumière du dortoir, l'instructeur avait découvert trois garçons en robe et un quatrième dans les bras de Miss Boonsidik qui riait aux larmes. Elle cherchait à leur apprendre les pas du poco-poco, mais à chaque fois qu'ils tentaient l'enchaînement arrière, avant, pas de côté, demi-tour, les garçons se marchaient dessus et se retrouvaient dans le mauvais sens. Dans l'exubérance du moment, Miss Boonsidik se méprit sur le rictus de l'instructeur, elle crut y lire de l'amusement.

« Joignez-vous à nous ! On apprend à danser ! Un partenaire masculin ne sera pas de trop ! »

L'homme la gifla, deux fois, brutalement. Elle en resta sidérée, transie d'effroi.

« On ne fait rien de mal. On s'amuse juste un peu.

— Regardez-moi ça ! lança l'homme en désignant les garçons vêtus de robes. Comment appelez-vous cette abomination ? » Un silence pesant s'abattit sur la pièce. « Vous voulez un partenaire masculin ? Vous voulez vous amuser ? Allons-y ! »

Sourds à ses hurlements, les deux adjoints traînèrent Miss Boonsidik au troisième étage, précédés de leur supérieur qui s'arrêtait à chaque palier pour la frapper. Ils s'enfermèrent dans le bureau du directeur, lui agrippèrent les seins. Pendant que les deux autres la maintenaient contre un mur, l'instructeur lui léchait les tétons : « Pas mal, on dirait une gamine de quinze ans, mais éteignez la lumière. Je préfère ne pas voir le reste… »

Dans l'obscurité, les trois hommes la violèrent à tour de rôle. Les garçons hurlaient et tambourinaient à la porte. Les hommes ricanaient, simulant des gémissements et des cris de plaisir tandis qu'ils se relayaient pour la maintenir penchée sur le bureau. Quand ils en eurent terminé, ils s'essuyèrent sur ses habits et remirent en ordre les dossiers sur le bureau du directeur.

« Les garçons ne pouvaient rien faire pour moi, nous dit Miss Boonsidik. Ils ne sont pas violents, ce ne sont que des enfants. »

Quand la porte s'ouvrit, les garçons découvrirent, atterrés, son visage dévasté.

« Dès demain soir, dit l'instructeur, c'est votre tour ! J'en choisis un, il se lave et se pointe dans ma chambre. »

J'attrapai la barre en métal du vendeur de cacahuètes et me ruai vers le pensionnat. Je fus saisi d'une fureur comme j'en ai peu connu, une colère froide, une rage incandescente qui consumait tout l'air alentour jusqu'à me donner la sensation d'exploser. Il me fallait la peau de cet instructeur en chef. J'attaquai la porte et les fenêtres à coups de barre, en poussant tous les jurons qui me passaient par la tête. Je ne me souviens pas très bien de ce qui a suivi, si ce n'est que j'en suis venu aux mains avec l'instructeur. Il était costaud et mes anciens réflexes de boxeur plutôt lointains. Il me plaqua contre un mur, je me débattis comme un rat pris au piège et il finit par me jeter à terre.

Je compris que j'étais au poste en voyant surgir le surintendant adjoint Sevaraja.

« Il faut aller arrêter ces monstres ! dis-je. Ils sont encore au pensionnat. Les garçons sont au courant de tout.

— L'instructeur en chef a porté plainte contre toi, m'informa Sevaraja. En principe, nous devrions te garder pour t'interroger. La victime a décidé de ne pas porter plainte, on ne peut rien faire de plus.

— En principe, Sev. Mais tu n'es pas obligé d'en rester là. »

Il y avait du monde dans le couloir. Miss Boonsidik avec Ismet et Beevi, Wong Kam, *Cikgu* Teh, Fatimah et plusieurs des ouvriers de l'usine.

« J'ai changé d'avis. Je vais porter plainte, déclara Miss Boonsidik.

— Très bien, répondit Sevaraja. Je vais prendre votre déposition. »

Il tourna les talons et je m'éclipsai.

En quittant le poste de police, nous n'étions qu'un petit groupe. Le temps d'atteindre les grilles du pensionnat, nous étions une trentaine. Il y avait là *Cikgu* Noraini et quelques enseignants, le Dr Vijay, le barman du Hemingway, des têtes familières et d'autres pas, tout un convoi de motos. Notre cortège franchit le portail, se grossit des garçons et marcha vers le bâtiment où logeaient les instructeurs.

« Sortez, espèces de monstres ! » cria *Cikgu* Teh.

Un visage apparut à la fenêtre. C'était l'un des adjoints.

« Nous voulons l'instructeur en chef ! rugit Ismet.

— Il n'est pas là », lui fut-il répondu.

Notre groupe, qui atteignait à présent la centaine en comptant les garçons, se répandit sur le perron. La porte d'entrée n'offrit aucune résistance et nous nous engouffrâmes à l'intérieur. L'instructeur en chef était dans les toilettes, debout sur la cuvette, il tentait de se faufiler par la petite fenêtre. Il fut attrapé et projeté au sol où il se roula en boule sous nos coups de pied. Puis il fut déshabillé et ligoté. Le concierge du pensionnat nous apporta une brouette dans laquelle on balança le prisonnier. Ses deux complices furent appréhendés à leur tour, ficelés et contraints d'avancer. La troupe traversa la ville, brouette en tête, jusqu'au poste de police. Les trois violeurs furent remis au surintendant adjoint Sevaraja.

Pour les garçons, ce fut un soulagement énorme. L'administration responsable du camp accusa le coup, et plusieurs jours s'écoulèrent avant qu'ils ne déclenchent les grandes manœuvres pour noyer le poisson. Les garçons étaient toujours au pensionnat.

Miss Boonsidik prit sur elle pour s'en occuper. Je ne sais pas où elle trouvait la force de se lever, sortir de la maison et faire bonne figure en public. Elle organisa pour les garçons toutes sortes d'excursions, sorties au cinéma, pique-niques au lac et à la cascade, prières du vendredi à la mosquée, visites à l'atelier d'Ismet et à la conserverie. Sans doute cela l'aidait-il à oublier l'outrage qu'elle avait subi. Les garçons avaient fait d'elle leur héros, ce qu'elle était bel et bien devenue.

Après cette histoire, il y eut un certain flottement. Beevi m'informa que les gens parlaient du jour où Auyong avait été emporté par la frénésie de l'amok. Je trouvais ça injuste, ils auraient pu parler du jour où les lady-boys avaient riposté. Je ne me sentais pas fier. Plutôt terriblement gêné, non pas d'avoir pris d'assaut le pensionnat, mais que l'on considère que j'avais été emporté par l'amok. J'ai toujours considéré que la frénésie de l'amok est un privilège culturel des Malais. Alors qu'aucune force ne m'y poussait, je m'étais emparé d'une arme, j'avais laissé la colère prendre le dessus et je m'étais rué sur le pensionnat comme un fou furieux.

Quand un Américain se livre à une tuerie, c'est forcément un déséquilibré mental, il y a toujours un contexte pour expliquer la genèse du monstre. Le tireur était un détraqué, victime de sévices, de brimades ou d'ostracisme, traumatisé par la guerre ou autre chose. Ici, si quelqu'un s'empare d'une machette ou d'un sabre de samouraï, comme c'est arrivé récemment, on invoque l'intervention des esprits ou un dérapage religieux. Un cadre supérieur de mon âge, civilisé, éduqué et chinois qui plus est, ne peut se prévaloir de pareilles justifications.

« Tu aurais mieux fait de te soûler et de foncer sur le portail au volant d'un 4 x 4 Pajero ! me sermonna

Wong Kam. Style promoteur immobilier. Ça paraît plus normal de la part d'un Chinois. »

Par chance, l'arme dont je m'étais saisi sur le chariot du vendeur de cacahuètes n'était jamais qu'une grande spatule. Je n'eus pas droit à la presse nationale. Cela fit seulement jaser les habitants de Lubok Sayong. J'imaginais Beevi disant : « C'est inconcevable que le vendeur de cacahuètes se soit trouvé là. »

Si les principaux journaux épargnèrent l'affaire à leurs lecteurs, elle circula en revanche sur Internet. Un vrai buzz dans la blogosphère et les réseaux sociaux, se propageant comme une goutte d'encre dans un verre de lait.

Tous les garçons étaient sur Facebook, et avec une moyenne nationale de deux cent soixante-trois amis par compte, ce fut une traînée de poudre. Miss Boonsidik n'était jamais nommée. Les garçons s'étaient juré de garder son identité secrète pour toujours, mais la célébrité gagna Lubok Sayong qui devint un haut lieu et l'emblème de tous ceux qui n'étaient pas hétérosexuels. On nous présentait même comme un modèle de *kampong* progressiste. C'était étrange.

Depuis mon amok, tout avait pris un tour biaisé. Il y avait une gêne entre Miss Boonsidik et moi, difficile à cerner. Je ne pouvais plus le considérer comme une personne de sexe masculin. Il me paraissait juste de la voir comme une femme, mais c'était lent à venir. Je commençais à comprendre ce que Beevi et Mary Anne avaient toujours su d'instinct.

Il se produisit ensuite une série d'incidents dont je soupçonne qu'ils étaient liés, sans jamais en avoir eu la confirmation. Un matin, en arrivant au travail, je trouvai un pomelo sur mon bureau. Il avait été déposé, m'informa Razak, par un coursier coiffé d'un casque intégral qui avait dit que c'était de la part d'un ami. Personne ne m'adressait jamais de cadeaux au bureau, mais je me dis, dans un moment d'arrogance, que ça devait venir d'un admirateur qui avait apprécié mon geste d'héroïsme. À peine eus-je soulevé le fruit qu'il explosa dans ma main, projetant sa charge de clous sur mon bureau. J'eus de la chance. Si le dispositif avait été conçu plus intelligemment, je les aurais reçus au corps et au visage. En l'occurrence, je perdis la dernière phalange de l'auriculaire et de l'annulaire de la main gauche. Je fus hospitalisé quelques jours pour les brûlures que m'avait occasionnées le pamplemousse explosif.

L'enquête du surintendant adjoint Sevaraja n'aboutit à rien de concluant. Il penchait pour un geste isolé. On se demanda si cela pouvait venir de Muru ou de l'instructeur en chef, mais ça paraissait trop complexe pour Muru et l'instructeur avait déménagé. Il n'y avait aucune preuve dans un sens ou dans l'autre.

À ma sortie d'hôpital, un autre paquet fut livré, cette fois au bureau de Sevaraja. Il était emballé dans une sorte de drap et suintait le sang. L'équipe de démineurs appelée en renfort constata qu'il ne s'agissait pas d'une bombe mais d'une tête de vache.

« Pourquoi ? D'abord le pomelo, et maintenant ça ? m'indignai-je de façon un peu puérile.

— Je ne sais pas, dit Sevaraja. Peut-être me prend-on pour un Hindou. Les Chinois ont droit à un pamplemousse, les Hindous à la tête de leur animal sacré. Vu que vous autres Chinois mangez de tout, difficile de trouver une bestiole qui vous offense vraiment. Donc, un pomelo pour toi et une tête de vache pour moi. Sauf que je suis chrétien. »

Une missive arriva au commissariat le lendemain,

à l'attention de Sevaraja. Une lettre d'excuses anonyme, imprimée sur une feuille blanche. La tête de vache sanglante, c'était pour protester contre un récent scandale de corruption concernant un projet de ferme bovine à plusieurs millions de ringgit. Elle était destinée, expliquait-on, à la permanence du parti au pouvoir, pas au poste de police, mais le livreur s'était emmêlé les pinceaux. Sevaraja était prié de faire suivre et la tête et la lettre. L'auteur se confondait en excuses, il n'avait nullement l'intention de dénigrer quelque communauté que ce soit.

Une semaine plus tard, un gros paquet fut déposé à la porte de Mami. *Bis repetita*. Il s'agissait cette fois de l'arrière-train d'un cochon de taille raisonnable, pattes et postérieur.

« Non mais, qu'est-ce que ces gens fabriquent ? » dit Mami.

Nous nous attendions un peu à recevoir à notre tour des excuses anonymes, mais rien ne vint. Les livraisons s'arrêtèrent là. Cependant la confusion ne fit que s'accroître. Il y eut un carreau cassé à la mosquée et la grille fut dérobée, sans que l'on sache si c'était un geste politique ou simplement un effet de la flambée du prix des métaux de récupération. Puis la devanture du Kentucky Fried Chicken fut aspergée de peinture verte. La mine souriante du colonel Sanders se retrouva affublée d'une bulle qui disait : « Mort aux Américains ! »

Quand je voyais des amis, ils prenaient d'abord des nouvelles de ma main mutilée avant que la même question revienne sur le tapis : « Quel peut bien être le message, bon sang ? » J'avais l'impression de faire un puzzle sans le modèle. Ça n'avait aucun sens.

Plusieurs semaines après le graffiti, on retrouva cent

corbeaux devant l'école catholique pour filles. On les avait cloués à des bouts de bois, ailes déployées, comme si chaque oiseau portait sa croix sur son dos. C'était un spectacle sinistre, bien plus que la vache au regard mort ou le demi-cochon. Les corbeaux, qui avaient déjà un côté satanique avec leur plumage noir et leurs yeux dépourvus de blanc, croassaient de désespoir. Cent martyrs malgré eux erraient sur la pelouse ensoleillée de l'école, porteurs d'un message que personne ne comprenait.

On ne se pressa pas pour sauver ces mal-aimés, mangeurs d'ordures et de charognes, qu'on voyait souvent picorer le cadavre d'un rat ou d'un animal écrasé. S'il s'était agi de jolis calaos, on aurait réagi plus vite.

Les autorités locales dépêchèrent trois agents munis de carabines à plomb. C'était comme à l'entraînement, en plus facile. Le massacre dura une heure, la pelouse fut jonchée d'oiseaux morts.

Ils ramassèrent les cadavres avec des pinces, les enfournèrent dans des sacs qu'ils déposèrent à l'incinérateur. Comme il fallait s'y attendre, quelqu'un posta une vidéo du carnage sur YouTube qui devint aussitôt virale. Lubok Sayong était désormais la ville où l'on défendait les gays et où l'on torturait les animaux. On nous louait autant qu'on nous dénonçait.

Ces incidents, qui nous avaient beaucoup préoccupés au début, perdirent tout intérêt en cessant. Après les corbeaux, ce fut fini. Comme aurait dit Beevi, Lubok Sayong avait connu une année inconcevable.

Les lady-boys eurent l'idée d'un meeting annuel à Lubok Sayong, qui gagna en ampleur au fil des ans. La première année, le rassemblement eut lieu dans la Grande Maison, en présence de Miss Boonsidik et de tous ceux qui avaient pris d'assaut le pensionnat le soir de l'amok. La deuxième année, les garçons amenèrent des amis, qui eux-mêmes amenèrent des musiciens et groupes acoustiques, dont un orchestre de ukulélés, et l'on organisa une fête avec scène ouverte dans la grande salle du pensionnat. Les associations de défense des gays commencèrent à s'y intéresser.

La troisième année fut lancé officiellement le Freedom Festival de Lubok Sayong. Pendant une semaine lors des vacances de décembre, le pensionnat accueillait chaque soir des concerts, des DJ et des humoristes. Le terrain de basket était transformé en scène et les pelouses envahies de stands où l'on vendait de la nourriture, des T-shirts, de l'artisanat de recyclage et toutes sortes d'objets fantaisie ou bohèmes. Dans les salles de classe se déroulaient ateliers et séminaires, sur les sujets les plus variés, de l'initiation au Kama Sutra à la pratique du compost. Des sympathisants organisèrent des manifestations de soutien pacifique, la presse ne pouvait plus feindre l'ignorance.

Des gens du monde entier venaient à Lubok Sayong pour le Freedom Festival, l'événement touristique majeur de l'histoire de la ville, peut-être même du Perak. À cette occasion, Ismet exposait ses œuvres et donnait des cours de poterie très courus. Il avait enfin droit à la reconnaissance qu'il méritait. Chaque année, une ou deux femmes aux cheveux blond filasse et à la mise dépenaillée s'amourachaient de lui et il faisait la bringue jusque tard dans la nuit. Dans la journée, il emmenait des touristes en bateau pour collecter de la glaise le long des berges. J'étais sidéré du nombre de gens qui ressentent le besoin primitif d'un contact physique avec la terre. Ils se salissaient les mains à façonner des boules d'argile et rapportaient chez eux des vases penchés et des bols de travers, tout ça en souvenir du Freedom Festival de Lubok Sayong.

Six nuits durant, les amants faisaient l'amour dans les étroits lits superposés des dortoirs, transformés pour l'occasion en auberge de jeunesse. Le fait qu'il y ait des dortoirs réservés aux hommes et d'autres aux femmes ajoutait du piquant. Les habitants ouvraient leurs portes aux festivaliers. Lubok Sayong fit son apparition sur Wikipédia, comme un village d'un coin perdu de Malaisie qui avait su se défaire de ses inhibitions.

Pendant toute la durée du festival, la Grande Maison ne désemplissait pas. Même le jardin était loué à des campeurs. L'histoire de Miss Boonsidik fut peu à peu reléguée au second plan et l'idée ne serait pas venue aux lady-boys d'origine de s'en servir comme accroche. Chaque année, elle était au cœur de l'action, organisait des performances, la billetterie et des visites. À la Grande Maison, l'appellation consacrée était « Festival de Miss Boonsidik ». Au bout de cinq ans, elle eut suffisamment d'argent de côté pour accueillir un bataillon d'étudiants et s'offrir les services d'un *bomoh*, un sorcier qui repoussait la pluie.

Mary Anne

J'ai eu droit à une version édulcorée quand on m'a expliqué pourquoi Mami avait dû aller chercher Auyong au poste. Cette condescendance est insupportable. On m'a dit qu'il avait fait une scène au pensionnat et qu'il s'était montré agressif. S'il y a quelqu'un que j'ai peine à imaginer agressif, c'est bien Auyong. Lui qui repousse d'une pichenette les moustiques qui se posent sur sa peau et s'excuse quand il doit écraser un cafard.

J'ai supplié et imploré Mami, mais elle s'est contenté de dire : « Pauvre idiot ! Il s'est fâché avec des gens. Il s'est emporté et il est devenu fou. » Puis elle a ajouté : « N'en parle pas à Auyong et à Kak Boon. Ça les mettrait dans l'embarras. »

Quand j'ai posé la question à Auyong, il m'a dit qu'il avait bu plus que de raison au Hemingway, mais je ne l'ai pas cru. Jamais je ne l'ai vu ivre. Il est trop raisonnable pour se soûler.

« Avec qui tu t'es disputé ? lui ai-je demandé.

— Juste des gens. Je ne sais plus, Mary Anne.

— Pourquoi tu ne t'en souviens pas ? C'était à quel sujet ? Allez, dis-moi !

— Rien, je te dis. C'était l'effet de la bière.

— Qu'est-ce que Kak Boon fichait là ? Elle ne va jamais au Hemingway.

— Elle n'était pas là. Je l'ai croisée en chemin et je

lui ai proposé de monter dans ma voiture. Maintenant, cesse de me harceler et trouve-toi une occupation plus utile. »

Enfin, que fabriquaient-ils dehors si tard ? Kak Boon ne mettrait jamais les pieds dans un bar, encore moins avec Auyong.

Elle aussi restait muette. « Allez, Kak Boon. S'il te plaît, dis-moi ce qui s'est passé ! » ai-je insisté en lui secouant le bras. Elle m'a répondu qu'elle avait dû aller chercher Auyong parce qu'il avait trop bu pour conduire, puis elle s'est fermée comme une huître. Garder le secret lui demandait tant d'efforts que ses yeux devenaient humides chaque fois que j'abordais le sujet. Je n'ai pas lâché le morceau, je n'aime pas qu'on me fasse des cachotteries. S'il le fallait, j'interrogerais Ismet ou même le surintendant adjoint Sevaraja. Il était forcément au courant ; selon Auyong, c'était la pire commère de la ville. Plus tard, j'ai fini par découvrir ce qui s'était vraiment passé.

La raison mystérieuse qui faisait que Kak Boon ne flirtait plus avec Ismet a aussi eu pour effet que Mami n'en voulait plus à Ismet au sujet de Mary Beth, et qu'Auyong passait moins souvent à la Grande Maison. Ce n'était pas de la bouderie, comme avec Mary Beth. Plutôt un éloignement du genre « je suis occupé, je vous laisse », et ce n'est qu'au bout de trois mois que la situation est redevenue peu à peu normale.

Malgré la mésaventure d'Auyong et la courtoisie pas très naturelle qui régnait entre les adultes, les affaires marchaient bien à la Grande Maison. Toutes les chambres étaient réservées, le chauffeur de taxi que Mary Beth et moi avions rencontré à Kuala Lumpur nous a même amené un petit groupe de touristes qui voulaient voir les calaos.

Environ une fois par mois, Auyong m'emmenait en visite dans la famille chinoise de Mami. On le faisait à son insu. C'étaient les sœurs d'Assunta, et donc les demi-sœurs de Beevi. Je ne les connaissais pas très bien, mais elles s'intéressaient à moi, à distance. De la même manière qu'elles m'avaient observée par la vitre à l'hôpital, au tout début. J'ai dit à Auyong que je me sentais comme un cobaye avec elles, mais il trouvait important que je connaisse ma famille étendue. Je n'ai rien dit, je ne lui ai pas fait remarquer que ce n'était pas vraiment ma famille.

Ces tantes avaient des enfants, des filles et des garçons de mon âge et j'étais certaine qu'eux non plus ne me considéraient pas comme leur cousine. Je n'aimais pas du tout quand Auyong me disait : « Va parler avec eux. Apprends un peu de chinois. » Aucun d'entre eux n'était dans mon collège. Ils allaient tous à l'école chinoise, sur une autre planète. Chan, un garçon de ma classe qui y était inscrit auparavant, m'a raconté qu'ils faisaient du calcul mental en jouant au ping-pong. Le prof de maths, qui était aussi prof de ping-pong, leur aboyait des multiplications basées sur le score. Chan était tellement surchargé de devoirs que ses parents devaient l'aider. Son père en avait assez de rater tous les soirs ses émissions de télé préférées à cause du travail scolaire ; la goutte d'eau qui avait fait déborder le vase, c'était la fois où Chan avait dû apporter des devoirs à un repas de mariage. On l'avait changé d'établissement.

Avant chaque visite, Auyong appelait la veille l'une ou l'autre sœur d'Assunta. Elles se réunissaient chez l'une d'elles et se mettaient aux fourneaux. Auyong aimait bien ces rencontres, tous les petits plats qu'on lui mitonnait, et c'était une occasion de parler chinois.

On n'arrêtait pas de manger, ou plutôt Auyong s'empiffrait et moi je goûtais.

C'était devenu une sorte de jeu, me faire goûter une nouvelle spécialité à chaque visite. Il se trouvait toujours quelqu'un pour me servir un truc dans mon assiette : griffes de phénix braisées, limaces de mer aux brocolis et champignons noirs luisants, poisson-chat à la vapeur avec la peau épaisse comme du cuir, ouvert en deux et baignant dans la sauce de soja, potages d'herbes amères et légumes marinés, œufs de cent ans dans une sauce épaisse ou pieds de porc au vinaigre. Je redoutais d'avoir à manger des trucs aussi dégoûtants.

Auyong se moquait parfois de moi : « Tu n'oses pas manger des pattes de poulet ? Pourquoi ? Parce qu'ils ont gratté la terre avec ? » J'ai hoché la tête. « Veux-tu que Tatie te prépare une omelette ?

— D'accord.

— Tu sais d'où viennent les œufs ? »

Ils trouvaient ça drôle, même les enfants.

Auyong se régalait, il en avait le front perlé de sueur. Il adorait le porc. Moi, je n'y touchais pas. On n'en cuisinait pas à la Grande Maison.

Elles demandaient parfois à Auyong si je m'étais convertie, sous-entendu à l'islam. L'une des sœurs a dit : « Assunta aurait souhaité qu'elle soit chrétienne.

— Je ne sais pas, a dit Auyong qui rongeait un travers de porc. Personne ne cherche à faire d'elle une chrétienne ou une musulmane ou Dieu sait quoi. Vous n'êtes même pas chrétiennes, en quoi ça vous gêne ? C'est à moi que vous devriez poser la question. J'avoue, je me suis converti au culte de la bonne chère et de l'argent ! »

Cette réponse a semblé les satisfaire et l'on est

passés à un autre sujet.

Durant ces visites, j'apprenais à jouer au mah-jong et j'entendais des remarques peu flatteuses sur Mami, ce qui ne semblait pas gêner Auyong. Les tantes me parlaient d'Assunta et cela me donnait un aperçu, comme dans une bande-annonce, de la vie que j'aurais eue si j'avais demandé les Pringles dix secondes plus tôt, si l'accident ne s'était pas produit et qu'Assunta et son mari n'étaient pas morts. J'aurais vécu entourée de ces femmes grassouillettes à la permanente impeccable, qui avaient un avis sur tout et ne pouvaient pas voir un plat sans en lister les ingrédients. Je ferais du calcul mental et mes devoirs pendant les réceptions de mariage, au lieu de tenir un blog et de prendre les réservations à la Grande Maison.

Elles prétendaient que la Grande Maison était hantée et Mami encore pire.

« Oui, il y a toutes sortes de *kwai*, disait Auyong. Des *kwai lohs* qui viennent de l'étranger, des *kwai* roux qui jouent les touristes.

— Non, insistaient-elles. On parle des vrais fantômes. Des esprits. Ceux d'avant la guerre, qui sont dans les limbes en attendant de se réincarner.

— Il y a le vieil homme qui se promène dans le couloir devant la chambre malaise, vous vous en souvenez ?

— Oui, et aussi la silhouette noire qui flotte dans un angle au plafond, au-dessus de la porte de la cuisine. J'ai toujours senti qu'elle était là, mais je n'ai jamais osé regarder.

— Ils sont là depuis toujours, je crois qu'on a grandi avec. On ne te fait pas peur, Mary Anne ?

— Non, je ne les vois pas. Moi, je vois des anges. Ils sont plus beaux.

— Et où se trouvent ces anges ?

— Il y en a un sur chaque tour de la Grande Maison. Ils sont vêtus de nuages. »

Auyong m'a décoché un regard en coin. Il pensait que je faisais de l'ironie. J'ai inspiré profondément et, pour la première fois, j'ai dit tout haut : « Votre sœur a été emmenée par un ange qui chevauchait une vache. Je l'ai vu au moment de l'accident. »

J'étais moins timide ce jour-là. Je me sentais à l'aise chez la tante qui nous accueillait. Les enfants ne passaient plus leur temps à fixer ma cicatrice. Les tantes avaient préparé un plateau de tartelettes à la confiture d'ananas, j'avais participé en découpant les ronds de pâte avec un emporte-pièce en cuivre. La matinée ne se passait pas trop mal.

« Une vache ?

— Oui, ai-je dit.

— Assunta a été emmenée par un ange et une vache ? C'est la plus jolie chose qu'on ait jamais dite sur sa mort. Allez, mange un peu. Maigre comme tu es, tu pourrais te cacher derrière une brochette à satay ! »

J'aurais voulu en dire plus, mais elles préféraient parler plutôt qu'écouter. Elles se plaignaient sans cesse de Mami, ressassant d'anciennes offenses et querelles.

« Sais-tu ce que cette Beevi a osé me sortir un jour ? Que nous n'avions aucun droit sur la Grande Maison, même pas sur un brin d'herbe ! Tout ça parce que je voulais prélever une bouture du manguier. Je lui ai répondu que je ne voulais rien du tout. Mais je lui ai fait remarquer que c'était notre mère qui avait planté le manguier. J'ai bien le droit de prendre une bouture, quoi !

— Et moi, sais-tu ce qu'elle m'a sorti ? D'aller fourrer mon gros nez ailleurs ! Dire qu'on a grandi ensemble. Vous imaginez ça ? On était si proches quand on était petites. On a peine à croire que nous avons le même père. Je ne comprends pas pourquoi elle nous déteste à ce point. Seule Assunta trouvait grâce à ses yeux.

— À propos de fantômes, le plus effrayant c'est celui qui est apparu quand Violette est tombée enceinte. Vous vous souvenez ? L'esprit la suivait partout. Violette disait qu'il s'amusait à lui attraper la main et les cheveux. Elle sentait ses doigts de glace. Elle avait tellement peur qu'elle venait dormir dans notre lit. Assunta et moi nous retrouvions toutes les nuits avec une femme enceinte coincée entre nous. Même là, prétendait Violette, le fantôme venait la toucher pendant la nuit. Soi-disant que parfois il lui parlait, il l'appelait petite sœur et petit bébé.

— Peut-être qu'il cherchait à l'empêcher de faire ce qu'elle a fait, ai-je dit.

— Et qu'a fait Violette, Mary Anne ? Comment peux-tu savoir ?

— Mami nous a dit, à Mary Beth et moi, que Violette avait tué son bébé avec un cintre en métal avant de s'enfuir.

— Violette a tué son enfant ? C'est ce que Beevi t'a raconté ? T'y crois, Chew Eng ?

— Elle est rentrée à Singapour, ai-je poursuivi, parce qu'elle voulait être chanteuse. Singapour lui offrait plus de possibilités pour développer son talent.

— Oui, cette partie-là est vraie. Elle a décampé, mais elle n'a pas tué son bébé. »

Auyong a dit : « C'est la première fois que j'entends ça. J'ai toujours cru qu'elle n'avait pas réussi à s'adapter à cette grande famille et ce mari beaucoup trop vieux.

— Il y avait autre chose, Auyong. Je suis surprise que tu ne sois pas au courant, depuis le temps que tu es parmi nous, tu fais presque partie de la famille. C'est une histoire épouvantable, même si ça remonte à des années. Quand Violette a été proche du terme, elle a été emmenée ailleurs. À son retour, elle ne se souvenait de rien. Elle ignorait ce qui s'était passé. On l'avait conduite dans une clinique à KL, parce que nous savions tous que le père de l'enfant n'était pas notre père, et tout Lubok Sayong le savait aussi. »

Une autre sœur est intervenue. « Faut-il vraiment parler de ça ?

— Pourquoi pas ? Il n'est plus là. De toute manière, ce n'est pas un secret.

— Qui n'est pas là ? Père ?

— Les deux, en fait. Père et Naseem. »

Je savais que Mami avait un frère qui s'appelait Naseem, mais elle ne parlait jamais de lui. Ce jour-là, j'ai appris que Jummah avait eu ce fils sur le tard. À peu près en même temps, Mei, la troisième épouse de Saïd Hameed, accouchait d'Assunta. Éprouvée par cette grossesse à un âge aussi avancé, Jummah était morte peu après. Assunta et Naseem avaient été élevés par Beevi.

Beevi avait déjà compris à l'époque qu'elle n'aurait pas pour destin de se marier et d'avoir des enfants. Saïd Hameed avait beaucoup de relations dans les bonnes familles de la ville, ses associés et des clients, et il avait essayé de trouver un parti à sa fille, mais Beevi n'était pas assez jolie. En tout cas pas assez aux yeux des parents de médecins, d'avocats, d'ingénieurs et d'héritiers de sociétés, pour qu'ils surmontent leur gêne quant à la famille pluriethnique de Saïd Hameed. La plupart lui pardonnaient ses extravagances et son faible pour les femmes, le trouvaient distrayant et le considéraient comme un commerçant honnête – quant à lâcher un fils précieux là-dedans et devenir parents par alliance, c'était une tout autre histoire.

Mami avait été comme une mère pour Naseem et Assunta. Mei était soulagée de pouvoir s'appuyer sur la jeune Beevi. Naseem et Assunta avaient grandi comme des jumeaux. Quand Saïd Hameed avait ramené Violette à la maison, celle-ci avait à peine deux ans de plus qu'eux qui en avaient dix-neuf. C'était un trio inséparable. Mami voyait ses deux pupilles comploter avec la jeune épouse de son père, pour se soustraire à sa surveillance. Ils s'échappaient de la Grande Maison pour faire la fête, boire, danser, aller au cinéma et au bowling, nager, jouer au billard ou au tennis. Violette obtenait un franc succès dans les karaokés, forcément.

Avec l'âge, Saïd Hameed était devenu moins pingre, surtout vis-à-vis de son benjamin. Il avait offert à Naseem une voiture de sport Mazda et pas mal d'argent de poche, dans l'espoir que le garçon rencontrerait de jolies jeunes filles qui lui feraient oublier Violette. Il les surveillait de près, mais il ne pouvait pas les suivre partout. Chaperonnés par Assunta, ils filaient à bord de leur bolide pour faire les quatre cents coups entre Kuala Lumpur et Penang. Quand Violette a découvert qu'elle était enceinte, toute la famille a été choquée, mais pas surprise.

« Ce n'était pas un pianiste chinois ? ai-je demandé.

— Quel pianiste chinois ? Voyons, elle passait tout son temps avec Naseem, et Assunta était quand même la mieux placée pour savoir. »

Violette est restée enfermée dans la Grande Maison, quasi prisonnière, sous la surveillance de Mami. Saïd

Hameed a expédié Naseem à Londres, d'où il n'est jamais revenu. Violette a sombré dans la dépression, un cafard noir dont elle ne parvenait à sortir. Au cours des derniers mois de sa grossesse, Saïd Hameed a fait aménager le jardin et importé de Suisse les ingénieux jouets mécaniques. En dépit des rumeurs de scandale, les gens trouvaient qu'il était devenu plus indulgent, que son cœur s'était attendri pour sa jeune épouse. Bien que l'on eût connu Saïd Hameed sous un tout autre jour, force était de constater que ce merveilleux cadeau fait à Violette et son bébé prouvait combien il était devenu généreux dans son grand âge. Après tout, le bébé était quand même la chair de sa chair.

Quand elle est arrivée à terme, Saïd Hameed et Mami l'ont emmenée dans une clinique de Kuala Lumpur où rendez-vous avait été pris pour une césarienne. À son réveil, il ne lui restait que les points de suture sur son ventre. On lui a annoncé que son bébé était mort et on a ramené à la maison le cadavre d'un garçon. Saïd Hameed a lui-même creusé la tombe dans le jardin.

—C'est donc le bébé de Violette qui est enterré dans le jardin ? ai-je demandé.

—Assunta avait des doutes, mais elle n'a jamais réussi à faire parler personne. Les infirmières et les médecins de la clinique de KL ont gardé le secret. Au point où elle en était, Violette s'en fichait. Séparée de Naseem et privée de son bébé, elle ne pensait plus qu'à retourner chez elle.

—Pourquoi Mami ne m'a jamais rien dit ? ai-je demandé.

—Elle n'allait pas te raconter que son frère couchait avec Violette.

— Le vrai fautif, c'est peut-être notre père. Le fait d'être mariée n'a pas empêché notre mère d'être chassée de la maison quand la police religieuse a débarqué. Vous ne croyez pas que c'était traumatisant ? Celles qui devraient l'avoir mauvaise, c'est plutôt nous ! Beevi n'a pas à péter plus haut que son derrière.

— Auyong, dis à Beevi d'arrêter de nous traiter comme des citoyens de seconde zone. Dans nos veines coule le même sang. Je me demande comment elle est devenue si snob, elle est tout de même à moitié indienne. Elle devrait rendre visite à notre mère. Maman s'est quand même occupée d'elle comme de sa propre fille. »

Leur mère était vieille et malade. C'était la Mei des histoires de Beevi, la femme dont la photo était accrochée dans la cuisine, cheveux ondulés et *cheongsam* à carreaux, qui n'était plus qu'une carcasse allongée dans un coin de la pièce. Son teint s'était assombri, mais ses cheveux restaient noirs par endroits et sa voix demeurait puissante. Mami racontait ses histoires comme si elle était déjà morte, alors que Mei était encore bien vivante. La tour au toit de pagode lui était dédiée. Les Miller avaient dormi dans son ancienne chambre.

Même s'il m'arrivait souvent d'imaginer la scène de Saïd Hameed creusant un trou dans la terre pour y enterrer le cadavre d'un nourrisson, j'avais appris à ignorer l'enfant noir du jardin. Le bébé avait refusé de mourir, il avait grandi et avait fait de notre jardin son terrain de jeu. Tant que je ne m'occupais pas de lui, il n'était qu'une ombre hors de mon champ visuel. J'étais loin d'imaginer que l'obscure créature serait un jour libérée de ce qui la retenait dans le trou du jardin.

Une femme s'est présentée à la Grande Maison le quatorzième jour du septième mois du calendrier chinois. Quand je l'ai vue franchir le seuil, j'ai dit : « Vous êtes miss Violette, n'est-ce pas ? Vous êtes revenue. Je vous reconnais grâce aux photos. »

Elle était belle, encore plus lumineuse en vrai qu'en photo, et je n'arrivais pas à détacher mon regard. Elle n'était que courbes ovales et lignes pures, depuis l'arrondi entre épaule et cou jusqu'au contour de ses mains quand elle joignait les doigts.

« Oui, je suis Violette. Tu es l'un des petits-enfants ?

— Non, j'habite juste ici. Je m'appelle Mary Anne. Je m'occupe des réservations pour les chambres. »

Elle est entrée, a jeté un coup d'œil à la ronde. « Il y a eu du changement. » La jeune Violette était encore présente en elle, juste là sous la peau.

J'ai répondu : « Oui. Nous avons fait du ménage

pour faire de la place aux clients. Souhaitez-vous vous installer dans votre ancienne chambre ? C'est moi qui l'occupe, mais je peux ôter mes affaires.

— Oh non, pas besoin. J'ai quelque chose à régler ici, mais ça ne sera pas long. Je ne compte pas rester. Merci, Mary Anne. »

J'ai ressenti une petite bouffée de bonheur qu'elle ait retenu mon prénom. « Je vais aller chercher Mami.

— Qui ça ?

— Mami Beevi.

— Beevi ? Oh non, surtout pas. S'il te plaît, ne lui dis pas que je suis là. J'ai juste besoin du jardin, votre jardin, ce soir, et puis je repartirai.

— Vous êtes là pour le garçon ?

— Tu as entendu parler du garçon ?

— Oui, il attend sa mère depuis des années. C'est très triste d'attendre quelqu'un comme ça. Je suis bien placée pour le savoir, moi aussi j'attends ma mère depuis toujours.

— J'ai longtemps douté d'être sa mère, mais je suis venue pour faire la paix. Tu l'as vraiment vu ?

— Oui, il est comme un animal sauvage, mais il ne fait de mal à personne. Il sort juste pour jouer.

— Assunta m'a parlé de lui. Pauvre Assunta, je n'ai pas eu le courage de revenir pour les obsèques. »

Elle m'a expliqué qu'elle était venue avec un moine et qu'ils souhaitaient prier dans notre jardin. C'était le septième mois du calendrier chinois, ils prieraient pour les morts.

Je lui ai demandé : « Pourquoi avez-vous attendu si longtemps pour revenir, Miss Violette ? »

Elle est restée silencieuse un moment, hésitant à se confier. Elle a fini par répondre : « J'avais peur. J'avais des enfants, une famille. Je préférais ne pas compliquer la situation, c'était plus simple de ne pas évoquer le passé. Mon mari est mort maintenant. Le moment est venu de s'occuper des affaires en souffrance. »

Je l'ai menée au jardin et je lui ai montré l'arbuste aux chenilles. « Il est là-dessous. »

Violette est revenue le soir avec plusieurs sacs d'emplettes qu'elle a disposées dans le jardin sur une feuille de journal : un gâteau d'anniversaire, des cookies, du lait, de la glace qui commençait à fondre dans le pot, du poulet et des frites achetées au KFC, des bonbons, des chocolats et du jus d'orange. Elle a allumé des bougies rouges et des bâtons d'encens. Elle m'a demandé deux chaises pour elle et le moine. Elle s'est recueillie pendant qu'il chantait à voix basse. Je l'observais de la fenêtre avec Kak Boon. Mami n'était pas là. Elle avait dit à Kak Boon qu'elle ne voulait rien avoir à faire avec Violette.

Bientôt, le garçon noir est sorti et il a fait le tour des offrandes par terre. Il a léché les aliments avec une langue de trente centimètres, comme un caméléon. Kak Boon s'est agrippée à moi et a chuchoté : « Je n'en crois pas mes yeux ! C'est pire qu'un film d'horreur thaï ! » Je pouvais presque entendre les battements de son cœur, à moins que ça ne soient les miens.

Violette était assise sur sa chaise, figée, parfaitement immobile. Le moine continuait de chanter. Son chant était comme un fil sans début ni fin, sans pause ni césure.

« Mon fils », a dit soudain Violette, d'une voix rauque. Le garçon l'a regardée. Elle s'est mise à lui chanter une vieille chanson en mandarin, une chanson que je comprenais intuitivement alors que je ne parle pas un mot de chinois. C'est une très vieille chanson.

« Qu'est-ce qu'elle chante ? m'a demandé Kak Boon. Pourquoi elle chante ? » Je lui ai pris le bras et j'ai senti qu'elle avait la chair de poule.

J'ai fredonné un vers et j'ai traduit : « "Dans cette vie, il est bon d'avoir une mère. Un enfant avec une mère, c'est un trésor." Elle chante pour son enfant, Kak Boon. » La voix de Violette, jeune et limpide, s'élevait sans effort au-dessus des arbres. Une voix de cristal et de vent, qui faisait tourner les moulins à eau et les girouettes, se mêlait aux bruits du jardin. C'était la chanson secrète du jardin de Saïd Hameed. Kak Boon s'est mise à pleurer.

Le garçon a commencé à manger les bougies, jetant de temps en temps un regard à Violette. Soudain, il s'est emparé des bâtons d'encens plantés dans une boîte de conserve remplie de sable et il s'est jeté sur Violette. Elle s'est retenue de crier, elle était paralysée de peur. La chanson s'est arrêtée. Le garçon lui a ébouriffé les cheveux avec ses pattes, défaisant les épingles de sa coiffure. Il a grimpé sur ses genoux et elle a voulu le serrer dans ses bras, mais il lui a jeté les bâtons d'encens au visage.

Le moine s'est mis à chanter plus fort, avec une ardeur accrue. Il a lancé une allumette sur les offrandes en papier. La grosse pile a pris feu, les faux billets et toutes les répliques en papier, les petites voitures, la Xbox, la télé, l'ordinateur, la mitraillette, la batterie avec cymbales, le ballon de foot et les deux raquettes de badminton, le skate et les rollers, les habits, les chaussures. Les flammes s'élevaient de plus en plus haut. Au septième mois, m'avaient expliqué les sœurs d'Assunta, les portes des sept niveaux de l'enfer chinois s'ouvraient laissant les morts errer sur Terre comme des prisonniers libérés sous caution. Par le feu, les offrandes en papier étaient transmises aux défunts.

Violette a poussé une plainte, comme de douleur. Le moine a ajouté de l'argent rituel au brasier. Les flammes se reflétaient dans les pupilles du garçon. Il a appuyé sa tête contre l'épaule de Violette et lui a caressé la joue. Puis il s'est détaché d'elle en un bond et s'est jeté dans le feu. Sa silhouette sombre a été visible quelques instants parmi les flammes, puis il n'est plus resté que les étincelles et les bouts de papier calcinés qui voletaient dans l'air comme des confettis noirs. Violette s'est laissée tomber par terre, en sanglots. J'avais le visage baigné de larmes.

Auyong nous a trouvées, Kak Boon et moi, serrées l'une contre l'autre. « Qu'est-ce qu'il y a, Mary Anne ? Tu as eu peur ? Vous n'auriez pas dû regarder. Ces choses ne sont pas destinées à nos yeux.

— Auyong, ai-je dit, c'était la voix de ma mère. Je l'ai entendue chanter. C'est ma mère. Violette est ma mère.

— C'est impossible, Mary Anne.

— Regarde-moi, Auyong. » J'ai écarté mes cheveux et je lui ai présenté la partie indemne de mon visage. « Regarde et compare avec la photo accrochée au mur. »

Il m'a regardée. Kak Boon a dit lentement : « Oh merde... »

J'avais remarqué la ressemblance avec la photo de Violette. J'observais souvent son portrait quand j'étais dans la cuisine. Cette question était toujours présente, quand je m'étonnais que les vêtements de Violette m'aillent si bien, pourquoi j'aimais tant toucher les objets qui lui avaient appartenu, et pourquoi je me sentais tellement en sécurité quand je me glissais dans le lit qui avait été le sien.

« Ce n'est pas possible, Mary Anne, a dit Auyong.

Elle n'a pas le bon âge. La chronologie ne colle pas.

— C'est ma mère, là-bas dans le jardin.

— Va lui parler, a dit Kak Boon. Vite, il faut que tu lui parles !

— Non, elle ne me croira pas. Après toutes ces années, elle a enfin réussi à se persuader que le garçon du jardin était son enfant. »

Auyong a insisté : « Violette n'est pas ta mère. C'est impossible, tu dis des bêtises.

— Peut-être que tout ne fonctionne pas comme tu penses. Je reconnais sa voix, sa chanson, et je sais maintenant que j'ai son visage. »

Kak Boon ne demandait qu'à me croire. Elle me pressait d'aller trouver Violette.

« Non, Kak Boon. Il vaut mieux la laisser partir. Cette mère, j'en rêve depuis que je suis toute petite. Je suis contente de voir que je ne me trompais pas. » J'étais certaine de ne pas le regretter. Violette avait trouvé la paix. Le garçon mort était enfin libéré de sa longue attente. J'avais trouvé ma place dans la Grande Maison avec Mami, Kak Boon et Auyong. C'était le prix que je payais pour ne pas avoir sauvé Assunta. Je laissais Violette pardonner à qui elle devait et partir où elle devait.

Je n'ai plus jamais vu d'anges.

Auyong

DES INSECTES PARMI NOUS

Après le curieux incident avec Mary Anne et Violette, les chenilles de l'arbuste qui poussait dans le trou du garçon noir s'enveloppèrent toutes d'un cocon. Un matin, nous assistâmes à l'éclosion des papillons. Des rajah brookes vert et noir, des bleu électrique, des petits jaunes qui volettent par paires, de superbes papillons cobras et des monarques éblouissants. L'arbuste frémissait sous cette masse de papillons séchant leurs ailes au soleil qui s'envolèrent soudain comme des feuilles emportées par un courant d'air. Pour la première fois, l'arbuste était nu. Il ne resta pas la moindre chenille.

Beevi recruta mes ouvriers pour abattre l'arbre. Elle fit aplanir la butte et combler le trou. Il ne restait plus rien de l'endroit où avait vécu le garçon, seulement une bande de terre. Je m'attendais presque à ce que mes gars reviennent pour y couler du béton. Cela devenait une habitude, cette façon que Beevi avait de chasser ses démons en détruisant les traces et en scellant un endroit, comme pour faire taire le passé. La violence était efficace. Les chenilles ne revinrent jamais. La maison de Sarimah s'évanouit peu à peu. Peut-être un jour, la Grande Maison succomberait-elle à son tour.

À Lubok Sayong, une pestilence était souvent annonciatrice d'événements importants. Une invasion de bestioles eut lieu en pleine campagne électorale et fit d'une visite ministérielle un moment mémorable. Il s'agissait encore une fois de l'honorable ministre qui avait vexé autrefois ses supporters indéfectibles en nous faisant faux bond pour l'inauguration du rond-point. Entre-temps, elle avait été promue ministre des Finances, de l'Économie et du Commerce, un poste éminent qui allait de pair avec un building entier de fonctionnaires. Lubok Sayong, sa ville natale, fut l'une des étapes de sa campagne dans le Perak.

Une semaine avant sa venue, la ville se couvrit de drapeaux aux couleurs du parti, y compris tout autour du fameux rond-point. Une délégation dépêchée en amont pour décorer la salle des fêtes fit savoir que de nombreux cadeaux seraient distribués aux habitants de Lubok Sayong s'ils témoignaient un soutien massif à la ministre en sortant par milliers.

Ils ne s'étaient pas attendus aux millions qui répondirent présent, des millions de créatures à six pattes. Le jour de la visite de l'honorable ministre, Lubok Sayong fut envahie par des insectes verts au corps en losange. La ville fut prise d'assaut, la moindre surface plane fut tapissée sur une épaisseur de deux ou trois centimètres. Ils étaient inoffensifs, mais il y en avait partout, à l'extérieur comme dans tout bâtiment dont ils parvenaient à franchir la porte. Même la route menant aux lacs en fut recouverte.

Cikgu Teh me raconta qu'il avait déjà vu cela une fois à Kangar, mais n'en avait jamais entendu parler à Lubok Sayong. « Cela tient à la météo et au cycle de ponte. C'est un phénomène naturel facile à concevoir. »

Beevi dirait plus tard : « C'était inconcevable, toutes ces bestioles vertes. C'était un signe. »

Quand l'honorable ministre arriva et descendit de voiture, elle en écrasa sous ses luxueuses chaussures italiennes. Les bestioles grimpaient sur son *baju kurung* en soie et s'agglutinaient, telles de nouvelles broderies, autour des motifs de perles cousus main. La ministre fit preuve d'un aplomb louable. Elle ne laissa paraître aucune répugnance, disant à son contingent de vingt conseillers : « Nous allons faire une belle prestation. Ce ne sont pas quelques insectes qui vont nous intimider ! »

Son assistant dit : « Parfait, madame la ministre. » Ayant bien appris à ramper, il la précéda pour lui ouvrir le passage. Cela ne servait à rien, les insectes faisaient à nouveau bloc derrière lui comme une armée formidable. Il espérait que ses velléités de galanterie ne passeraient pas inaperçues.

À chaque nouveau pas, la ministre écrasait plusieurs milliers d'insectes et il lui fallait réprimer le dégoût qui lui étreignait l'estomac pour continuer de mouvoir ses pieds élégamment chaussés. Le temps d'atteindre la salle des fêtes dont le sol ressemblait à une belle pelouse de terrain de foot, des insectes s'étaient faufilés le long de ses hanches et sous ses aisselles. Sa résolution face aux épouvantables bestioles vertes faiblit quelque peu quand elle découvrit la salle à peu près déserte et elle céda brièvement à l'envie de se gratter.

En plus de son entourage, seules douze personnes étaient présentes, dont Wong Kam, Ismet et moi. Nous nous étions installés à un endroit où la couche d'insectes était un peu moins dense. Ismet portait son T-shirt jaune à l'envers. Le logo de Bersih se devinait malgré tout en transparence.

Pendant tout le discours, Wong Kam garda les jambes croisées. Il portait ses savates en plastique rouge indestructibles. À un moment, il retira celle du pied posé par terre, et se mit à tapoter celle du pied en l'air, semelle contre semelle. Au début, on aurait dit qu'il essayait de se débarrasser des insectes, mais il continua comme s'il applaudissait. Cela produisait un claquement régulier, trop faible pour perturber le discours. L'entourage de la ministre se tourna néanmoins pour voir ce qui se passait. Nous fîmes comme si de rien n'était. L'assistant de la ministre nous décocha un regard noir.

Derrière le pupitre sur l'estrade, l'honorable ministre lisait son discours d'une voix confiante et percutante. Interrompue par les larsens occasionnels du micro qui résonnaient dans la salle vide, elle nous invitait à nous souvenir de ce que notre pays avait fait pour nous et de ce qu'il continuerait de faire pour nous. Maintenir le statu quo, nous expliquait-elle, ne requiert aucun effort. Ne cédez pas à la tentation du changement, insistait-elle, il est facile de se payer de mots, mesdames et messieurs. Son assistant ne détachait pas les yeux de Wong Kam.

Ismet lui souffla : « Wong, il est en train de te jeter le mauvais œil. Il croit que tu vas lui balancer ta savate. »

Sans perdre la mesure, Wong Kam répondit : « La coiffure de la dame est vraiment imposante, je vois mal comment je la raterais. »

Là on faillit éclater, riant sous cape comme des écoliers. La permanente de l'honorable ministre, dressée au-dessus de son front telle une barbe à papa noire, faisait le bonheur des humoristes. Le lancer de savate sur politiciens ou magistrats, un signe de protestation pratiqué par les délinquants comme par les fanatiques, faisait aussi parfois la une de l'actualité nationale. Wong Kam se leva, sa savate à la main. L'assistant nous fixait d'un air mauvais, prêt à filmer la scène avec son iPhone.

Wong Kam se rassit : « Je ne vais pas gâcher une savate pour ça. »

À la fin du discours, ses collaborateurs accordèrent à l'honorable ministre une standing ovation frénétique, applaudissant bien plus fort et plus longtemps que d'ordinaire pour compenser le public clairsemé. La dame regagna sa voiture d'un pas furieux, laissant derrière elle une traînée d'insectes piétinés, et jura de ne jamais remettre les pieds à Lubok Sayong.

« Appelez-moi Izzati ! ordonna-t-elle, fumasse. Pourquoi n'a-t-elle rien fait contre ces infâmes bestioles ? Elle aurait dû envoyer des gens de la mairie, de notre camp, pour désinfecter la salle avant mon arrivée. Elle aurait pu faire en sorte que ça se produise pendant le meeting de l'opposition, plutôt que lors du mien ! Tout ce vert horrible… En plus, c'est leur couleur. »

Il se murmure qu'une fois dans sa voiture, elle s'est mise en petite culotte en demandant à son assistant de vérifier si elle avait des insectes dans les cheveux et sur le corps. Il paraît aussi que le jeune homme au regard dédaigneux avait obtenu plus qu'il n'en demandait après cette inspection des mèches laquées et des bourrelets de l'honorable ministre.

L'honorable ministre ne fut pas la seule fille prodigue à effectuer un retour remarqué à Lubok Sayong cette année-là. Nous eûmes aussi droit à une visite de la spécialiste des chats musqués, le grand amour de *Cikgu* Teh, qui l'avait abandonné pour la vie sauvage. Elle s'était taillé une petite célébrité sous le nom de Dr Natura avec une émission de documentaires animaliers à la télé, dans la veine de ces présentateurs masculins exaltés qui parlent à cent à l'heure face à la caméra en même temps qu'ils ceinturent des crocodiles, traquent des serpents ou ferrent des poissons monstrueux. Le Dr Natura arriva à Lubok Sayong avec des photos du poisson qui avait emporté Mr Miller. Elle souhaitait nous interviewer, Ismet et moi.

Sur le petit écran, Dr Natura était intrépide, volubile et enjouée dans ses bottes et son pantalon de treillis, invitant à grands gestes les téléspectateurs à la suivre sur les chemins de forêt boueux qu'elle arpentait. C'était quelqu'un de précis et réfléchi, au verbe séduisant. Je m'inquiétais pour *Cikgu* Teh. Les quelques fois où nous avions parlé de Nat, j'avais trouvé que ses souvenirs étaient encore bien vifs malgré sa rancœur.

Je jetai un coup d'œil aux clichés. Il s'agissait des photos prises par l'appareil de Mrs Miller. « Ça remonte à des années, dis-je. Vous arrivez un peu tard, non ? Je croyais que le surintendant adjoint Sevaraja les avait transmises à l'institut zoologique. »

Le Dr Natura accusa le système. L'institut zoologique du Perak avait confié les clichés à l'institut des pêches du Perak, qui les avait transmises à l'institut zoologique national, lequel les avait fait circuler dans les universités. Avant d'être enfin communiqués aux chercheurs, les documents avaient donc passé plusieurs années dans les bureaux de poste, les boîtes aux lettres et les corbeilles de tri.

« Ce poisson doit avoir des petits-enfants maintenant », dit Ismet. Si le poisson de Beevi s'était trouvé une compagne, nul doute qu'ils auraient colonisé le lac tout entier.

Nous lui expliquâmes ce qui s'était passé ce jour-là. Elle était à peu près certaine qu'il s'agissait d'une espèce amazonienne qui pouvait menacer l'écosystème si rien n'était fait pour la contenir. Elle voulait qu'Ismet et moi l'emmenions sur le lac. « Vous êtes les experts locaux », dit-elle.

Nous passâmes deux journées sur l'eau sans rien en retirer, si ce n'est quelques coups de soleil et les poissons que pêchait Ismet. Dans les moments de calme, j'entendais les cris de Mrs Miller s'élever au-dessus du lac et j'en frissonnais. Le Dr Natura installa des pièges avec un poulet entier comme appât. Le dispositif était muni d'une caméra avec détection de mouvement. Nous en laissions un dans l'eau le soir en partant. Trois nuits durant, quelque chose mordit à l'appât, mais à l'image on ne voyait que des ombres floues et des reflets. Le Dr Natura jouait de malchance à cause d'un nuage qui passait devant la lune ou d'une caméra qui se mettait à crachoter et boguer, quand ce n'était pas un cadrage désaxé par rapport à l'action.

Je le rapportai à *Cikgu* Teh qui dit : « Elle n'a jamais été douée pour la pêche. » Il décida de se joindre à nous le lendemain. Du poisson et des gadgets, la combinaison était trop tentante.

Le lendemain matin, c'est un cameraman qui nous accueillit au lac, tandis qu'il tirait péniblement la corde passée au cou d'une petite chèvre.

« Je me suis dit qu'aujourd'hui on allait tenter un appât vivant, nous informa le Dr Natura.

— Salut, Nat, dit *Cikgu* Teh.

— Bonjour. Ça faisait longtemps. C'est gentil d'être venu.

— J'ai pensé que je pouvais filer un coup de main aux copains. »

Elle sourit et s'arrangea les cheveux. L'équipe attacha un radeau en bois à notre barque et parvint à y faire monter la chèvre. Notre bateau gagna lentement le centre du lac, tirant le radeau. Tandis que nous patientions, la pauvre bête bêlait à la mort. Sous la chaleur, elle finit par se coucher sur le radeau, épuisée. Je m'assoupis et m'abandonnais à un rêve, quand je fus soudain réveillé par une vague qui agita la barque. La chèvre se redressa tant bien que mal et chevrota de plus belle, bondissant de panique. Quelque chose nageait en-dessous de nous.

Le Dr Natura se pencha pour scruter l'eau et fit signe au cameraman de commencer à filmer. Il y eut un léger choc contre la coque.

« Veillez à ce que personne ne tombe à l'eau ! dit Ismet. Méfiez-vous ! »

Le Dr Natura s'écria : « Je le vois ! Je le vois ! Là-bas, près de la chèvre ! Vite, la caméra ! »

Une longue silhouette faisait des cercles autour du radeau de la chèvre, qui s'était figée de peur.

Comme lassée, la créature se mit ensuite à tourner en des cercles plus larges autour de notre barque. Un reflet argenté était perceptible sous l'eau. On entrapercevait de temps à autre un bout de la queue qui émergeait, mais guère plus.

« À l'eau ! » ordonna le Dr Natura.

Un cameraman choisit un appareil parmi tous ceux entassés sur le pont, le mit à l'eau et attendit que le poisson repasse. L'animal ralentit, s'attarda un instant à proximité de la caméra, puis disparut. « Il plonge en profondeur », dit le cameraman.

— Voyons ce qu'on a », dit le Dr Natura en vérifiant les appareils un par un.

Tout à coup, le poisson jaillit hors de l'eau. « Là ! s'écria le Dr Natura. Là ! » Le long, long corps vola dans les airs, ruisselant d'eau. Exactement le même bond que le jour où il s'était échappé de l'aquarium de Beevi. Ses écailles luisaient au soleil, les gouttes d'eau se répandaient autour de nous comme des cristaux, il pivota en plein vol à la manière d'un plongeur acrobatique pour nous regarder de sa face camuse, presque humaine. Cela m'est resté comme une scène au ralenti dans un film de John Woo, un moment surréaliste. Le poisson se mit alors à cracher, je ne vois pas quel autre mot employer, nous aspergeant d'eau et de cailloux.

« C'est bon ? J'espère que vous avez filmé ! » cria le Dr Natura aux cameramen tandis que le poisson disparaissait dans l'eau.

Tout le monde resta coi, dégoulinant et sidéré, jusqu'à ce qu'Ismet dise : « Où est passée la chèvre ? » L'animal avait disparu. Ne restait que le radeau.

Je surpris le Dr Natura qui observait *Cikgu* Teh avec une curieuse expression.

Deux jours plus tard, elle remballait équipe et matériel, déclarant qu'elle avait obtenu ce pour quoi elle était revenue. Avant son départ, je lui demandai : « Serait-il préférable d'attraper le poisson ?

— Sans doute, mais pas par moi. Il est trop magnifique, je serais incapable de le tuer. À mon avis, il est tout seul là-dessous et ne se reproduit pas. Il mène une existence bien solitaire dans ce grand lac.

— Au revoir, Nat.

— Au revoir. Je vous préviendrai quand l'émission sera diffusée. Ne la ratez pas, ça promet d'être l'un des meilleurs épisodes du Dr Natura. »

Cikgu Teh m'annonça qu'en apprenant la venue de Natura, il avait demandé à *Cikgu* Noraini de l'épouser. « Je dois me prémunir contre la méchanceté et les bêtes sauvages », me dit-il.

Un mariage s'annonçait à Lubok Sayong. De quoi réjouir Mary Anne.

Mary Anne

Auyong ne parle jamais de l'époque où il dirigeait un hypermarché, sauf une fois où je n'ai pas arrêté de le harceler. Il m'a raconté qu'il était un boss tyrannique, avec des yeux dans le dos. J'ai du mal à l'imaginer. L'Auyong que je connais est tout sauf un tyran. Je le vois bien à la conserverie de litchis quand je vais y donner un coup de main. C'est vraiment un doux, il s'adresse aux gens avec beaucoup de gentillesse et on lui répond poliment.

Fu, le copain de Mary Beth, bossait lui aussi dans un hypermarché. J'étais convaincue qu'Auyong devait l'embaucher. Il répétait sans cesse qu'il avait besoin d'un assistant, mais ne prenait jamais le temps de s'en occuper. Il aurait voulu engager Ismet, mais il était trop intello et trop distrait. De toute façon, Ismet n'avait aucun goût pour les chiffres. Si j'avais été plus âgée, j'aurais pu travailler pour Auyong. Il lui fallait juste quelqu'un pour noter les quantités produites, tenir les fiches horaires afin que chacun soit payé le bon salaire, préparer les factures et s'assurer que les camions passent un jour sur deux. J'en étais tout à fait capable. Les mécaniciens s'occupaient de tout ce qui concernait les machines.

Il faut qu'Auyong engage Fu, ai-je décidé. Comme ça, Mary Beth viendra nous rendre visite à Lubok Sayong. Peut-être même qu'elle s'installerait ici et surmonterait son aversion pour notre ville. J'allais jusqu'à imaginer qu'on pourrait former une sorte de famille. Mais je sentais qu'Auyong n'était pas dupe. Je parlais trop souvent de Fu.

Certaines personnes s'adressent à moi comme à une enfant, par exemple les sœurs d'Assunta qui ont le don de m'agacer. D'autres me parlent comme à une adulte, c'est le cas de Mami. C'est parfois une bonne chose, mais pas toujours. Fu est entre les deux, comme Kak Boon, il ne me prend jamais de haut, mais il tient compte de mon âge. J'adore nos conversations ; nous discutons aussi bien des poissons de combat que du taux de criminalité.

Auyong a fait la connaissance de Fu la deuxième fois que j'ai rendu visite à Mary Beth à KL. J'aurais voulu sauter de joie et applaudir quand Auyong a proposé à Fu, l'air de rien, au cours du dîner : « Ça vous tenterait de travailler pour moi ? Vous me seriez utile, avec votre expérience. » Auyong m'a filé un coup de pied discret sous la table. J'en ai fait autant, comblée.

Au bout de quelques mois, Fu s'est enfin décidé à venir à Lubok Sayong, quand il en a eu assez de l'hypermarché parce qu'on lui avait refusé une promotion. Auyong l'a nommé directeur adjoint. Fu assure quasiment toutes les tâches dont Auyong s'occupait auparavant. « C'est un vrai soulagement, a confié Auyong à Mami. Quand je lui demande de faire quelque chose, il voit tout de suite de quoi je parle. Je vais pouvoir aller à la pêche plus souvent.

— À la pêche ? a dit Mami. Tu devrais plutôt me filer un coup de main. »

Le nouvel an approchait. Nous avions un melting-pot de clients à la Grande Maison, une famille iranienne, quelques routards européens, deux jeunes Américaines et un photographe chinois. Mami a décidé de leur organiser un vrai réveillon de fête. Sinon, ils vont tous finir au Hemingway, a-t-elle dit. Autant se faire un peu d'argent plutôt que de laisser les cuistots minables du Hemingway empocher leurs dollars en leur refourguant du riz sauté et des burgers surgelés. Auyong a convaincu Mary Beth de nous rejoindre.

C'est la première fois qu'on réveillonnait à la Grande Maison. Je ne sais pas quelle mouche a piqué Mami cette année-là, peut-être était-ce lié à Assunta ou Violette, un lien oblique et entortillé que seule Mami connaît.

Auyong voulait faire rôtir une oie dans le four à poterie d'Ismet. Pendant le Freedom Festival, Ismet avait pris l'habitude de préparer d'énormes pizzas sur des plaques en fer-blanc. Sur une fine pâte de *chapati*, il balançait tous les restes du dîner que lui refilait Kak Boon et recouvrait le tout d'une bonne couche de tomates et de fromage. On se les arrachait au buffet du festival. Il se proposait d'en mitonner une pour le réveillon, si Kak Boon avait des ingrédients pour lui. Ismet apporterait aussi une caisse de feux d'artifice qui lui restait de Hari Raya. On ferait un compte à rebours jusqu'à minuit et le feu d'artifice serait tiré depuis l'une des tourelles de la Grande Maison.

Le frigo était rempli de cannettes de bière et de cidre qu'Auyong avait chargé Mary Beth de prendre à KL. Je soupçonnais que le cidre m'était destiné. Kak Boon a trouvé des recettes sur Internet. Elle comptait faire un gâteau à la carotte et un au chocolat, qu'on ait pour une fois un vrai buffet de desserts. Elle supervisait l'organisation, rappelant aux uns et aux autres de se préparer et à quelle heure on les attendait pour le repas. Mary Beth l'aidait à la cuisine et se faisait raconter les dernières nouvelles. J'ai laissé Kak Boon lui parler de Violette et du garçon noir du jardin. Certaines choses, c'est plus facile que quelqu'un d'autre les dise.

J'ai choisi de mettre une robe de Violette pour la fête, une robe bleue à rayures blanches qui m'allait très bien. J'espérais que Mami ne piquerait pas une crise en la voyant. Ce serait gênant qu'elle se remette à balancer des assiettes. En même temps, devant les clients, il n'y avait pas trop de risque.

Mami et Mary Beth ne se parlaient toujours pas, mais au moins Mami ne lui criait pas dessus. Mami se servait de moi pour lui faire passer des messages. « Va dire à ta copine qu'elle aide Kak Boon à ranger la cuisine. » Mary Beth travaillait toujours dans sa cabine de péage ; même si elle ne voulait pas l'admettre, je voyais bien qu'elle s'ennuyait et n'était pas très heureuse. J'ai décidé de lui parler un peu plus tard et de lui demander de me montrer son tatouage.

Il était presque minuit et nous étions trois à jouer au mah-jong avec un jeu qu'avait acheté Auyong. Les tuiles faisaient un affreux boucan sur la table en verre. Nous avions peur de déranger les clients qui étaient déjà couchés, mais personne ne s'est plaint. Mary Beth est venue s'asseoir à côté de Fu qui fanfaronnait dès qu'il avait une bonne main. On lisait facilement dans son jeu.

« *Phong* », a-t-il annoncé en prenant le vent d'est qui venait d'être écarté pour compléter un brelan. Comme le vent d'est était le sien pour cette manche, il doublerait ses points. Il a interrogé Mary Beth du regard. Elle a écarquillé les yeux et haussé les épaules. Elle n'y connaît rien au mah-jong.

J'avais moi aussi un beau jeu. Il ne me manquait qu'un quatre ou un sept de bambou pour terminer. Le tout était de rester attentive, de guetter la bonne tuile.

Auyong m'a regardée en disant : « On dirait que quelqu'un n'est pas loin de gagner. Quelle tuile vais-je jeter ? »

Mami a crié, depuis la cuisine : « Quelqu'un veut du thé ? »

On a entendu Kak Boon réagir : « Dernière partie ! Dites-leur que c'est la dernière, qu'ils viennent m'aider pour les préparatifs. »

Auyong a écarté un sept de bambou et j'ai crié : « J'ai gagné ! »

Auyong

Je ne vais plus à la pêche, à la place j'écris un livre. Le titre m'est venu hier soir alors que j'observais les ombres géométriques que projetaient les lumières de la rue à travers les barreaux de la fenêtre. *Prisonnier des ombres*. Cela n'a pas tout à fait l'ampleur, disons, de *Pour qui sonne le glas* ou *Si par une nuit d'hiver un voyageur*. On frôle même le ridicule. Je vivrai donc avec ce léger ridicule attaché à mon nom.

Ce sera une histoire qui vient du cœur, peut-être bien un cœur imaginaire, vu que ces derniers temps je ne sais pas toujours où trouver le mien quand j'en ai besoin. Je me suis acheté un cahier à l'ancienne pour écrire. La première page est entamée sur quelques lignes : des gribouillages pour vérifier s'il restait de l'encre dans mon stylo. La deuxième page est vierge. Pareille blancheur immaculée, il semble criminel de la salir avec des mots.

J'imagine un livre qui proposera un point de vue frais et subtil sur le sujet, quel qu'il soit, que je finirai par choisir, une fois surmontée ma réticence à coucher des mots sur le papier. Je me ravise, je décide que la subtilité ennuie, qu'un vieux débutant n'a pas à faire preuve de fraîcheur. Je prends une autre décision : mon livre aura une couverture bleue, avec la photo d'une hutte sur une langue de terre s'enfonçant dans la mer, une couverture très chic avec un titre au lettrage argenté en relief. Je n'ai pas encore écrit le moindre mot.

Je ne serais pas surpris que *Prisonnier des ombres* existe déjà quelque part, un titre choisi par un romancier serbe pour une fresque sur les hommes et la guerre, un récit empreint de souffrances. Quoi qu'il en soit, il y aurait beaucoup à tirer du matériau accumulé au fil du lent processus qui consiste à séjourner en un certain lieu à une certaine époque, à y éprouver le reflux des jours qui s'éloignent progressivement du rivage.

Beevi a laissé les rênes de la Grande Maison aux filles, Mary Anne, Mary Beth et Miss Boonsidik. J'ai confié la conserverie à Fu. Peut-être vont-ils tout gâcher, la conserverie, la Grande Maison ou leur vie. Peut-être resteront-ils liés, ou pas. Peut-être qu'ils se fâcheront, qu'ils se marieront, qu'ils auront des enfants. Peut-être qu'ils voyageront, jeunes et ouverts sur le monde, comme Beevi ne l'a jamais été, ou qu'ils sauront rire pour un rien et se laisser surprendre, comme je n'ai jamais su faire. Peut-être seront-ils heureux, ou pas. Peut-être seront-ils attirés par la ville ou par les grands espaces, tournés vers le passé ou vers des buts inatteignables. Ou peut-être pas.

J'ai enfin cessé de me préoccuper du lendemain et des années à venir, de bouger ou rester, d'accomplir quelque chose. J'ignore ce qu'il en est pour Beevi, mais elle ne cherche plus à embellir ses histoires et ses fables, qu'elle continue malgré tout de raconter quand nous avons de la visite.

De temps à autre, je prends sa main entre mes huit doigts. Parfois, elle la retire. D'autres fois, elle me regarde sans me voir. Il m'arrive alors de percevoir sur son visage un voile que je préférerais ne pas reconnaître. Cela m'affecte parfois, mais la plupart du temps ce n'est pas le cas. Ainsi va la vie. Je voudrais dire à ceux qui passent, à qui voudra bien m'écouter, que les leçons viennent de la vie et non des histoires. Malheureusement, ce sera en vain, mes paroles balayées par le souffle de ceux qui tiennent à faire entendre leurs propres mots. Je pense que Beevi l'a compris elle aussi. Je subodore que c'est la raison pour laquelle elle a cessé d'enjoliver ses souvenirs à coups d'exagération et de fantaisie. Elles raconte les choses telles quelles, comme elles se sont passées. « Juste pour que vous sachiez », dit-elle.

Elle est devenue un peu dure d'oreille ces derniers temps. La semaine dernière, un des enfants de Rahman nous a rendu visite et lui a demandé si elle avait encore mal au genou depuis son opération. Beevi s'est lancée dans un long monologue sur le déluge et la maison de Rahman qui avait été emportée. Le garçon, qui était un voisin de Beevi à l'époque, s'est contenté de sourire et d'élever la voix pour dire : « Oui ! Mon père m'a conseillé de vous interroger. Il m'a dit que vous vous en souviendriez bien mieux que lui ! »

Il y a quinze jours, c'est le surintendant adjoint Sevaraja qui s'est arrêté devant le portail et a crié : « Auyong *ada* ? Auyong est là ? » Beevi est sortie, a feint de ne pas le reconnaître et a répondu : « Sayong *mana* ? Pour aller à Sayong, il faut continuer sur la route dans cette direction ! » Elle n'a jamais apprécié Sevaraja.

De temps en temps, elle parle d'Assunta, Jummah et Sarimah. Je devine qu'elle les a aimées comme personne d'autre et que c'était réciproque. Elle pleure encore leur disparition, sans doute aujourd'hui comme jamais. C'est particulier, ce va-et-vient entre chagrin et apaisement qui nous prend. Dans l'intermède entre nos marées distinctes, nous échangeons de menus propos sans grande portée.

« Sais-tu ce qu'a dit mon père sur son lit de mort ? Que s'il était plus jeune, il se marierait à nouveau.

—Ton père était détraqué.

—Tu ne l'as pas connu.

—C'est vrai, seulement à travers ce que tu m'en as raconté.

—Il disait qu'il vivait pleinement la vie grâce à ses épouses. »

Mary Anne passe souvent et elle nous embrasse tous les deux. Faire la bise, ça lui vient naturellement. Elle ne ressent aucune gêne. Elle coiffe Beevi, lui fait une natte et retire les cheveux accrochés aux poils de la brosse. Elle nous parle distraitement de la maison et de la conserverie, de ce qui a été fait et de ce qui reste à faire. Elle nous parle des nouvelles constructions à la périphérie de Lubok Sayong, le golf avec hôtel cinq étoiles au bord des lacs, les vastes zones industrielles, l'usine où l'on fabrique exclusivement des écrous et des insignes pour les voitures Proton, une autre spécialisée dans les films transparents pour paquets de cigarettes. Elle nous parle de nouvelles routes vers de nouveaux lieux, et de gens dont elle pense qu'on se souvient. Parfois, je ressens l'envie de découvrir ces lieux et ces gens. Je regretterais presque que le golf n'ait pas été construit à l'époque où j'éprouvais encore le goût de jouer. Mais la plupart du temps, je suis soulagé de ne plus y être. Je suis content d'avoir connu ces années de transition, avant que Lubok Sayong ne se découvre de l'appétit, ou qu'on ne la somme d'en avoir, avant que Mary Anne ne franchisse le passage vers l'âge adulte.

Elle nous apporte des plats et des messages enjoués

de Miss Boonsidik, des journaux et des magazines dont nous parcourons les gros titres. Fu l'accompagne parfois. La meilleure description qu'on puisse faire de lui est assez cliché : c'est un gentil garçon. Fu nous donne des nouvelles de la conserverie, toujours sous l'angle technique. Il parle des machines comme si elles étaient ses enfants, et des employés comme s'ils étaient des pièces mécaniques.

Aujourd'hui, Mary Anne porte des perles aux oreilles. Je crois que c'est un cadeau de Beevi, autrefois elles appartenaient à Jummah. Mary Anne est belle, débordante de vie. Je n'ai qu'à tendre la main pour la toucher, pourtant elle rayonne dans une autre dimension. Nous nous situons sur des plans différents, elle est l'intermédiaire entre nous et ces gens dont ses lèvres prononcent le nom. Elle s'en va trop vite.

Avant de filer, elle dit toujours : « À bientôt. » Quelquefois, on peut distinguer un scintillement humide dans ses yeux et un fil invisible semble la retenir. D'autres fois, on dirait qu'elle détale pour échapper à des flammes sous ses pieds. La plupart du temps, cela dit, elle a l'air d'aller bien. On la sent à l'aise là où elle est, sachant où elle va et ce qu'elle doit faire ensuite.

Quand elle se retourne sur le seuil pour nous saluer de la main, Beevi lui répète invariablement de boire beaucoup d'eau et d'être prudente au volant.

Moi, j'ai envie de lui dire que nous ne sommes que la somme de nos folies, racontées ou tues, mais je me contente, comme d'habitude, d'un : « Merci, Mary Anne. »

GLOSSAIRE

Aiyo : interjection qui marque la douleur ou la déception.

Awek tetek besar : littéralement, « fille aux gros seins ».

Baju kurung (pesak) : vêtement féminin traditionnel, constitué d'une blouse sans col, portée sur une jupe portefeuille.

Bersih : littéralement, « propre ». Mouvement réformateur fondé en 2006.

Bubble tea : thé aux perles de tapioca.

Bunga manggar : décoration en forme de palmier portée au bout d'un bâton, dans les mariages ou pour accueillir des invités d'honneur.

Cendol : dessert à base de gros vermicelles verts, lait de coco, sucre de palme et glace pilée.

Chapati : pain traditionnel indien, de forme aplatie et sans levure.

Cheongsam : robe traditionnelle chinoise.

Choli : brassière à manches courtes.

Cikgu : titre donné aux enseignants.

Datin : titre honorifique donné à l'épouse d'un *datuk*.

Datuk : titre honorifique.

Datuk seri : plus haut titre honorifique conféré pour services rendus à la Malaisie.

Dodol : confiserie à base de lait de coco, farine de riz et *jaggery* (mélasse de sucre de palme).

Duku : fruit du *Lansium parasiticum*, arbre de la famille des acajous, aussi appelé *langsat*.

Hang Tuah : guerrier qui se serait illustré au XVe siècle à

Malacca, et demeure un symbole de bravoure et de loyauté.

Hari Raya : Aïd el-Fitr, fête musulmane marquant la rupture du jeûne du mois de ramadan.

Ikan bilis : anchois séchés.

Kacang : variété de haricot, consommé en particulier sous forme de dessert glacé. Le *kacang putih* est un en-cas croustillant très populaire, composé d'un mélange de lentilles, haricots et noix diverses.

Kampung (ou kampong) : village.

Kao kao : expression typique utilisée pour souligner une émotion personnelle.

Kebaya : blouse traditionnelle.

KL : manière usuelle de désigner Kuala Lumpur.

Kompang : tambour à main.

Kopi-o : café noir corsé et sucré, très populaire en Malaisie.

Kwa : robe de mariée traditionnelle chinoise.

Kwai : terme d'origine cantonaise signifiant « fantôme ». *Kwai lohs*, littéralement « hommes fantômes », est une expression péjorative pour désigner les Occi-dentaux.

Lah : mot usuel du parler populaire « manglish » (l'anglais de Malaisie), qui sert à renforcer ou accentuer un propos.

Lain-lain : expression malaise désignant les personnes de toute autre origine que chinoise, indienne et malaise.

Laksa : soupe de nouilles épicée.

Lalang : mauvaises herbes.

Mahsuri : femme d'une rare beauté qui aurait vécu sur l'île de Langkawi au XVIIIe siècle et dont l'exécution, pour un adultère dont elle n'était pas coupable, a donné naissance à une légende encore vivace aujourd'hui.

Mamak : restaurant tenu par des Indiens musulmans, où l'on mange du fast-food hallal.

Nasi lemak bungku : plat de riz accompagné de divers condiments et de viande ou de poisson, servi dans une feuille de bananier par les vendeurs de rue, consommé le plus souvent au petit déjeuner.

Orang Asli : littéralement, « hommes des origines ». Expression qui désigne les aborigènes de Malaisie.

Pantang : terme désignant ce qui est tabou ou interdit, notamment par croyance religieuse ou superstition.

Petai : fèves qui poussent dans de grosses gousses, consommées crues ou cuites, surnommées « haricots puants » en raison de leur odeur prononcée.

Phong : brelan au jeu du mah-jong.

Pisang emas : mini-bananes.

Police religieuse : en Malaisie, il est interdit à une personne de confession musulmane d'épouser quelqu'un d'une autre religion.

Songket sampin : sorte de jupe portefeuille en brocart portée sur un pantalon.

Tempayan : urne imposante typique de la poterie malaisienne.

Tongkat ali : arbuste d'Asie utilisé en médecine traditionnelle, notamment pour ses propriétés aphrodisiaques.

Tudung : foulard islamique.

Ulam : herbes aromatiques.

TABLE

Couverture créée par David Pearson ¶ Texte composé et mis en page par les Ateliers Graphiques de l'Ardoisière à Sendets ¶ Reproduit et achevé d'imprimer en juin 2023 par Normandie Roto Impression s.a.s. à Lonrai pour le compte des éditions Zulma à Veules-les-Roses ¶ ISBN : 979-10-387-0205-9 ¶ ISSN : 2267-1803 ¶ Dépôt légal : juillet 2023 ¶ N° d'imprimeur : 2302380 ¶ Imprimé en France ¶